为胜利而战

勝つために戦え！　監督稼業めった斬り

[日] 押井 守 著

彭琳 译

湖南文艺出版社　博集天卷
HUNAN LITERATURE AND ART PUBLISHING HOUSE　CS-BOOKY

雅众文化 出品

前 言

为胜利而战!

这本书的主标题,是押井守导演追究"胜负"的本质的行动纲领。

"胜利"究竟是什么?根据定义胜利的方式的不同,战略会如何改变?不失败等同于胜利吗?……《为胜利而战》系列解答着种种此类疑问。被冠以同样书名的书至今已出版了三本。

第一本是2006年由Enterbrain出版的《为胜利而战! ——足球篇》。

这本书的主要内容,是押井导演以当时痴迷的欧洲足球为题材,讲述押井流"胜败论"的基本思维方式(最初发表于角川书店出版的漫画杂志《王牌特浓》以及Production I.G[1]的网站)。

---

1. Production I.G:日本一家动画制作公司。

第二本是 2010 年由德间书店出版的《为胜利而战！——导演篇》。

该书把 2008 年至 2009 年连载于德间书店的漫画月刊《漫画流》上的文章收录为集。题材不再是足球，而是押井导演自己的职业——导演——的"胜败论"，书中围绕东西方的大师与鬼才畅所欲言。本书中文版即以该书翻译而成。（2006年《漫画流》创刊号中附有押井导演拍摄的短片《女立食师列传：狐炸肉饼之阿银·巴勒斯坦死战篇》DVD）

第三本是《为胜利而战！——导演咆哮篇》。

前作《导演篇》广受好评，《导演咆哮篇》同样在 2010年由德间书店出版。讨论了昆汀·塔伦蒂诺、乔治·卢卡斯、凭借《人殓师》获得奥斯卡奖项的泷田洋二郎等上一本书中没提到的电影导演，是一本在彻底分门别类的基础上制作的口述集。

以"成败论"为中心的这三本书，都是由影像作家野田真外组织、由动画作家西尾铁也绘制插画搭档完成的。

称押井导演为"老师"的野田，曾导演了由押井守监制的《东京静脉》，并且拍摄了多部记录押井守作品制作过程的纪录片。不仅如此，他还作为押井守的研究者，出版了《前略，押井守》，并且每年开办一次名为"押井守讲述的战争"的活动，是一个狂热的押井迷。

接下来介绍西尾铁也。西尾隶属于 Production I.G，作为作画监督参与了《攻壳机动队 2：无罪》《空中杀手》的制作，是一名实力派动画制作者，也是本书中"犬"形象的押井导演——通称"押犬"——的画师。（此外，基于押井守原作改编的幕末人物传漫画《汪汪明治维新》也由德间书店出版，欢迎购买。）

在混乱的时代，希望有趣又有用的押井流"胜败论"可以帮到你。

（德间书店编辑部）

目 录

第一回

常胜导演的悲剧

T·SUZUKI H·MIYAZAKI

080503

2008 年 4 月刊载

宫崎骏（1941~ ）

生于东京。电影导演。毕业于学习院大学，后入职东映动画，参与高畑勋的导演处女作《太阳王子霍尔斯的大冒险》。离职后，参与制作短片《熊猫家族》、电视动画《鲁邦三世》《阿尔卑斯山的少女》等。在制作动画剧集《未来少年柯南》（1978年）次年，第一次作为动画电影导演制作了《鲁邦三世：卡里奥斯特罗城》。将自己的漫画《风之谷》影视化之后，导演了《龙猫》（1988年）、获得柏林电影节金熊奖的《千与千寻》（2001年）、《悬崖上的金鱼姬》（2008年）等知名作品。在2013年《起风了》上映之后，宣布将卸任长片导演，转而制作短片。

铃木敏夫（1948~ ）

生于爱知县。电影制片人。作为德间书店旗下动画杂志 *Animage* 的编辑多次参与制作宫崎骏的作品，1989年加入吉卜力工作室。作为制片人参与制作多部作品。

押井老师在出版单行本《为胜利而战！》（2006 年 3 月由 Enterbrain 出版，是以足球论为中心讲述成败论的书）两年后，现在重新开始了这个系列。

押井：不过，我最近离足球越来越远了。

原本也不是讲足球的连载。（笑）不过，我有时候会想，押井老师在这个赛季（2008 年）之后是不是对足球丧失兴趣了呢。

押井：主要还是因为德甲停播了。

高原直泰[1]不在了嘛。

押井：连"SKY PerfecTV！"[2]也每周只播一次德甲。只

---

1. 高原直泰：日本足球运动员，场上司职前锋。
2. SKY PerfecTV！：日本的收费电视品牌。

播小野(伸二)[1]的波鸿队、稻本(润一)的法兰克福队。没办法，只好看英超了。

就算是英超，何塞·穆里尼奥也不在了呢（2013年穆里尼奥重返英超）。

押井：所以我已经不抱什么兴趣了。再加上亚历克斯·弗格森爵士（Sir Alex Ferguson）带领的曼联势头大好，英超在欧洲冠军联赛中也有取胜之势。对我来说已经没有看头了。

所以，还是换个题材比较好吧。

押井：是啊，我上一本书以"成败论"为主题聊了很多，成败论应当是对活着来说最重要的道理，但是好像没人试着把它好好说清楚。世人所谓"胜组／败组"，只不过是重复煽动着情绪。我就是想反抗这个才开始写那本书的。

"胜组／败组"这个说法近年来也没多少人提起了。

押井：因为那种说法大家很快就腻了。如果具体细究胜利或失败到底是什么，就一定会出现与现实之间的落差。比如说"说着赢了赢了，但似乎也没有那么好啊"这种。

结果，如果一个人想追究胜或败到底是什么，"成败论"就无法成立。就会产生"好像也算不上赢吧""明明失败了，为什么却很有精神"之类的想法。因为成与败从根本上讲是相对的。如果想要给它一个具体的定义，就抓不住它的本质，

---

1. 小野伸二：日本足球运动员、前日本国家队的主力中场。

这也是理所当然的。

就像 80 年代有"金圈""贫圈"[1] 这种说法，现在谁也不会再说"金圈""贫圈"之类的了。本来，这种说法之所以产生，是因为人不理解富有和贫穷是相对的。有人觉得女性的胜利就是积累工作经验，40 岁之前生小孩之类的，但这样的太太们就真的那么光彩照人吗，做不到的人就都是失败者吗？

要我说的话，成败的根本只在于是否身处"我赢了"这种幻想。一旦一个人认定了自己属于败组，他就丧失了对成败论的兴趣。所以那种区分成败的方法毫无意义，只不过是误导罢了。

押井老师在上一本单行本里，整本书都在聊这件事吧？

押井：但是这个道理并不像想象的那样为世人熟知呢。为了好懂，所以上一本书是拿足球当例子来讲的，结果大家的兴趣好像都被引到足球方面去了。（笑）哪怕我一直在说，穆里尼奥能接连取胜是因为知道取胜之道。

但是，穆里尼奥也终于被罗曼·阿布拉莫维奇炒鱿鱼了。

阿布拉莫维奇属于经济世界的胜组。经济世界的胜者把运动世界的胜者辞退了。"为什么会发生这样的事？"理由就在上一本单行本里，（笑）简单地说，足球俱乐部的老板

---

1. 金圈、贫圈：这两种说法出自渡边和博《金魂卷》（1984 年），同年获得第一届流行语大奖。"金圈"（○金）指一切朝积极方向发展的高收入群体，"贫圈"（○ビ）指一切朝消极方向发展的底层人群。

5

追求的并不是胜利。也就是说，正因为穆里尼奥是常胜教练，所以才会被解雇。如果没有那么连战连胜的话，应当会是"过两三年看看再说"这种结果。另一方面，如果赢得太过头了，老板就会想要比他更好的教练。

导演不是只要取胜就好

押井：这一点和电影导演也是相似的。宫先生（宫崎骏）也是一样的情况吧。《风之谷》大热之后，发行方对后来的《天空之城》的票房预期就会成倍升高。但《天空之城》的票房并未翻倍。不知道是一点几倍，尽管比前作《风之谷》收益好很多，但还是被人说"在票房上失败了"。听说这件事的时候，我觉得感触很深。导演的战斗是与票房之间的战斗啊。如果放映《天空之城》的电影院与前作一样多的话，它应该也会被认为是非常成功的。至少，在观影人数上是上涨了。但是相对而言，平均每块银幕对应的观众是减少的。简单地说，这是发行方面的责任。

我不知道宫先生在听到别人说他票房失败时是什么想法，铃木敏夫是投入到翻倍游戏中去了。每拍一部都要翻倍，结果就是夸下海口说这一次的《悬崖上的金鱼姬》（本文收录时为该片上映前两个月）要达到"600亿日元"的票房。

是"夸下海口"吗？（笑）
押井：因为除非能去电影院的日本人平均每人至少去2

次，否则是不可能达成那个数字的。那样的数字，当然是谁都不会相信的。只不过是说说罢了。（笑）

也是，在制片人的角度是会这么做。

押井：结果，只能依据那个数字来看成败了。骑虎难下了啊。宫先生在某种意义上也对此默许了。如果是宫先生故意要失败一次的话也没问题，但他至今还没那么做过。或许这次的《金鱼姬》就是那种战斗——丢掉至今所获得的一切成果的战斗。说得好听一点是"回归原点"，说得不好听一点可能就是打了必败之战。如果《金鱼姬》比《千与千寻》《哈尔的移动城堡》[1]的观众还多的话，我到时候虽然不会剃光头，但是会改变我的想法。

坦白地说，铃木先生是正确的吗？

押井：虽然我不会说他是正确的，但依然认为他的魔法是有效果的……但效果一定有其上限。因为日本的观众资源有限，所以在理论上，那个胜负之战就是无法成立的。因此作为胜败论，在某种意义上我有自信认为自己的想法更胜一筹。要说为什么，因为我一次都没有大卖过。

也不好这么直白地断言吧。（笑）

押井：我的电影一次也没红过。换句话说，我吸引了100

---

1. 在日本，《千与千寻》票房收入308亿日元，《哈尔的移动城堡》票房收入196亿日元，《悬崖上的金鱼姬》票房收入155亿日元。

万人以上观众的电影是 0 部。最多是 80 万人。

是《无罪》[1]吗?

押井:不不,是《福星小子》。有趣的是《福星小子2:绮丽梦中人》和《福星小子1:只有你》一样,都是 80 万人。

《无罪》最终有多少观众?

押井:《无罪》有 70 万人左右。虽然如此,实际上是《攻壳机动队》的 7 倍。很让人吃惊吧,《攻壳》的观众实际上连 10 万人都不到呢。

对电影导演来说,胜利是什么?

押井先生前面说了"电影的成败在于票房",刚才说的则是自己"用不靠票房的方法取得了胜利"吧。这样说来,电影的取胜方法是有好几种吗?

押井:是的。极端地讲,有多少取胜方法就有多少导演。但粗略可以分成几种倾向。如果拿现在以导演为业的人当例子的话,就很好理解了。

比如我们之前也聊过的戈达尔,要我说的话,电影只有戈达尔之前与戈达尔之后这两种。他是刷新了电影史的导演。一言以蔽之,他是赋予电影以自我意识的导演。非要我说的话,就好比我赋予动画自我意识那样。

1.《无罪》:指《攻壳机动队2:无罪》。

8

戈达尔的电影除了处女作《精疲力尽》，全部是赤字。然而自从出道以来，找上他的工作就没断过。虽说拍摄规模逐渐缩小，有一段时间是用摄像机拍摄的，但最近又开始大大方方地拍电影了。为什么会这样呢？总之，电影的胜败并不是仅仅由票房决定的。

另一方面，卖座的导演只要一直有工作做就可以了吗？倒也不是。刚才也说过了，随着连战连胜，取胜的条件也会变得越来越苛刻。"请用这招取胜""请用这个演员""请用这个原作""请用这个剧本"等等，取胜的条件越来越高。如果是常胜导演的话，障碍就会越来越多。

在电影的世界，失败是早晚的事。这就是宿命。

在国外和日本都是这样吗？

押井：多少有些区别，但总体是一样的。就算是在严苛的好莱坞，让不卖座的导演拍片的度量还是有的。比如拍了《细细的红线》的导演泰伦斯·马力克，他花七八年的时间只能拍一部电影，但他要拍电影的时候，名演员会希望无偿参演。好莱坞当然是生意的世界，同时也是一个荣誉的世界。所以摘得奥斯卡金像奖的电影不一定就票房收入第一。票房遭遇滑铁卢的电影也是可以得奥斯卡的。好莱坞还有余裕养着拍了《火星人玩转地球》的那个莫名其妙的导演（蒂姆·波顿），因为他会产生价值嘛。对好莱坞来说，他不属于"生产部门"，而属于"荣誉部门"。这样的导演有好几个吧。

不过，日本既没有与奥斯卡价值相当的奖项，也没有与荣誉价值相匹配的评价体系吧。

押井：但是有这些东西的替代品。

替代品是？

押井：那就是海外的评价。也就是我所体现出来的"在海外评价很高"这种东西。日本的话有北野武和我，还有冢本晋也[1]、石井聪互（现名石井岳龙）[2]。在日本拍电影全部是赤字，但在海外评价很高。

再比如是枝裕和先生吧。

押井：对，是枝裕和是在海外评价高得离谱的典型吧。冢本晋也的话，是海外电影节的常客，甚至还当评委。受海外电影节欢迎的导演，虽然没法频繁拍片，但经过两三年的周期肯定能拍一部。反过来说，戛纳电影节的金棕榈奖也好，威尼斯电影节的金狮奖也好，对票房是一点影响也没有的。大概就算拿到奥斯卡也一样吧。

但是日本也有类似好莱坞的那种价值观。在海外评价高，某种程度上也是导演胜利的条件。我倒没在特别追求海外的评价，只是碰巧就变成了这样。大概在日本难以被接受的电影，

---

1. 冢本晋也：是一位集导演、编剧、摄影、灯光、美术、剪辑、演出等于一身的导演，以独特的拍摄风格而出名。电影《铁男》是其一人包办的出道作，也是代表作。

2. 石井聪互：2010 年改名石井岳龙，是日本第一代独立电影导演，1980 年用 16 毫米胶片创作《再次一炮走红》，1984 年的电影《逆喷射家庭》获得了第八届意大利萨卢索电影节最高奖，从此在海外有了很高的评价。

在海外总是能找到受众的。阿武的电影也持续赤字，大概他除了第一部《凶暴的男人》以外基本上都是赤字吧。

《座头市》似乎是有盈利。因为还关系到制作费的问题，倒是不确定是赤字还是盈利。

押井：就算这样，也不会比我赚得多。我是收支平衡，不赔不赚的嘛。没有无法回本的作品。还没回本的虽然还有《立食师列传》和《无罪》，其他的已经回本完毕，开始缓慢有收益了。《御先祖大人万万岁》则是早早就回本了，真是让人难以相信。

是这样吗？（笑）

押井：本来制作费就是很便宜的。阿武的电影的话虽然不便宜，但也不会很贵。只要做的是能力范围内的电影，经过一定的周期是可以做起来的。这样的导演是存在的。

去时颤巍巍，归时……[1]

押井：日本国内比我有名的导演数不胜数，在海外评价高的却是我这样莫名其妙的家伙。如果在国际电影节的红毯上走过一次，就一下子明白了。一旦出了国，日本国内的评价就什么都不是了。木村拓哉也好谁也好，都会变成"这人谁啊？"的情况。我去戛纳的时候也是，好像木村拓哉的经

1.这句是日本人在跳盂兰盆舞等舞蹈时常喊的话，下半句是"归时心慌慌"。

11

纪人还发火了，因为"没有人来迎接"什么的。那是理所当然的吧。要说不请自来的家伙们遭遇了什么情况，情况就是谁也懒得搭理他们。

嗯……是这么回事。

押井：那个阿松（松本人志）也是这样。拍了部电影要走出国门（2007 年的《大日本人》），但是完全没人搭理他。这本来也是理所当然的。既没有记者围过去，也没人采访。在戛纳是否有人采访，完全就是晴雨表。虽然说出来有点那个，我可是从早上 10 点到夜里 10 点想停都停不下来，接受采访接到要死过去了。是这样的情况。

所以啊，现今日本导演的胜负，只取决于各自找到的战略。

要这样想的话，照目前来说，宫崎先生是个票房和声誉双丰收的稀有导演呢。

押井：但是吧，除此之外他什么都失去了。（笑）要我说的话，他无论如何算不上胜利者，而是无限不幸的人。

并不是他想变成那样的吧。

押井：嗯。变成了无限不幸的人。没有比他还孤独的人了。已经连阿敏也不愿意和他打交道了。是这么回事，他完全变成了一个怪人。所以这三年左右的时间，我和他几乎没见过面。本来也没有见面的必要。虽然时不时会想"真可怜啊"，但那也是他自作自受吧。因为他坐上了阿敏的肩舆。因为阿敏会送他出发，但是绝对不会送他回来。他就是那样的人嘛。"退路要自己准备好"，我不是一直这么说的吗。

"退路要自己准备好"，这是决定胜负的一条铁律。卖产品时当然会帮你，那是因为有利益相关；在大家各自奔命的世界上，谁也不会帮你功成身退的。大家都只能提前准备好才能返回。不留退路就出发的家伙，没一个还能回得来的。宫先生也是，到某个时期为止还是有退路的，比如他夫人什么的。但是他夫人也渐渐不再说什么了。他被夫人放逐了。不留退路地冲锋陷阵，这说的实在不是我，而是宫先生。我在做《天使之卵》的时候被人称为"特攻队"，但后来还不是好好地回来了。好不容易回到原来的状态了。

那时候似乎是有点像特攻队的感觉呢。

押井：最后好不容易回到原点了。用了很多办法。玩玩游戏，拍拍实拍片，虽然用了很多办法，换乘了一次又一次总算回来了。（笑）宫先生最终无路可走了。

和高畑（勋）先生一起再拍一次电影，这不是一个方法吗？

押井：不，这行不通。

（笑）

押井：行不通。

但这难道不能作为一条退路吗？

押井：宫先生这个人，说来相当于机动部队的司令官，让各个机动部队都去冲锋了，结果他就回不来了。那么，要说高畑先生是什么，他类似陆军的将军。很有地位，但是不会打仗，因为他在维持军队这方面很失败。即便如此他还是继续当着将军。

实际上，手下没有军队的将军在欧洲并不稀奇。也就是退役将军。要说是谁让他退役了，那就是铃木敏夫和宫崎骏。他们强迫他退役了，把他储备了起来。如果战争打响，有什么状况说不定还可以让他当将军。但是只要宫先生还是常胜将军，就不会去找他，所以已经和退役没什么区别。永远的预备军。虽然很遗憾，但确实就是这么回事（2013 年 11 月，时隔 14 年高畑勋发布了电影《辉夜姬物语》）。

我觉得，如果宫崎先生内心想铺退路，那么也是有与高畑先生合作这个方法的吧。

押井：没有。现在的高畑先生，心里已经连"entertainment（娱乐）"的"e"都没有了。他完全变成了一个知识分子，只考虑着文化，变成了一个无限远离票房的人。

不知道他最近在做什么呢。

押井：他是文化人哟。做做演讲，写写书，在教育节目上露露脸。

好像还在做法国诗歌（作者是写作了《天堂的孩子》剧

本的诗人雅克·普雷维尔）的翻译。

押井：对对，他可以翻译。只要还是后备军，吉卜力是会照顾他的生活的，而且他也不是个会被别的军队招徕的将军。

有一段时间相传他会在中国的工作室做导演？

押井：那没戏。因为中国没有生产管理制度。他可能会去，但就算去了 10 年也做不出作品来。那个人不知道妥协，要是到了没有生产管理能力的地方就没法工作了。因为他自己不会管理——毕竟他是将军嘛。没有参谋的话，他就无法战斗。至今都是因为有铃木敏夫这个参谋在，他才能战斗，那个人自己的参谋能力是一丁点也没有的。不知道兵站在哪里，甚至连最基本的组织结构都不懂。总之，他就是个无限远离军队日常工作的人。就是个在战争的早上还会打着呵欠吃早饭，说"今天吃什么呢？"的将军。听说埃及的将军就是这样的。一边打着仗，一边还要在三点留出喝茶的时间，问"今天怎么没有冰激凌？"，所以才被以色列军队打得七零八落。听起来跟假的似的，但这是真事儿。

取胜过多的导演，不会失败的导演

押井：因为我平时一直用这样的眼光观察周围，所以导演取胜的具体例子是要多少有多少。平时作为参考而观察着大家。出崎（统，2011 年去世）先生啦，富野（由悠季）先

生啦，大家都有各自的战略，并因此时而成功，时而失败。他们的战略也鲜明地体现在他们的生活方式中、作品中，以及作为导演的取胜条件中。

让我讲周围的动画电影导演可能会生动一些，过去的日本导演、国外的导演，都OK。卡梅隆也好，林奇也好，斯皮尔伯格也好，大家都为了达成自己的胜利而战斗着。如果是让我讲动画那方面的话会讲得很生动哟。当然，有金钱和女人纠缠其中。因为没有人不纠缠其中。（笑）

听起来很有趣，但好像不好印在书里呢。

押井：我是在与丑闻无关的世界追求"作为导演拍电影"这项胜利的。但是，我确实做过当诈骗犯的事。

诈骗犯？（笑）

押井：我也不知道我骗了几个制作人。现在也在这样做哟。其中因为与制作人的讨价还价，大概是撒了不少谎、骗了不少人。但是我一次也没有背叛过工作人员，也没有对工作人员做过河拆桥的事。实际上，这在我心中也是取胜条件的一部分。要想持续做下去，就绝对不能失去一线工作人员的信赖。所以就算背叛制作人，我也不会背叛工作人员。有时候是需要割舍一些东西的。如果一个人无法割舍，那么他是不会成功的。在必要的时刻无法做出割舍的人，绝对不会成为一个成功的导演。

抓人当替罪羊借以巩固团队，这是宫先生的拿手好戏。找替罪羊这种事，我的老师（鸟海永行，2009年去世）也做过，也是高畑先生的拿手好戏。像人民审判一样，是真的哟。没有谁是光说说漂亮话就能当上导演的。确实有些温和的导演会说"那种事我绝对不会做"，他们的人格值得尊重，但到底不会成功，只能渐渐远离电影。

动画业里年长的导演过于强势了——我也包含在内。勉力苦撑的只有庵野（秀明）一个。庵野到底是考虑过自己的战略。他选了"暂且先做着《EVA》[1]吧"这个选项。现在还不知道这个选择是不是正确的，因为还没有结论嘛。只是初战告捷。初战告捷，意味着接下来可供选择的战略会增多。暂时可以算作胜利。

但是这样一来，《EVA》的债是早晚要还的。在某种意义上，也是制造了失败的条件。"果然除了《EVA》就卖不动"——投资人可能会这样想。确实如此。10年都已经过去了，结果还是只能靠《EVA》取胜。这期间他做的其他的电影尽数失败了，《甜心战士》还是什么的，还拍过实拍版。"那个男人果然除了《EVA》就卖不动"的印象是他自己一手造成的。

1.《EVA》：即《新世纪福音战士》。

这样下去的话，就要重蹈富野先生的悲剧了吧。

押井：所以问题是庵野"要步《高达》导演富野先生的后尘吗"。不过无论如何，现在的情况是庵野只能靠自己。果然大卖之后，他冒出了他的雄心和野心。所以应该工作，只是债是一定要还的。

初战告捷的后果总是会到来的，就像偷袭珍珠港一样。虽然日本海军在珍珠港大获全胜，但代价是损失了国际信用。如果先发制人搞突袭的话，就会变成恶的一方。虽然其中有宣战声明延迟等等内情，但都无所谓了，现在还会念叨这些的也就只有日本人了。宣战声明迟了也好，没迟也好，宣战本身就已经违反了《巴黎非战公约》，里面写了"战争不可作为解决纷争的手段"。所以不管宣不宣战，只要不是自卫战争，就是违反条约的。那是恶人才会做的事。特意大老远跑去搞奇袭，所以不可能是自卫战争。先出手的人是恶人，这是明明白白的事。海军从一开始就只想突袭，想着"只要赢了就好吧"。所以虽然大获全胜，却在那一瞬间变成了恶人。

欠下的债是什么？简而言之，停战时没有哪个国家愿意替日本居中斡旋，所以日本只能战斗下去直至破败不堪，只能硬挺到最后一轮。如果没有偷袭的话，可能在某个合适的时期就可以和解了吧。就这样，庵野初战告捷的债早晚一定会回到他身上，这是明明白白的。可以说，凭《EVA》取胜，在某种意义上已经满足了成为成功导演的条件，但以后的胜利之路反而会变得无限狭窄。

一个人如果取得过大的胜利，以后就会越来越难啊。

押井：嗯。

虽然不是导演，《宇宙战舰大和号》的制作人西崎（义展，2010 年去世）也是如此。

押井：所以我总是说嘛，要说"什么才是我连连取胜的条件"，那就是从来没有热卖过。从来没有突破过。我是个没有突破过的珍稀导演哟。其他年轻导演，都在什么地方突破着；除我以外的著名导演，全都在什么地方热卖着。两样都没有的，就是我！

（笑）

押井：尽管如此，电影发行公司与我保持着某种信任关系。我没出过一次大错，而且 DVD 卖得不错。再加上交货时间必定按时交货，也从来没有超出预算。

《漫画流》的前主编大野说过，做创刊号的附赠 DVD 的时候，老师你在预算上把他给骗了呢，花的钱是开始谈好的好几倍。

押井：小规模的话做什么都可以啦。

哎？！（爆笑）

押井：因为这只是内部斗争嘛。（笑）内部斗争的话，开开玩笑就过去了。要是变成战争的话就不是这样了。

导演的战争到何时为止？

押井：虽然是撒了谎，但结局不是皆大欢喜吗。而且，要看在预算上撒了谎、想了很多办法之后，事情变成了什么样。如果没有那部《巴勒斯坦死战篇》（《女立食师列传：狐炸肉饼之阿银·巴勒斯坦死战篇》）的话，就不会有剧场版《真·女立食师列传》，也就不会有现在在做的动作片（指《斩》）。在这种意义上，我撒的那个"200万日元就能做出来"的谎，在另一个方面成真了。如果那时大野君对我说"用那点钱是不可能做得出来的吧"，在那一瞬间一切都结束了，通常是这样的。没让一切结束，这正是作战胜利。在我看来，从杂志附赠出发这件事，到底是件伟大的发明啊。

这着实出人意料。

押井：附赠就很好。可以凭它赚到第一桶金，是稳赚不赔的事。之后再出单行版[1]，只要再支出制作费和宣传费就可以了。

嗯，非单卖品确实如此。

押井：所以谁也没有损失，谁也没有损失哟！这样《巴勒斯坦死战篇》的使命就完成了……大概可以这么说吧，不

---

1. 单行版：指单张碟盒装发售。

过那部作品还不算过气。为什么呢，因为如果我接着拍"突击女孩系列"，就可以把单行版组套出盒装版。会有一天出"突击女孩盒装版"的，如果再拍两部的话就可以组套了。这样的话，《巴勒斯坦死战篇》就可以复活了。

这样的话，只要继续拍这个系列，那部作品就会无数次复活，大概可以存续10年。进一步说，我每做一次动画导演，过去的作品全都会再次被翻出来。所以，只要持续做下去，过去的事物的生命就能得以延长。我是通过《无罪》学到这一点的。多亏做了《无罪》，大家连《红眼镜》都翻出来了。尽管做过清仓大甩卖，但因为卖的只是仓库存货，所以并没有让我实际赚到什么。因为我已经拿过相应的印量版税了。但是，旧作品借新作品而得以延续了。

说得没错。

押井：这样的话，可以把部分作品重制一次。做一些新版，储备起来。因为连我过去写的游戏书（《要求很多的佣兵》）也被翻出来了啊。这些事都是和导演的取胜之道相关的。

所以"发明"是取胜的绝对必要条件。没有"发明"的话就做不了电影相关的工作。要说我所做的是什么工作，那就是"'发明'电影"，我一直是这样说的。如果不是一部一部地"发明"，在电影的决战中就先输了一半。卡梅隆也说过类似的话："电影就是开发，一定要做新的东西。"说的不是技术方面的开发，技术方面的开发可就太烧钱了。

我所做的是所谓电影这项"工作的发明"。思考着如何让电影产生、如何让电影成立，是杂志附赠品也好小说也好漫画也好，都无所谓。"拍电影不是拿着计划书去做的事"，这几年我学到了这一点。

因为拍了《阿瓦隆》，我意识到拥有原作的著作权是多么重要。"拍电影时有原作的著作权，和使用原作拍电影，区别竟然有这么大吗？"——这种感觉。待遇完全不同。不仅仅是送来的样片数量不同，尤其是在海外的待遇有着戏剧性的变化。只要是关于《阿瓦隆》的事务，海外也好国内也好，谁也不敢未经我许可擅自操作。因为我有著作权嘛。而《攻壳》什么的就是他们想怎么着就怎么着了。至于《天使之卵》，我原本是有原作的著作权的，但野蛮人尾形（英夫，动画杂志 Animage 第一代总编）先生不知道，他原本拥有我的原作著作权，但不知道什么时候就给卖掉了。结果就是著作权拥有者不知所终，变成了谁都无法确认权利归属者的状况。导致这种状况是因为那个人不是现代人，连"合约"这两个字都不知道。和那种人合作也是我的失误……我也学到了这一点。从那以后，我只想和现代人合作。先是石川（光久，I.G 制作公司社长），他虽然性格像个野蛮人，（笑）但关于合同，全日本没有人能比他更明白。立定书面合同时会对我们有利。当然谁也不想拟合同，但说起来，这也是导演的工作之一。虽说谁也不想干，但我和石川都是对事情细致得让人意外的人。

我们没见过石川先生那样子，所以不清楚。只见过石川先生笑嘻嘻的样子。

押井：完全不一样的。（笑）那家伙在海外工作的时候，和在国分寺吃乌冬面的石川完全不是一个人哟。这次拍《空中杀手》，我们在欧洲的胜负基本已经逐步确定了。因为那家伙做了很了不起的事。现在还不能说，但是是会让人觉得"竟然还有这一手"，是除了石川以外没人能做出来的事。连石井（朋彦，《空中杀手》总制片人）都惊得目瞪口呆，说"那个人真是了不得的人啊"。关于《空中杀手》也发生了许许多多好玩的事，等结束之后，我想找个时间把它们全部说出来，会让人连连感叹"啊，还有这一手？"。等公映结束，而且海外的全部合同关系结束之后就说。合同还没签，接下来才是我和石川的战斗。

是这样吗？

押井：是的！我再也不想遭遇《攻壳机动队》时的郁闷了。做《无罪》的时候考虑了特殊的作战方式，虽然奇袭了石川，但最终我被石川给骗了，全面失败，让我摔了个大马趴。因为石川的魔法，《无罪》的版税全部消失不见了。开始做《空中杀手》的时候我几乎身无分文。"八八耗"[1]公司（押井导演的个人事务所）的金库也空荡荡了，全都被石川清空了，所以才不得不工作了。

竟然是这样的原因。（笑）

押井：这次想出"不和石川交涉"这个战术，让制作委员会管理，这样石川就不能为所欲为了。因为主要是和主负

---

1. 日语中"八八耗"直译为"88mm"。

责公司日本电视台的交涉，日本电视台是诚实的，在这方面是个很出色的电视台。

这样说不是显得石川先生不诚实吗？（笑）

押井：他一点都不诚实。日本电视台是尊重导演的，我倒不是尊重日本电视台，而是尊重奥田（诚治，制片人）先生。我的战斗实际上还没有结束。作品制作这项战斗暂且告一段落，接下来就是一边进行宣传的战斗，一边进行合同的战斗。是权利斗争啊。而且这不是孤立的，做着权利斗争和宣传——所谓的讨价还价——的同时，必须考虑到下一部作品。是"比起这一部，下一部作品能获得怎样的有利条件"的战斗，在某种意义上来说，必须在公映之前建立好条件。为什么这么说呢，因为这部电影是有失败的可能性的。所以我的《空中杀手》只完成了一半的战斗，必须把剩下的战斗打完，是非常辛苦的。烦死人了。

辛苦您了。（笑）

押井：所以要是只拍打戏，不拍女角色的话，实在让人干不下去啊。（笑）

其他的年轻动画导演，知道押井先生把那些也看作战斗吗？

押井：他们是一点都不理解吧。比如说神山（健治），他可能是我最优秀的弟子，虽然那家伙已经对电影制作的战略十分精通，但对这部分的做法还是完全不懂呢。换言之，他可能会在战斗中取胜，在政治上失败。毕竟那家伙现在还只做电视动画（在此之后，神山导演了《东之伊甸剧场版》《RE: 人造人009》等剧场版动画长片）。

解说电影导演的"取胜之道"

那么，我们的主题就定为"电影导演的取胜条件"，没问题吧？

押井：没问题，多少我都说得出来哟。全都可以给你们看具体的例子。

这是我个人最想听的话题，所以非常欢迎。只要不增加太多不好印在书里的话就好。（笑）

押井：我讲的内容中满满都是实战中的具体案例，非常值得一说哟。我完全无意抽象地谈论胜败的意思。我所讲的全都是我的实战经验，是根据如同打仗一般的实际体验得来的。在实际体验之上，我也观察了各种各样的导演。

而且，实际上不仅仅是关于导演的。

制片人也可以，演员也可以。

押井：商人也好，作家也好，运动员也好，大家都是一样的。就像我在一开始说过的，成败论中必须要有相对论。只有掌握了相对论的人，才能理解取胜的条件。

这一点对运动员来说是最好懂的。至于商人的取胜条件，

25

人们倾向于认为就是赚很多钱，但实际不是这样的。阿布拉莫维奇和比尔·盖茨证明了这种想法是错误的，会变成"已经赚了很多钱，下次怎样才能算胜利啊"的状态。就算是商人，"金钱"也不是最终的取胜条件。为什么呢，因为政治可以瞬间改变一切。商人的成功，终究是难以确定的。因为总是有可能冒出普京那样的家伙。

意思是说可能会把财产全部收缴。

押井：全部被拿走。要么是"汇率听谁的？"这种事，有一切土崩瓦解的可能。而且，美国有公平交易委员会、《反垄断法》这几把传家宝刀。凭这个曾经打垮过微软一次吧。只要还没参与进政治体系中去，商家就无法满足取胜的条件。

所以，这次就讲类似导演的"HOW TO"的内容？

押井：是"HOW TO WIN"。不是挺好吗？

如果可行的话，要我说多少都可以。因为我一直想着以所有人为参考，并且是用这样的目光观察大家的。宫崎先生也好，富野先生也好，卡梅隆也好，林奇也好，斯皮尔伯格也好，大家都在为了达到自己的取胜条件而战斗着。虽然有胜有败，但都鲜明地反映在生活方式上、作品上，还有他们作为导演的取胜条件上。

他们在想些什么？对此我思考了很久。虽说有他们的访谈，我主要也只读与此相关的内容。拍作品的辛苦谈之类的怎样都好啦，反正都是假的嘛。反正要是我的话，真正重要的事是不会说出来的。（笑）

第二回

卡梅隆的冒险

2008 年 5 月 /2010 年 1 月刊载

詹姆斯·卡梅隆（James Francis Cameron 1954~ ）

生于加拿大。电影导演，剧作家，电影制片人。1981
年以《食人鱼2：繁殖》作为导演出道。1984年导演
的小成本电影《终结者》在世界范围内获得欢迎，评
价极高。其后，拍摄雷德利·斯科特（Ridley Scott）
导演名作《异形》的续篇《异形2》（1986年）、原
创深海科幻片《深渊》（1989年）、《终结者2》（1991
年）等，1997年拍摄的《泰坦尼克号》创造了世界
票房收入最高的纪录。2009年使用自主开发的3D技
术拍摄的《阿凡达》上映，自己刷新了《泰坦尼克号》
以来的票房纪录。

老师，虽然您很忙（本篇成稿时是《空中杀手》上映前2个月），还是请多多指教。

押井：那么我们说什么呢？

押井先生经常提起卡梅隆的名字，上次聊的时候也提到了。是因为与卡梅隆见面次数多吗？

押井：确实。在日本的时候见过三次左右，每次他来日本我们都会见面。我还去过那家伙的家两次。说起来，跟其他的导演基本上就只见一次。

很喜欢卡梅隆的作品吗？

押井：我喜欢他早期的作品。差不多是到《泰坦尼克号》之前的吧。《异形2》那段时间的作品是最有意思的。我个人最喜欢的是《深渊》。他的第一部作品是《食人鱼2：繁殖》吧，不过那家伙自己内心不承认那部作品，所以如果和他聊《食

人鱼2》的话他会超级不爽。（笑）

原来如此。不过，那之后就是热门作品一部接着一部了。

押井：卡梅隆有一段时期比所有人都更能"发明"电影。那段时期非常有趣，他拍了《终结者》啦《异形2》什么的。那时候的卡梅隆真的是在享受电影，开心得不得了的氛围都从画面洋溢出来了。真的是像小孩玩玩具一样在拍电影。所以我想，那段时间是最好的吧。

导演是开心地拍电影比较好吗？

押井：那是当然。导演不乐在其中的电影是不可能有趣的。比如斯皮尔伯格的优点就是这个。

回到卡梅隆身上来，在拍《泰坦尼克号》之前，他是自己搭摄影棚的。他确实是在拍《泰坦尼克号》的时候改变了吧，在很多意义上都改变了吧。"电影的预算的30%左右应该用作开发经费"——这是他的主张，要制作新的摄像机，开发新的系统。至于《深渊》是怎么开始拍的，首先是在巨大的水槽里蓄水，然后在里面拍摄的。那家伙原本就是潜水员。一天里要潜水将近10小时，就是在水中导演的。

是导演，还是制片人。这是个问题？！

押井：所以，拍完《泰坦尼克号》之后他去当制片人了，这也不是不能理解。确实，恐怕没有比《泰坦尼克号》更大的成功了——在艺术上、导演上以及票房上。只是如果要问"它是好电影吗？"，还是要打上一个问号。

要我直说的话，我认为它算不上好电影。为了做一部大片，到底是需要足够的预算，于是他把自己的全部家当都抵押出去，借了一屁股债，对莱昂纳多·迪卡普里奥毕恭毕敬，寻找投资人……他就这样开始了他最大的事业。去俄国和载人深海潜水艇的研究者一起喝伏特加喝得七荤八素，和他们成为朋友然后借器材用什么的，什么办法他都试过了。还让他弟弟开发了用于深海的摄像机，所以那已经是"产业"了。电影变成产业的一瞬间，大概人就会觉得还是产业要更有趣一些。

（弗朗西斯·福特·）科波拉的《现代启示录》也是如此。科波拉也是在某一时期之后，比起导演电影，更喜欢把电影当作产业来推进了吧。毕竟，拍那部电影让他经历了真切的战争。让一个营的人上直升机，他真的是在指挥战争，尽管是模拟战争。虽然规模不同，但我也在《阿瓦隆》中做过类似的事，对他们的心情不是不能理解的。那比拍电影更有意思！

有当制片人更有趣的情况吗？

押井：所谓制片人，也就是"布置/组装电影的人"吧。先做企划，然后召集和说服投资人，取得各种各样的条件……简而言之就是创业人士，把电影变成了一项创业。卡梅隆为了取得拍电影的条件，也很是奔波忙碌了一番。

《阿瓦隆》也是无法在摄影棚内拍摄的电影，所以不是以搭建摄影棚，而是以制作巨大的水池开始的，要在水池里布景什么的。《泰坦尼克号》就更进一步，在墨西哥建了船坞，做出了泰坦尼克号船体的侧边一半。总之是用墨西哥的廉价劳动力制作了那部电影，所以电影本身已经变成产业了。因为对导演来说，把钱用在哪里是十分讲究的事。而且他还更进一步，从餐具到家具，全都让墨西哥的师傅做出来，连《泰坦尼克号》里的日常用具都一一还原了。明明不会拍到的。（笑）明明只做演员使用的就够了，他却把所有的都做了出来。

所谓电影导演，经常会想做这类事呢。

押井：这已经超出导演电影的范围了。做导演的人必定会陷入自大妄想症，我也曾经陷入过。比起拍摄战争片，指挥模拟战争要更有趣，跟这个是一样的道理。更何况在拍《泰坦尼克号》的时候他自己当了制片人。在那之前，因为他是导演，如果做得过头了就会被制片人喊停。所以，他开自己的公司，自己当制片人。

所谓电影导演，通常也是发明家

押井：好莱坞的电影导演连剪辑权都没有，简而言之仅仅是拍摄现场的艺术指导[1]。所以大家为了拍自己的电影，必

---

1. 原文为"演出家"，日语中"演出"有艺术指导之意，"演出家"指拍摄现场听取导演与编剧的意见后现场指导演员、摄像、音乐等的人。而在动画制作中，导演负责统筹整部动画，演出家则是负责单集动画内容的人。

然将成为制片人当作目标。而卡梅隆更是从开发电影的拍摄条件开始的。上一回也说过了，"电影是'发明'"，他实践了这一点。

像以前一样，用照明、指导演员、拍摄，然后剪辑、加上音乐……有按这个套路拍出来的电影，也有拍不出来的电影。如果自己想拍的电影是靠一直以来的体系拍不出来的，那么就要从创造拍摄条件开始。

用我的电影举例，就是像《阿瓦隆》那样的东西。它在日本电影的框架中是拍不出来的。首先日本没有演员，没有街道，也没法把坦克弄翻。当然也没有 Mi-24（战斗直升机）。没办法在日本拍的话，就只能去国外拍。"那么去哪里呢？"，我这么想着，到处选取景地，然后用那边的工作人员、那边的演员、那边的语言拍了电影。

岩井俊二的《燕尾蝶》最开始也是想在国外拍的吧？因为有种种情况，所以还是在日本布景拍摄了。所以，虽然布景做得很好，到底只能变成一部日本电影。

是啊。

押井：我认为"没有必要是日本电影"。没必要用传统意义上的日本电影模式来拍，应该说日本的电影模式拍不出科幻电影。所以我去波兰拍了。为了能在波兰拍电影，和军队交涉啦，和那边的工作人员商谈啦，到能开拍之前确实有着各种各样的交涉，花了差不多两个月的时间，打通了各种关系。所以到开拍的时候已经筋疲力尽了，但做这些事还是很让人开心的。"果然这是一部非在波兰拍不可的电影呢",我想。不是那边的人的相貌就拍不了。所以完全不是非用日本演员不可,甚至没必要用日语拍。

就像这样,开发电影本身的体系对电影来说是有必要的。如果仅仅是艺术指导,倒没有必要这么做。在布景里拍拍就行了。

也就是说,这不是对每个人都适用的吧。

押井:当然,拿别人给的剧本,在给定的框架里发挥艺术指导的作用,这样也没什么不妥。但是我认为,所谓导演本来就是要把电影这个东西创造出来的,所以以无论如何都需要在某种程度上像制片人一样工作。我总是插手制片人的工作,因为这是必要的。

押井导演的设计体系

押井:不仅是实拍片,动画也是如此。我那个叫"构图设计(layout[1] system)"的东西,说来是我的"发明"。为了实现它,我克服了各种各样的困难。说服动画人[2]、制片人,获得了充足的做构图时间。"要是有 4 个月那么长时间去做构图,这段时间用来作画岂不更好吗?",虽然有人这样对

---

1. layout:构图,动画专用名称,根据导演(或者其他人)所画的分镜表画出来的"设计图",原画要根据构图来画。

2. 动画人:Animator,动画制作中的作画工作者。

我说，但做《机动警察2》的时候做构图用了四五个月的时间。作画本身应该是用了大概3个月。就算是这样，到底做构图是有效果的。

在那之前，动画界没有人试图这么做吗？

押井：没有哟。没有构图，一下子就进入原画的步骤了。只有背景原画，那是美术导演誊出来的。这样的话，视线的高度之类的东西就没法变了，因为都是已经决定好了的。

看了宫崎（骏）先生画的分镜什么的，感觉押井先生说的构图，和宫崎先生说的构图好像有种微妙的差别。

押井：不一样。完全不一样。当然，我也是从那里出发的。从参考那个开始的——更进一步说，我是以试图实现它开始的，结果变成了完全不同的东西。

但是没怎么听人说起过其中的差异呢。

押井：因为谁也没想过去说这个，就算说又要跟谁说呢？大家都是想着"现在开始做动画吧"什么的就开始做了，除了对动画抱有学术兴趣的人，别人跟它也没关系嘛。我出版了那本关于构图的书（指《METHODS—押井守〈机动警察2〉演出笔记》），这就足够了。我写的时候是想把那本书作为动画人的教科书。因为我想在某种程度上普及那些知识，另一方面是想通过写那本书来整理自己所想的东西。

这个想法在一定程度上实现了。现在大家已经比较普遍地在这么做了。但如果问"做得彻底吗",倒也并非如此。因为这依然是个 3 个月就要做一部电影的世界,这样的话不可能有空做构图。因为如果没有"去创造一个世界吧"的意志,就没有做构图的意义嘛。如果想的是"角色动起来了,而且尺寸合适就得了",那就不需要构图什么的。

在这之后,押井老师还有什么"发明"吗?

押井:有啊。拍《无罪》的时候就有。当时考虑了怎样把 3D 和 2D 协调起来。一开始没人想做这种事,大家都很不乐意,是我强拉着大家做的。这种做法能否变成常规做法另当别论。也就是说,我每次做电影都会想创造点什么。

这果然是因为押井老师有做制片人的天赋吧?

押井:不是,因为那是有必要的,所以我不是演出家哟。演出家是西久保(利彦),我是导演。要是有在现场指导表演的时间,我更想拿那个时间去做设计。决定服装、拍摄场地,这些事重要得多。所以,还是把演出的活儿交给更有经验的西久保比较好。真的,对实拍片来说,应该有比我更适合指导表演的人,所以我真想交给别人。导演不是为了做这些事而存在的。

去年我因为拍纪实片而仔细观察了押井老师的实拍现场,确实是在渐渐向那方面转变呢。

押井:所以如果说我做的是"像制片人一样的工作",

那就说对了。不过我只是不做资金方面的事。

那么，如果要说具备当制片人的天赋的导演，您想到的有谁?

押井：卡梅隆毫无疑问是这样的人。或者说，在好莱坞取得了成功的导演都是如此哟。斯皮尔伯格也是这样的。当然，卢卡斯是其中之最。主要是好莱坞的导演全都是以此为目标的。因为不那样的话就没法做自己的电影嘛。如果一辈子仅仅当一个演出家，显然也无法取得所谓的在社会上的成功。直白地说，赚不到钱。所以如果不从筹集资金这一步开始工作，就算在好莱坞取得了艺术上的成功，也和经济上、社会上的成功无缘。在美国梦的世界里，做不到这两点一切都没意义。

在棒球的世界，进入大的棒球联盟、成为有名的球员的同时，就能获得高额的年薪，所以大家都在追求这两点吧？电影导演也是一样的。"导演清贫就好，只要有艺术上的名声就好"什么的，日本人大概会这么想。美国倒也有这么想的导演，比如拍了《无语问苍天》（*Johnny Got His Gun*）的导演达尔顿·特朗勃（Dalton Trumbo）。还有之前提到的泰伦斯·马力克，他只能偶尔拍一次电影，但是受到大家的尊敬。年轻的演员都很尊敬他，他要拍电影的时候大家都跑来说"无偿出演也行，让我参演吧"。好莱坞当然也有这样的人，但这是少数派，大多数导演追求的是作品的成功和社会上的成功这两方面。卡梅隆是其中的典型。如果不能在这两方面成功，他就无法满足。

我看着他们，认为自己做不到，心想："那么困难的工作，我哪行。"（笑）也曾经有人问我要不要到那边去工作，是真心实意地邀请我哟。为筹集资金而奔走，拍个电影要被一群律师围着，那样好吗，我想。所以在小一点的世界也没关系，我就这样一会儿做导演，一会儿做制片人，在一个可以按照自己喜欢的方式工作的世界里工作要好得多。幸运的是，现在的环境允许我这么做。只在合适的时候化身制片人，在不合适的时候就变回导演。然后，把拍摄现场的工作交给演出家。虽然我在开发电影的同时也会不间断地参与演出，但是为了争取拍电影的经济条件而筹集资金之类的，这种关于资金的事，我还是想尽可能地避免。因为很麻烦嘛。（笑）

海底的神

在这种意义上，卡梅隆现在是幸福的吧？

　　押井：如果和斯皮尔伯格对比，就能看出来卡梅隆是不幸福的。热门作品接二连三的斯皮尔伯格至今还在开心地拍着电影，这是为什么？确实，虽然斯皮尔伯格现在还在大红大紫的道路上突飞猛进，也就是稳定地连续打出热门作品，但是他没有让人惊艳的作品。他是以压倒性的优势连连取胜。那么，斯皮尔伯格的代表作是什么？《大白鲨》《E.T. 外星人》还是"夺宝奇兵"系列？

把哪一部当作代表作都不奇怪。

押井：但是无法选出一部来。也就是说，在问"代表作是哪一部？"的时候会让人一下子想不出来，斯皮尔伯格是这样的导演。

原来如此。因为一部接一部地打出热门作品啊。

押井：因为他每次都能打出本垒打，如果打出一次场外本垒打会怎样呢？前段时间好像有人说过，对演员和导演来说一样，如果有如同打出致命一击般的作品，那么那部作品就总是会被人拎出来，和其他作品做一番比较。所以说，连续不断地取得压倒性胜利比较好。

我的话，如果说我的代表作是什么，世人可能会说是《攻壳机动队》，但从实际数字上说它在我做的电影中也是属于不卖座的那一类。仅仅是《机动警察》的一半以下，可能连四分之一都不到。售出的 DVD 数量也是《机动警察》多得多。《攻壳机动队》只不过是在海外获得了成功而已。

对一些人来说，我的代表作是《天使之卵》，对另一些人来说是取得过《公告牌》（*Billboard*）第一名的《攻壳机动队》，对动画迷来说是《机动警察》。

对某个年龄段的人来说，会是《福星小子2：绮丽梦中人》吧。

押井：每个人的答案都不一样吧。所以我现在还能拍电影，因为没有可以比较的作品。要我说的话，我想把《无罪》当作我的代表作，但是《无罪》实际也不卖座。（笑）也有些家伙想当《无罪》不存在。《御先祖大人万万岁》也是，想说"我早就忘记了"的家伙也有很多呢。我倒是至今都很喜欢那部。

所以押井老师才能一部接一部地拍下去啊。这样想的话，卡梅隆不太妙呢。

押井：我怎么想都不觉得拍出《泰坦尼克号》之后的卡梅隆是幸福的。我只觉得他失去了拍电影的动力。他完全没在拍电影嘛。那之后算是他导演的只有那部《重返俾斯麦战舰》。那部电影是纪录片，卡梅隆看起来很开心。没有什么大场面，也没有很多的预算，是真的去探索沉在大西洋的俾斯麦战舰。他看上去真的很开心，因为是冒险嘛。电影倒像是顺带拍的了。

他的动力正是这样的东西：拍电影这件事就是冒险。所以在这种意义上，对他来说，"未涉足的世界"已经不存在了。最终结果大概是"我要去宇宙拍电影，现在已经开始训练了"。虽然不知道能不能真的在宇宙拍电影，自大妄想症的结局就会变成这样啊。正如无论科波拉破产多少次，他都会再做同样的事，因为比起拍电影，开发电影要有趣得多。这是本末倒置啊，和拍了《党同伐异》（*Intolerance: Love's Struggle Throughout the Ages*）的那个著名导演（指 D.W. 格里菲斯）一样。虽然留名电影史，却因为拍《党同伐异》而没落了。所谓电影导演，都会在某个时刻变成自大妄想症患者。宫先生也是如此。虽说如此，动画导演就算患上自大妄想症也只不过是在纸上折腾。

说得也是。

押井：而实拍片在拍摄过程中会牵涉很多社会关系，所以反应也会更强烈，心中会充满一种类似权力欲或说支配欲的东西，可以体会到自我的膨胀感。毕竟你一声令下坦克就会跑来跑去嘛。那正是"开火！"的世界哟。一喊"发射！"，就是一片轰隆轰隆。只要做过一次，就戒不掉了。（笑）

最终，卡梅隆胜利了吗？

押井：比起胜负，应该说他最终失去了取胜的条件。他是一个不断战斗的导演，而《泰坦尼克号》是他圆满的大决战。但另一方面，《泰坦尼克号》让他失去了取胜的条件。关于电影导演的取胜条件是什么，我说过很多次了，在我看来就是要保留能拍下一部电影的权利。但是在说拍下一部电影的权利等等之前，他内部的动力却已经消失了。或许是因为某种成就感过于巨大了。

押井老师在上一回中说过，不拍出大热的电影才是……
押井：对。"能持续拍电影是胜利的绝对条件。"

41

这么说来，因为接二连三地拍出大热的电影，卡梅隆已经到达了终点，是这样吗？

押井：然而《泰坦尼克号》作为电影是让人难以称赞的。对卡梅隆来说在很大程度上是成功了，但对于其内容，我感到并不满足。本来他也没想用迪卡普里奥拍这部电影。（笑）

那么，这部电影中的不足，能否变成下一部电影的取胜条件？

押井：《泰坦尼克号》之后，他再拍什么都只能是退步了。因为不存在比《泰坦尼克号》更大的成功了。所以在这种意义上，他和无法超越《千与千寻》的宫先生是一样的。无论做什么，都只能是前作的七成或八成。宫先生大概并不在意这一点，但卡梅隆是在意的。虽然他不想被人说"啊，果然《泰坦尼克号》就是他的巅峰之作了"，但已经不能取得比那更高的社会上的成功了。就和战争一样，如果连战连胜，就会迷失战争的目的本身。

导演不能让自己变成自己的比较对象，所以我会拍续作，但不会拍第三部。

啊，原来如此。

押井：不可以在自己的作品中树立比较对象哟。必须要不断变换追求的目标。通过变换目标，让一部接一部的电影得以成立。如果重复同一件事的话，就会变成宫先生那样的人了哟。

还有一点，卡梅隆的个人原动力大概已经实现了。

卡梅隆的个人原动力是指什么？

押井：那家伙是潜水员，是个对大海抱有深深的向往的男人哟。他会不会相信神存在于深海呢。看了《深渊》的话一下子就会明白。其实我和他见面的时候这么问过他："你的神存在于海底，如果去那里的话就能见到神，对吧？"《深渊》如此，《泰坦尼克号》也是如此。在深海海底长眠的泰坦尼克号，对他来说就是神殿啊，就像俾斯麦号一样。那可以说是他的思想，也可以说是他心中最初的风景。然后，这已经被他实现了。因为他已经拍摄了真实的泰坦尼克号。那已经超出了电影的范畴。要我说，所谓电影，如果不能在某处停步，并满足于自己所拍的是虚构之物，那么是拍不成电影的。

这样说来，不是作为导演，是作为卡梅隆个人的原动力先一步实现了？

押井：嗯，所以我说这是他的悲剧。

原来如此。

补述卡梅隆

上述对话是在 2008 年 5 月总结了卡梅隆导演。但是 2009 年年底,《阿凡达》上映,押井导演不仅没有说出赞美与激赏之词,反而说"卡梅隆失败了",他宣布了卡梅隆的失败,于是我们认为必须再听听押井老师的说法。下文为 2010 年的补述。

那么,在看《阿凡达》之前,您对这部电影有多大的期待?

押井:是半信半疑,觉得应该拍出了很了不起的画面吧。虽说我周围的专业人士对这部电影评价很高,但按常理来讲,如果弄巧成拙,会跌得很难看。其实我下一部作品也是 3D 的,正在制作中(指《RE: 人造人 009》,制作中途押井导演卸任,由原计划只负责脚本的神山健治导演),石井(朋彦)说"工作室的人都去看看吧",于是就去看了。要是没有这样的契机的话,我大概是不会去看的。

押井老师亲自去电影院看,这本身就已经很了不起了。(笑)

押井:对在日本做 CG 或特效之类的人来说,这部电影是个大事件啊。日本不仅是在技术上已然败北,而且再过 10 年都追不上人家。当然以后大家也会做 CG 或 3D 的电影,但技术水平上和人家差了 10 年不止。10 年都追不上意味着什么呢,意味着未来可能永远都追不上了。像操作系统(OS)、

44

喷气式发动机什么的一样，日本的技术已经完全追不上对方了。在这种意义上，是让人很受打击的。

但对我个人来说还好。毕竟，就算要学好莱坞也学不来，如今这已经是明明白白的了，只能走日本自己的路。在这种意义上，虽然日本是被彻底打趴下了，是宣布"失败了"，但我却没有挫败感。不如说干劲满满。"终于到我出场的时候了"——是这种感觉。因为在这方面，我毫无疑问是驾轻就熟的。

让人佩服的是，《阿凡达》不仅画面非常棒，它的故事也好。最后是在与外星人的战斗中失败，海军撤退的场景中结束对吧，这让我很惊讶。海军是美国意志的化身，在这部电影中却成了反派。20世纪70年代，在美国新好莱坞（American New Wave）带来的集体反思中，出现过把骑兵队全部设定为反派的反西部片电影，但自那之后就再没有这种电影了吧？

1990年的《与狼共舞》中也是如此，不过也已经是20年前的事情了。

押井：《阿凡达》在这种意义上是在讲原住民的故事，是对当今美国的全球主义的全盘否定。这样还能在美国大受欢迎，让我觉得很不可思议。

"不是靠蛮力，是靠编导能力"

押井：明明是爱情电影，角色却可以设定成马脸似的蓝色面孔，这尤为厉害啊。因为让观众能够对那些外貌奇特的外星人移情。果然，一展现出那部电影的宏大规模，就直截了当地把人说服了。

在震撼的背景下，观众对蓝色皮肤的人也不会感到不协调了。

押井：甚至那边的世界要更好一些——电影尽全力在试图说服观众这一点吧？然后大家都想去那个世界了，不光是主角，看了电影的人都这么想。从高处飞下来，在空中飞来飞去，让人怎么想都觉得抛弃我们半吊子的文明，去《阿凡达》的史前文明要更好。每天都是节日，每天都乘着翼龙呼啦呼啦地飞翔。嗯，就是这样的电影。

有不少人说《阿凡达》是《风之谷》《幽灵公主》的模仿之作。

押井：铃木敏夫大概想这么说吧。（笑）但就算是模仿之作又如何？那种小心眼的话就随它去好了，那部电影是一个事件——这一点要重要得多。

押井老师说"那部电影是一个事件！"的时候，周围的人反应是热烈的吗？

押井：做CG的人都是一样的评价。说"受到了沉重的打击，甚至难以痊愈了"什么的。但反正就算要学也是学不来的，本来超过《阿凡达》的电影就不会简简单单地出现。因为，具备技术上与之抗衡的能力，与运用技术拍出崭新的电影，这是两码事。那是卡梅隆才能做到的事。需要那么高的构图能力，又要运作摄像机的想象力。怎样把3D与活生生的角色结合起来，这可不是靠蛮力能办到的，而是需要周到地考虑如何编导。

比如，人物的手脚的长度是刚好适合乘翼龙飞翔的，还有他们的体格大小。如果和人一样大的话，看上去应该是比较让人反感的。设定上也是如此。给用遗传工学制造出的模拟体注入了灵魂，没有让它猛然出现，而是先让人看到它在水槽里悬浮的样子，然后再让它开始活动，节奏全都好好地做了安排。那是为了让观众能够移情到他身上，有条理地安排的。就像字面意思那样：为3D角色注入了灵魂。在背景上也花了很多工夫。CG最大的弱点是无法做出无限远的效果，也就是说表现不出用长焦镜头时呈现的无限远处的画面，所以做外景的时候只能做成小场景。而他通过让鸟飞起，用天空或地上的画面填充背景，以此来避免制作无限远处的场景。再加上那种科罗拉多大峡谷似的地貌，不仅突出了立体感，而且凸显了立体电影的层次感、屏风一样矗立着的观感。

总之，我最佩服他的，是他不靠技术的蛮力，而是靠编导来避开弱点组织故事的策划能力，或者说制造世界观的方法。卡梅隆真不愧是个通才。动画的修养、CG的修养、3D

的修养他都有，把这些东西电影化时面对的弱点、观众会对哪里感到不协调，他对这些全都明明白白。

而且这也颠覆了押井老师之前对他下一部作品能否成功的担心。《阿凡达》竟然超过《泰坦尼克号》成为史上票房第一，而且现在还在增长。

押井：身体与灵魂分离这个基本设定确实是厉害啊。还包含着主角最终会回归还是舍弃他轮椅上的那具肉体这个主题。西格妮·韦弗（Sigourney Weaver）饰演的格蕾丝博士没有完成意识转移，于是死去了，但是在意识集合体中她还活着。这种身体论的主题也同时被包含在电影中，所以作为故事来说是很充实的。

"进一步提高本来就高的取胜条件"

所以，从成败论来说，可以说卡梅隆凭借《阿凡达》又一次胜利了吗?

押井：我的结论是不变的。只是说明《泰坦尼克号》不是最后一次胜利，《阿凡达》让他把自己的取胜条件提得越来越高了。不过，我被他还具备那么强的力量惊到了。要是别的导演，拍了《泰坦尼克号》就差不多了。（弗朗西斯·福特·）科波拉就是这样的。卡梅隆则更上一层。我对此很惊讶。卡梅隆还没有筋疲力尽啊。电影方面也还是那家伙的电影，票房方面也超过了《泰坦尼克号》，在两个战斗中都取胜了。

而且，还把在《泰坦尼克号》中取得的成果全都活用于《阿凡达》之中。我没话说了。

我 15 年前想用《加尔姆战争》（一度中止制作的奇幻作品，2015 年以《最后的德鲁伊：加尔姆战争》的片名复活。在东京国际电影节中特别上映）达到的目标正是这样。起用可以传达出实拍的信息量的演员，自由自在地用实拍素材做出动画的感觉。这些事《阿凡达》已经做了。

感到不甘心吗？

押井：要说没有不甘心就是骗人了，不过我俩工作的世界不同，市场也不同。决定性的不同是我不像卡梅隆那么勤奋，就是这么回事儿了。（笑）他大概比我要勤奋 10 倍吧。我最近一天大概只工作 3 小时，那家伙大概要工作 15 到 16 个小时吧，而且还是每天如此。不过这也是理所当然的，要是导演不那样工作的话，是做不出那种电影的。我的工作方法是把工作交给工作人员的遥控器式工作法，是没法做出他那种电影的。

要是《加尔姆战争》没有搁置的话，押井老师应该也在勤奋地工作吧。

押井：应该是在非常勤奋地工作吧。毕竟不工作不行嘛。不过我对自己现在的生活方式——生活以空手道为主，一天工作 3 小时，喝酒喝到饱，和小姐姐[1] 一起玩——挺满意的。

---

1. 此处原文为"おネエちゃん"，可指"小姐姐"，也可指喜爱穿女装的男性。

这样不行的吧。（笑）

押井：所以我正想做点别的事呢！我这边的规模只有他的百分之一，所以只能靠概念取胜。这是我的强项。对此我既不怨恨所处的时代与地点，也无意反省自己不如卡梅隆勤奋。

看了新闻，听说卡梅隆最近身体不太好，说是脸还是哪里浮肿了。明明上次见面的时候他还很有精神的。我在拍完《无罪》之后也浮肿了，果然电影是会让人不健康的啊。只吃米饭，睡眠不足，压力巨大。干的工作越是重要，人就越是不健康。无论有多少钱，人死了的话就都没意义了。我没有和电影殉情的想法。因为我决心照着幸福的理论活下去。我想在幸福的范畴之内做电影，所以只能提高思考的效率。

粉丝听您这么说会伤心的吧。

押井：那样也 OK。我本来也不是为了粉丝活着的嘛。我已经没有任何义务了。女儿和比我赚得多的人（小说家乙一）结婚了，老婆有着就算我死了也不至于困扰的存款。加布（押井家的爱犬）也已经去世了。这样一来我只需要为了自己的幸福而活不是吗？一天好好工作 3 小时，再抽点时间努力练一练空手道。这是我现在的成败论。只要我还身体健康，我就具备一直把电影做下去的条件嘛。只要没有热门片就没问题。

我想大家都会悲伤吧。还是拍一部热门片吧。（笑）

押井：石井（朋彦）应该会失望吧，石井和我的取胜条件是不一样的啊。那家伙的取胜条件是让电影大热嘛。导演的取胜条件是不断地拍电影，要说不断拍电影的基本条件是什么，说到底还是满足个人的幸福。要是变成拍摄现场的工作狂就糟了。我不想像宫先生那样抱着桌子用功、变得白发苍苍，我每天早上都痛快地流汗，喝几口好酒。这是很重要的哟。因为我意识到这是我的取胜条件中的一部分。只要不遭遇事故，也不得癌症，我就能比卡梅隆、宫先生、戒了烟的高畑勋还长寿，能拍电影拍到最后哟。只要不老年痴呆的话。

第三回

押井守的发明

Maries
Georges
Jean
Mélies
1861-1938

0800702

2008 年 6 月刊载

押井守（1951~ ）

生于东京。电影导演。毕业于东京学艺大学，曾任广
播台导演等，1977年加入龙之子制作有限公司。通
过电视动画《棒球少年贯太》作为艺术指导出道。为
追随精神导师鸟海永行，加入小丑工作室。被任命为
《福星小子2》的主导演，初露头角。一方面制作《福
星小子2绮丽梦中人》（1984年）、《机动警察剧场版》
（1989年）等剧场版动画，另一方面也拍摄《红眼镜》
（1987年）、《地狱番犬》（1991年）等实拍电影。《攻
壳机动队》（1995年）给海外导演带来了很大影响。
他还以极其喜爱狗而闻名。近作有动画长片《空中杀
手》（2008年）。2014年开始制作包含剧场版长片
在内的实拍系列《次世代机动警察》。

押井老师，《空中杀手》不久就要上映了，正是您忙碌的时期，这次也请多多关照。上一次您说到每次拍电影都要"发明"些什么，这次的新作品中有什么"发明"吗？

　　押井：发明了很多东西哟。只不过比较朴素。（笑）是朴素的发明。我想应该不会有人注意到。那么，这次讲讲电影没有专利这件事？

　　好的。

　　押井：实际上，电影曾经是有专利的。那是在电影的创始期。飞机也曾经有专利。因为要拍《空中杀手》，所以我查了很多关于飞机的资料，莱特兄弟是有那架飞机的专利的。到底是美国人。他俩好像是开自行车店的吧。

　　啊，是这样的。

　　押井：所以是链条传动的，令人震惊。第一架飞机是以链条连接发动机来运转的，是由自行车得来的创意啊。而且下面还安着轮子。虽然有雪橇一样的结构，但也有轮子。

就这样，莱特兄弟取得了发明专利。他们想让别的家伙没法擅自制造飞机。但是法国人擅自模仿着做了飞机，于是起了纷争，甚至告上法庭。但法国的法庭不承认莱特兄弟的专利，所以莱特兄弟的飞机的仿制品一个接一个地被制造出来。

在电影创始期的历史中，也有类似的与专利相关的悲惨历史。现在一般认为电影是爱迪生发明的，对吧。不过有个男人自称在爱迪生之前发明了电影。我想法国官方是不承认的。

法国认为是卢米埃尔兄弟发明的。

押井：英国也有（威廉·弗里泽-格林）。电影创始期的历史出人意料地悲惨啊。有的大叔在精神病院终老余生，有的大叔投河了，有的大叔失踪了。

押井老师在电影《会说话的头》中稍微提到了呢。

押井：对对，在那部电影里提到了。乔治·梅里爱[1]晚年与最后一任妻子在售货亭卖纪念品，这也是段有名的故事。极端地说，在电影创始期一个得到幸福的家伙也没有。

（笑）

---

1. 乔治·梅里爱（Georges Méliès）：法国电影导演，开创了诸多摄影技巧。

押井：包括制造胶片的乔治·伊士曼（George Eastman），用手枪射穿了脑袋。[1]

是啊。

押井：所以我在《会说话的头》里说"电影的创始期是段被诅咒的历史"。

电影的两种革新

押井：电影的发明，在初期纯粹是技术的发明。因为电影基本上只靠技术革新才能有变革，变成有声电影，变成彩色电影，变成70毫米电影[2]，近来最大的变革自然是数字化。大体上说，声音与色彩的革新是电影的两次革新，第三次革新是数字化。

是这样啊。

押井：不过要我说的话，这些都是硬件上的革新，除此之外实际上还有软件上的革新。

那就是剧情片的诞生。最初的电影，除了梅里爱这样的导演，拍的都是纪实片。世界各地的景色啦，节日或仪式啦，总是拍这些东西，以此赢利。要么就是拍摄机动车开动的样子，

---

1. 通常认为是射中胸口。

2. 70毫米电影：宽银幕电影的一种。采用宽度为70毫米的单条胶片进行摄制和放映。

因为运动本身就是一种魔法。最初就是魔法的历史。电影是作为魔法、作为"演出"来公开的。这时梅里爱开始制作特摄电影[1]似的作品，把电影变得更有趣了。但我想梅里爱脑中还没有出现剧情片这个概念。

那时，有没有这样的人，比如说一个人拍了莎士比亚的戏剧，然后说"这是故事"？

押井：可能是有的。一开始大概都是些让演员在布景中表演的戏剧纪录片一样的东西。但是让摄像机运动起来，去街上拍摄，就变成了更有活力的剧情片。进一步植入字幕，电影就获得了语言。

实际上，我认为对电影来说真正的革新正在于此。把戏剧和情节注入其中。为了把情节编排得更好，所以开始让摄像机运动起来，到街上去。之后就是一系列连锁反应了。

还有一次软件上的革新，那就是明星的诞生。通过让特定演员演绎角色（persona），电影产业化了。这是美国的发明。除此之外，电影还没发生过这么剧烈的软件革新呢。总之，为了支撑情节，以特定演员的人格、超凡魅力（charisma）为中心，电影产业化了。接下来只不过是为了拓展剧情片编导上的张力，加入了声音与色彩罢了。

---

1. 特摄电影：指使用特殊拍摄技术制作的怪兽电影、科幻电影、战争电影等，日本较有名的特摄电影有《哥斯拉》等。

关于控制信息量

押井：所谓电影其实就是洗脑。所以加入了声音，加入了色彩，进一步把画幅扩大到70毫米，等等，这些技术革新基本上是不断朝着增加信息量的方向前进的。不过，数字化与那之前的革新的不同之处在于，它让信息量的操作变得可以控制。这一点与之前的技术革新有着根本性的不同。

所以电影的可能性被进一步扩大了。尺寸、色彩、时间都是可以改变的，还可以把不存在的东西加进画面，让多余的东西消失。一切事物都可以控制，这是电影的终极技术。

而我说的"电影的发明"，说的是更加本质性的东西。在控制信息量的增与减的基础上，电影本身会如何变化？也就是说，像动画这样可以控制的影像，可以具备实拍一样的信息量吗，这才是我的最终目标。

这次朝着这个目标更进一步了吗？
押井：前进了半步。

实际上是怎样的发明呢？
押井：最好懂的一处是，把云完全3D化了。云明明是一刻不停变化的东西，在动画中却被当作不变的东西给固定下来了。除非是特殊的画面。

确实基本上是被当作布景的。

押井：当然也有像《风之谷》那样，把云做成动画的例外。但在被称为商业电影的动画电影中，基本上对背景的信息量有很大的依赖，甚至说动画的历史是背景细致化的历史也不为过。不过，在固定的画面上增加信息量，其最终结果就是"三次元化"，也就是通过让背景运动起来增加背景的信息量。不仅仅是画上去的信息，还要加上镜头运动、变化带来的信息。"变化着运动"这个信息实际上是终极的信息量，有了它，作品就会发生戏剧性的变化。不是靠细节画得细密的背景，而是靠摄像机的运动，世界才能不断变化。

但是背景动画必然带来信息量的低质化。我在做《福星小子》的时候非常喜欢背景动画，做了很多。

确实做了很多。（笑）

押井：有一段时间，学校的楼也好，街道也好，过街天桥也好，我全都根据主观视角的移动而让它们运动起来。当然，相应地，画得很粗糙。信息的质量一落千丈。高畑（勋）先生在《小麻烦千惠》中，把住宅区整个作为背景动画使它运动起来了，好像是一场马拉松的场景还是什么的。当时我大吃一惊，目瞪口呆。

不用说，宫（崎骏）先生是背景动画的名家、天才。然而，《千与千寻》是用数字技术让背景运动的。《幽灵公主》则是用3DCG（贴图技术）。要是宫先生还健康的话，绝对不会用贴图技术什么的。所以，看到的时候我就想，宫先生也年纪大了啊。

不过宫先生自己应该也是这么想的，所以这次《悬崖上的金鱼姬》就是宫先生的大反攻。是想要把动画夺回动画人手中的尝试。虽然看起来很了不起，但那还不是我所说的"发明"。这也好，那也好，都是动画，基本上没有画背景。

正因如此，吉卜力做背景美术的人闲得不得了，所以《空中杀手》中我就最大限度地让他们帮我画了。估计让他们画了有将近一半吧。对我来说是要喊"好棒，万岁！"的大好事啊。（笑）

啊哈哈哈哈哈。（爆笑）
押井：石井（制片人）、美术导演（永井一男）等等，大家都喊"万岁万岁！谢谢宫先生"呢。

感谢宫先生。（笑）
押井：实在让他们画了不少哟。

反攻的宫崎骏

押井：先不说那些，我想这次的《金鱼姬》会很了不起，要我说的话，它是一次反动[1]。

是指回归过去吗？

1.此处主要指反科技潮流。

61

押井：它是反革命的。是试图再一次让动画这种东西回到王侯贵族、名为"动画人"的特权阶级手中。好像在说"平民们都把动画搞得不成样子"。

说不定，宫崎先生厌恶手冢（治虫）先生也是这个原因吧。（笑）

押井：这是明摆着的。于是这次就是他的大反攻。在世人看来，宫先生可能是像雅各宾派[1]一样的人，但在我看来他是保皇党人。那个人的所作所为，向来大体上是抵抗动画大众化的。他不是常说"每年能拍一部动画就够了"吗？还会说"去看动画本身就是仪式。去电影院看吧。我不会出录像带的。带上小孩来电影院吧"。他认为这样一来，观众儿时看的动画电影、漫画电影就会永远留存于心。还说"拙劣的动画人去死吧。都回老家去吧"什么的。（笑）

这一切，都是因为他想把动画据为特权阶级所有。确实，因为大众化而出现了满坑满谷的垃圾动画。宫先生唾弃的，像厌恶蛇蝎一样厌恶的垃圾动画大量地冒出来了。但是从另一方面说，拜那些大量出现的垃圾动画所赐——其中也有《宇宙战舰大和号》《机动战士高达》这样的作品——宫先生才能当上电影导演。这一点没错。

是这么回事。

押井：我当然也是如此，高畑先生也是如此。动画被批

---

1. 雅各宾派：法国大革命时期的一个政治团体。

量化生产，建成了雄伟的垃圾大山，相应地也带来了广阔的市场，于是我们大家才能当上电影导演。如果不是这样的话，肯定要在电信动画制作公司（Telecom Animation Film）默默无闻很长时间。电影什么的是拍不了的。

所以宫先生所做的事就是反动。他作为动画人的价值观，我倒没有什么接受不了的地方，还有一些共鸣。因为我也讨厌垃圾动画嘛。但我认为，多亏有巨大的垃圾动画之山存在，我才能成为导演。正因为有它的积累，许多创作者才能崭露头角。没有它们的话大家都只能默默无闻。这显然是《大和号》《高达》的功劳，《大和号》《高达》也毫无疑问是垃圾动画的积累之中结出的果实。是因为在《魔神Z》[1]之后出现了满坑满谷的机器人动画，有了这样的铺垫所以富野先生才能够做出《高达》。《高达》不是偶然出现的啊。《大和号》也是一样的道理。

光学构图的秘密

押井：我所说的动画的"发明"，和宫先生的"反动"恰恰相反。我的"发明"全都是可以模仿的。我至今做的，全部都是谁都可以模仿的。

押井老师不如说是想积极地回授吧。

押井：是的。为了便于模仿，还专门写了书。

1.《魔神Z》：原作为永井豪的漫画作品，于1972~1974年播出，以机器人为主角的动画。

像是在说"请模仿吧"。

押井：看到那本书，好像有人不满地说："啊，这样一来莫名其妙的家伙都会开始偷偷照抄《机动警察》那样的构图了。"要我说的话，反而希望大家都多多来模仿。如果模仿的人多了，那种技术就能普及开来。如果能多一个做构图的人也好。本来，如果不想尝试去模仿什么东西的话，一切都不会开始。本来我也是从模仿开始的。我的构图设计是从模仿宫先生开始，然后转变成自己独有的东西的。

上一回也提到这件事了。您是参考了宫崎先生构图的哪些地方，如何改变它的？

押井：说到宫先生的构图，基本上还是动画人的构图。

我感觉，宫崎先生所说的构图是舞台装置的设定，押井老师说的构图是卡梅隆那种。

押井：对，硬要说的话，我的是光学构图，主要在于透视法。宫先生的不是透视图，是画面中图形的平衡状况。所以有着本质上的不同。

当然，宫先生的构图有摄影机运动的指示，还有"背景切换速度每格 0.5 毫米"等等指示。我看到后学到了他们的构图作为设计图纸的一面。"所谓构图就是设计图纸。"可以通过它来为最终的画面打好基础。除了摄影技术，还有尺寸的指定啦，某个画面中光的方向啦，全部写在里面。"镜头在几秒间移到这里"啦，"平移到这里"啦，指示十分缜密。这是宫先生他们的"发明"，是从东映动画时代至今的积累。

我所做的是偏向光学的构图。不是绘画意义上的透视法，而是为了建立空间感所做的事。总之，我是把镜头带进了动画的世界，而不仅仅是消失点的问题。我的构图不仅仅是要做出一个具备物理上的协调性的空间，还要在光学，在镜头上说得过去。

换句话说就是要产生"变形"，我想以此来获得某种真实感。要说为什么，说到底电影就是记忆，而比起绘画的构图，通过镜头看到的构图比较能带来某种身临其境的感觉。毕竟在经验上，人是通过镜头看到电影画面的。

动画的有趣之处，在于要把在平面中确定下来的透视图通过镜头再拍摄一次。而且因为在拍赛璐珞¹的时候，会尽量用不会拍出变形的方式来拍摄，所以通常用变焦镜头。所以在摄影机的摄影台上没有广角镜头。因为它会拍出变形效果，而且视场角太广了，不光能拍下整个工作台，还会把工作台周围的东西也全拍进去。所以在拍摄的时候想加入这种变形对动画来说是困难的。

所以我想从一开始就在构图上实现这一点。自卖自夸地说，我的构图最大的特点就是引入了镜头。更何况，因为动画本身就是撒谎，所以甚至可以在同一个画面中使用不同的镜头。那是实拍拍不出来的构图哟。也正因为那看上去和实拍非常像，大家都觉得很像实拍的，所以出现了很多抱怨说"为什么不干脆实拍呢？"的家伙。还有人说"何必非要做成动

1. 赛璐珞：将运动的物体和背景分别绘制在不同的透明胶片上，然后在专用的摄制台上叠加在一起拍摄，这样同一张背景就可以使用很多帧，每一帧画面只要重画运动的角色即可。使用这种分层技术制作出来的动画，叫作"赛璐珞动画"（Cel Animation）。

紅い眼鏡（1987）

画呢"之类的。那是实拍拍不出来的啊！！你们这些人眼睛有毛病吗？——我有时候这么想。

因为普通人看电影的时候不会注意到对焦什么的。

押井：用全焦点摄影技术（画面各处都能对焦），而且四周采用畸变，不过中间是没有扭曲的。仅在中间用长焦，在四周用广角。

如果是有拍摄经验的人的话应该会明白。

押井：如果是碰过摄像机的人立刻就能明白。我也是在实拍的时候第一次意识到这个问题的。我非常喜欢纵向构图，前面和后面一定要安排演员、艺人站在那里。

但那在实拍中是很棘手的构图吧。

押井：做动画的时候不会遇见这种问题，但实拍的时候被摄影师问"对焦对在谁身上？"的时候，我愣住了。回答说："啊，完全没考虑过。"

毕竟动画基本上全部都用全焦点摄影呢。您说的是拍《红眼镜》时的事吗？

押井：对。韵味确实会有所不同。如果对焦点在后面，前面当然就会模糊，于是观众的视线就自然地被引导到后面去了；如果对焦点在前面，无论站在后面的演员是谁，都变成了背景的一部分。因此可以期待得到不同的效果。因为这种方法很方便，所以我用过很多次。不管三七二十一，先让大家站到摄影机前面去。

所以摄影机前有大木（民夫）和千叶（繁）君，后面凌乱地聚着很多人——拍了很多这样的画面。其中包含着只有在实拍的摄影现场才能学到的技巧。"实拍是有焦点的"，虽然这是理所当然的，但对我来说是一个新发现。只做动画的家伙是不懂的。

是这样吗？（笑）

押井：他们也不理解换镜头意味着什么。就算是把人物以同样的大小放到近景中，是用标准镜头，用长焦镜头，还是用广角镜头，都会让画面变得完全不同。我因为经历过实拍，所以做构图的时候可选择的方法就变多了，而且在纸上做的话什么都能做得到。再加上拍摄的指定、色彩的指定、照明的指定，艺术指示可以写得像山一样多。不过要是太过分的话大家会生气的。（笑）其实做《机动警察1》的时候，因为演出家写的指示太多了，美术导演发火了。

小仓（宏昌）先生发火了吗？（笑）

押井：嗯。有件事还挺有名的，一个做背景的工作人员来找到小仓君，问："'这里亮''这里模糊''这里暗'

等等写了好多，该怎么弄啊？"小仓君说："哟，无视就好了。"
（笑）

纵向画面与横向画面

押井：在平面上进行透视，需要画辅助线，所以一定要带着三角板。画出辅助线、确定好透视图之后，如何用镜头拍摄——这里开始才是技术诀窍。从这开始就不是谁都能做到的了。

只要有三角板就能做出透视图。纵向四倍啦，横向几倍什么的，把这些贴在大大的纸上，画出大规模的辅助线，这样姑且能得出协调的空间。话虽如此，实际上是做不到的，所以要添上一两张纸，在一定程度上靠想象来做，这样一来，就能从大的透视图里裁出来透视图的一部分。但这不像说起来这么简单。

这次的《空中杀手》的"免下车"服务设施、客厅等等，让阿铁（西尾铁也）改稿改到不想活了。因为原画师画出来的透视图太随便了，画得像附近的鸡肉串店的柜台一样。如果不改的话，椅子的高度、桌子的高度、柜台的高度、店里的宽度全都会很奇怪。一个例子就是《千与千寻》中的澡堂。如果是过去的宫先生，应该不至于随便到那种程度。我看《千与千寻》的时候，尽管觉得它是好得不得了的电影——比《幽灵公主》好 10 倍——但还是感到宫先生是上了年纪了。构图变得十分粗糙了。

我认为澡堂的空间完全没有活起来。明明难得地做出了上下通透的空间，为什么要让人物用电梯移动呢。这样的话人全都在横向移动。为什么不用纵向的构图呢。

千寻登台阶的部分是纵向移动的。

押井：对，只有那一处。千寻从墙外面可怕的台阶跑下来的场景，让人联想到过去的宫先生，不过为什么在那种地方会有那种奇怪的台阶呢。难道不是因为想做那一幕才故意设置的吗。它存在的必要性为零。而且有必要把台阶做得那么可怕吗？

我想宫先生大概也觉得"不想这么做"并为此焦虑吧。不过修改全部内容是不可能的。一定会在各种地方留下之前的原画师画的透视。所以，这部电影在塑造空间上非常失败。说起来，去那个世界的河滩的构图非常棒，真不愧是宫先生。但是去的那个世界、那个像法国农村一样的地方没问题吗？（笑）正以为要出来多么奇妙的世界，结果就是个那样的地方。很让人失望啊。可能在宫先生的脑中，那个世界就是法国农村的样子，但这没什么说服力吧。好不容易做出了壮阔的河滩。坐着电车渡过了三途川，对吧？那是很棒的表现方式，具备和《萤火虫之墓》的夜晚市营电车场景相当的震撼力，也就是说具备死亡世界的震撼力。和《幽灵公主》是很不同的。

刚才，您说到喜欢在实拍的时候让人站在近景中，《空中杀手》的画面中，好像也很少有人物的横构图呢。

押井：嗯，本来就不喜欢横构图。

是这样吗？（笑）

押井：如果让两个角色横向站着对峙，那么两人必然会变成侧脸——虽说可能把差不多七成侧脸偏过来一点，也没有人会笨到让角色摆出 90 度侧脸吧。这是基本中的基本。虽说笨蛋演出家可能注意不到，但动画人是瞬间就能明白的。就算是七分侧脸，与正面相比也会缺少一半的信息量。

原来如此。

押井：所以除了特殊情况，我不想画侧脸。让两个人只露侧脸对峙什么的太傻了。我就算要这么做，也只是把它当作记号来用而已，因为这没有表现力。要我说，尤其是男女对视的画面，如果是横向画面的话就糟透了，是最差的构图。极端点说，就算是逆光也比那样强，横向站立只在它作为必要的符号时才能用。如果它是作为某种动人情景浮现的话还能理解，但越是那种时候越是构图的对决，而不是作画的对决。

用一根线扩展出的世界

押井：《未来少年柯南》中，有柯南给睡着的拉娜用铁板遮阳这个有名的构图（第八话《逃亡》）。虽然只是画了一根地平线，但是是出色的构图。听宫先生说过，他果然是为了巩固那个构图花了半天的时间，仅仅是考虑这条线要引向何处。就是这样微妙的事哟。有了那一根线，极其广阔的沙漠就被表现出来了。柯南撑着铁板，拉娜躺在阴影里面，阴影投下来。阴影投下的方式也堪称绝妙，它必须和远处地平线的透视一致。这是宫先生凭直觉做出来的。

他是凭直觉就能做到的天才啊。

押井：是啊。我的话要用三角板画辅助线。要让投在地面的阴影在透视上和地平线一致，还要考虑将机位固定在哪里，但不确定这样做出来的东西会不会给人留下深刻的印象。有时候撒谎也是有必要的。说不定把地平线微妙地向上翘一点会比较好。其实大地本来就有起伏，越是广阔弧度就越明显，所以稍微向内弯一点的话能进一步凸显广度。

这是我从小林七郎身上（美术导演）学到的，"稍微弯一点的话对面会显得圆一些。这样纵深感就出来了"。我在《天使之卵》里经常用到这一手。因为低角度拍摄很多，所以七郎先生下了一番功夫。比如石阶对面坦克散乱地出现的场面，按通常的画法是绝对画不出来的，所以让对面弯曲了一些。而且很偶然，如果那个镜头里不是石阶的话也是无法实现的。如果不是有信息量的道路，就无法表现出弯曲。

《鲁邦三世：卡里奥斯特罗城》的开场镜头也是这样呢。

押井：那个也近于宫先生的"发明"。是我在《福星小子》里模仿了很多次才终于领会到的。如果在道路的一侧有什么东西的话就坏了。首先，一定要是从一端到另一端贯通的一条线。而且为了做出长焦的效果，还必须有一种现场感，纵向的饱满的现场感。如果用数字技术的话很容易就能办到，但过去是用玻璃做的，是要用柔光和滤镜等来做的。

而且，比如说海市蜃楼，不是画画就行的，要微微摇晃、让焦点对不准，这才是关键。焦点不能对上，所以要让线稍微对不齐。这类细节上的诀窍非常多，比如不能让画面的对比度太强，因为用的是长焦，空气会被压缩，所以整体的饱和度会下降，对比度会变得不准确。必须极度削减背景的信息量，否则焦点绝对对不上……等等，这些是我模仿了很多很多次，才终于领悟到的。

原来如此。（笑）

押井：就是这么回事。不去实际做做看是不会明白的。正因如此，不是看了很多教科书就能做作品的。如果不做做看的话永远也不会知道那些诀窍。

因为现在用数字技术什么都能做到，所以大家都莽莽撞撞地做着，另一方面构图则变得马虎了。想着什么都能做，结果没了智慧。实际上，让人想说"这画的是什么啊？"的奇怪的画被大量生产出来了。没有能作为后盾的设计能力，技术能力严重不足。

达成各种各样的条件，掌握了诀窍，才有好的构图啊。要说我的构图，表面上看可能是用三角板就能做出来的世界，但实际上，在变成画面之前需要无数的诀窍，各个部分都需要有专业能力。不是简简单单就能做到的哟。

归根结底，不动手去做是不行的啊。

第四回

三池崇史的气质

TAKASHI
MIIKE

080723

2008 年 7 月刊载

三池崇史（1960~　）

电影导演。毕业于日本电影学校。1991年以录像电影《突风！迷你特攻队》作为导演出道。第一部院线电影为1995年的《新宿黑社会》。他是一位风格多变的高产导演，其暴力描写在海外受到很高的评价。主要作品有《切肤之爱》（2000年）、《杀手阿一》（2001年）、《鬼来电》（2004年）、《斑马人》（2004年）、《小双侠》（2009年）、《十三刺客》（2010年）等。2007年，三池导演的《切肤之爱》被选入美国《时代》杂志的"恐怖电影Top25"，是唯一入选的日本电影。目前保持着每年拍摄一部电影以上的速度。

押井老师，这次的主题和前几天拍摄的《手机探员7》（于2008—2009年播出的电视剧，押井导演也负责其中的两集）相关，可以聊聊这个系列的导演三池崇史吗？

　　押井：正合时宜，刚刚好嘛。

　　在这次的工作之前，您是从什么时候开始注意到三池导演的？

　　押井：我原本就喜欢录像电影[1]。对一部分人来说，我对录像电影的喜爱是蛮有名的，有一段时间我净看录像电影。

　　从初期的录像电影开始吗？

　　押井：从东映一开始称一些作品为录像电影起，我就开始看了。

---

1. 录像电影：一种不在电影院放映，只制作成录像带发售或给录像带租借店供货的电影。

那么已经过去将近二十年了呢。

押井：我有段时期频繁地去录像带租借店，那段时期和看录像电影的时期完全重合。尤其是《零课女警》等出现的时期，借来看了很多。多的时候一天差不多借三部，大概是做《攻壳》的时候。那时刚好在位于三鹰的公寓建了工作室，从热海单身赴任，开始了工作，有了尽情看这些录像带的环境。

反正也没别的事做，每晚从工作室回来的路上去录像带店借两三部，看录像电影看到睡着也变成了习惯。就这样，我谁也不用顾虑地好好研究了一番。（笑）反正就算看到早上也不会被老婆骂。那段时间世界各地的B级片、地下电影、录像电影，凡是能接触到的我都看。完全不看名作。当然动画什么的也完全不看。

当时看过的作品中，有些极为奇怪的作品。现在想来，那就是三池先生的。当时没有特别在意，只是带着"录像电影里偶尔会有趣的东西呢"这种想法在看。大概20部中能有一部会让人想"很不错嘛"，差不多是5%的概率。

正因为是大量生产出来的，所以能冒出杰出之作——上一回说动画的时候也说到了呢。

押井：对。所以如果没有电影批量化生产的话，或许三池先生也不会为人所知。我想，录像电影这个背景的影响很大。

世人认识三池先生是从《生存还是毁灭之逃亡者》开始的吧。

押井：那部电影给人留下了强烈的印象，我看的时候也大吃一惊。在想："真是了不起的电影啊。"久违地大吃一惊。实在是乱来又有趣的电影。大概是因为那部电影，我清楚地记住了那个人的名字。不过这已经是常规的电影了，（笑）预算大概是录像电影的好几倍吧。

较真的导演，淡泊的导演

押井：我第一次当面见到三池先生，是在这次的《手机探员7》。边吃饭边聊了大概两个小时。

三池先生是怎样的人？

押井：是个超级认真的人，在工作的时候会顽强坚持到底。《手机探员7》中我的部分6天拍了2集，大概每天工作到晚上8点。虽然也有浴室的场景、夜场比赛的场景，基本上除去吃饭时间一个小时就拍完了。但是听工作人员说："三池组每天都是通宵的状态。"总之他是个较真的人，会重拍好几遍。我则很淡泊。（笑）

像押井老师这样过于淡泊的人也会让人困扰的吧。（笑）

押井：我基本上是把全部都交给大家来做，然后嗖嗖地拍。我来决定摄像机的位置与高度、构图，剩下的就"按差不多的感觉拍一拍"，先让演员大体演一下，然后就是正式拍摄了。我只看监视屏。

因为押井老师是动画导演吗？

押井：不，我想没有关系。因为实际上在动画的制作现场我也是很淡泊的。最近变得尤其淡泊了。做《空中杀手》的时候，拍幕后的摄像机总是入镜，大概有三台都拍进去了吧。于是，石井（朋彦，制片人）来跟我说："那个……美术导演无论如何都对画很介意，希望能好好改一改。"

也就是说请配合一下。（笑）

押井：基本上在构图的时候我的工作就结束了。后面就是检查一下，说过"这里再改一下""这样做吧"之后工作就瞬间完成了。所以我说："如果是较真的人，不如去找做演出的西久保先生吧？"（笑）那家伙很较真的。话虽如此，那家伙最近也变得越来越淡泊了。

他们是先在脑中安排好了故事，然后希望据此来拍摄画面的。（笑）

押井：我就算在 I.G，检查当天提交的构图顶多也就两小时。做《攻壳》的时候改构图改得很多，一直改到要赶最后一班电车呢。这次是因为阿铁（西尾铁也）精力非常足。比如，如果我说"视线的高度不改不行啊"，一般来讲是非常棘手的。需要写非常细致的修改指示，所以很花时间。不过如果是阿铁的话，我只要画一条眼睛的高度线，写上"交给铁大人了"就行了。（笑）我想要的是什么，那家伙只要这样的指示就懂了。然后顶多是角色方面给他附上大致的感觉，写上"请给动个大手术"就够了。

好过分。（笑）

押井：所以一天内如果有 10 到 20 个镜头，检查 2 个小时就完成了。因为我不纠结于拍出某种画面。当然，这样就变成了阿铁的构图，但这也没什么。

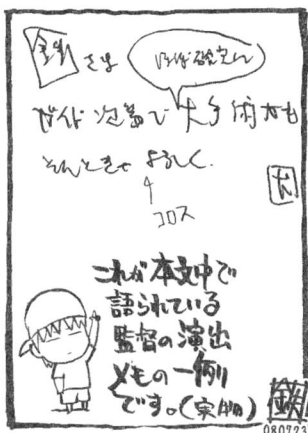

这是文中提到的演出指示的一例

另一方面，三池先生是很偏的。

押井：很偏。或者说，那个人本质上是非常认真的人。无论如何都要拍那种乱来的电影，会遇见很多物理条件不允许的情况，这种时候，破罐破摔的想法就会冒出来对吧。就在这时，他似乎恰恰爆发出了那种电影迷式的大胆。尽管是在加利福尼亚拍的，却一本正经地在字幕上打出在"埼玉县"什么的。（笑）他的那种荒唐，我一开始以为是开玩笑或者是为了搞笑，但似乎并不是这样。

在《生存还是毁灭》里，有明显是在搞笑的场面对吧。一开始我还以为只不过是黑帮电影，但是中间感到好像哪里不对，比如突然拿出混凝土砖互殴什么的。所以我想"他到底是个什么样的人啊？"。

79

押井流的"差不多"工作法

押井老师所说的"继续拍电影"，三池导演是现在实践得最好的人吧？

押井：是的。不过我问他本人："为什么这么卖力工作？"他回答说："或许某一天就不会再有工作上门了，这种恐惧感一直在心中消除不掉。"他的制片人，一个一直和他一起工作的女性说："三池是真的觉得可能会不再有工作。"所以凡是找上他的工作，他都不拒绝，全都做。业内常有人说"那对他来说是一种浪费"。不过他非常硬朗，所以没有崩溃，作品数在稳定增加着。

体力很强啊。

押井：当然只靠体力是做不到的。我觉得那是非常大的魄力。要我的话早就疯掉了。我最近越来越讨厌麻烦的事情了。从去年到今年接了太多工作，好后悔啊。（笑）

真奢侈啊。（笑）

押井：我做《空中杀手》的同时还做《真·女立食师列传》，还做其他的短片集锦、《地狱番犬》的26集广播剧、一本小说，还有一部脚本吧？还有《手机探员7》的两集，漫画连载也稍微做了一下，此外还有一个专栏连载。真的连自己也震惊到，想说"我什么时候接了这么多活儿啊？"。

不过我之所以能做这么多工作，是因为我是差不多就好。

（笑）就算要开碰头会，直到当天我是什么都不会考虑的。（笑）而且就算当天迟到了，一两个小时的时间事情都能决定好。说完"就这么办吧"之后方案就确定下来，之后工作人员就开始工作了。然后下一次碰头会就是工作人员说着"工作完成了"，把工作的结果展示给我的时候，当然那时我已经把上次开会决定的方案忘了。于是就会说："啊？是这样吗？不过好像挺有趣的，就这样吧。"总是重复这个过程。

这些话，读者可能会觉得是夸张的，但都是真的。（笑）我（野田）去年拍了《真·女立食师列传》的幕后，所以知道这些基本是实情。

押井：不过，只有《空中杀手》是努力了。虽然是理所应当的事，因为本职工作是不能敷衍的嘛。无论工作人员有多优秀，每天我还是一定要花两三个小时在《空中杀手》相关的事务上。这么认真的只有阿铁、我、美术导演，西久保什么的不叫他的话他才不来呢。在这种意义上，《空中杀手》的工作现场是很冷清的哟。其中干劲十足的就是阿铁。总是用扎头带绑着额头，郁闷地说着"为什么只有我这么努力啊"。（笑）

深感同情……

押井："你也偶尔留到搭最后一班电车怎么样？"他这样问我，不过我总是溜掉，只有一次和他一起搭了最后一班车。虽然不是因为工作，而是因为在工作现场开派对，他高兴地说：

"终于和押井先生一起乘最后一班电车了！今天心情好极了。"

总感觉哪里不对。（笑）

押井：所以相比之下，三池先生是很较真啊。看《鬼伎回忆录》的幕后花絮时也这么觉得。演员的动作什么的，他全都要指导。在摄像机后面发出"对，在那里消失""从台阶上下来了"之类的指令。就这样让演员演出和他想象中一样的动作。"啊，原来他是个会做这种事的人啊。"我想。

要我说的话，电视剧就是设计，所以构思就是全部。这次的《手机探员7》灵感来源是寺山修司哟。在决定让离家出走的少年与流浪女演员相遇的瞬间，就已经完成了。

好的好的。

押井：所以，我把寺山修司喜欢的书全部重读了一遍，虽然写摘抄用了大概一周的时间，但写剧本专心写了两天就写完了。然后就只需要选角色了。主角是早就已经决定好了，流浪女演员从一开始就选了安藤（麻吹）。总之就是想选像女演员的女演员。看到安藤的一瞬间我就想："啊，她是女演员。"她经常跟着剧团俳优座[1]巡回演出对吧。

好像是这样。

押井：因为记台词也记得很好，情景转换也很迅速，只要提出要求她什么都能做到，是很理想的女演员。浴室的场

---

1. 剧团俳优座：1944 年成立，日本代表性的剧团之一。

景也能拍。电视剧播出是 7 点左右，所以只能露背，下一部我想或许可以拍裸体。（笑）

怎么突然说到这个方向来了。（笑）

押井：如果剧本与演员方面的设计完成了，也看好了取景地决定在哪里拍，那么全部的要素就集齐了。剩下的就是如何把它们全部整合到画面中去了，也就是构图。

看到了押井老师的生活方式，是既做动画，又拍实拍，还做电视、写小说，感觉就像《港口女郎》（*A Girl in Every Port*）里在很多地方留下情种的男人一样呢。（笑）

押井：不，那对电影导演来说是正确的。（笑）女演员也是，只和一个女演员合作的话是不行的。这次我起用了安藤（麻吹），这倒不是第一次。总之，演过《女立食师列传》的女演员我想跟每个人都合作一次看看。所以和藤田（阳子）、安藤合作了。终于和（菊地）凛子也合作过了。这样就没问题了。

那不是押井老师没导演的部分的女演员吗？（除押井守之外，参与导演《真·女立食师列传》的有神谷诚、神山健治、汤浅弘章、辻本贵则）会感觉自己像个和儿媳妇私通的父亲一样吗？

押井：是像拐走了别人的女人似的。女演员夺爱作战。（笑）换言之，这正好能看看和神山、汤浅（弘章）用一样的女演员，能不能拍出和他们不一样的电影。看看能不能让同样的女演员呈现不同的形象。至于藤田，我感觉她到底还是带着汤浅的痕迹。不过至于安藤，我认为拍出了不同于神山的安藤。

真令人期待。

押井：虽然我不知道她本人是怎么想的。这一次的工作人员不是一直以来的DAYS，而是OLM[1]和乐映舍电影制作公司。我是单身赴任啊。

是客场啊。

押井：证明自己在客场也能取胜是很重要的。本来就不可能一直主场作战。虽然我一开始觉得"好麻烦啊"，但试了一下觉得"我还挺能干的嘛"。

匠人电影导演的自我评价

押井：回到刚才的话题，我不认为三池先生是主动变成怪人的。脱离常规的电影，或者说一本正经地乱来，在大家都惊呆的时候长驱直入——虽说是有拍这类电影的导演的，但我不认为他从一开始就是以此为目标的。

那个人恐怕是自我评价很低的人。"自己不是什么大不了的导演。"他可能会这么想吧。所以什么类型的片都需要掌握，从偶像电影到黑帮电影，凡是找上门来的工作全都接。我想，这只不过是在靠适应能力应对吧。所以他才会有比如"这

---

1. OLM：日本一家动画、电影制作公司。

个镜头不这样做的话就不行"的要求，也就是说做不出巨匠风格的摄影。

尽管如此，他有自己想拍出来的画面。这样一来，大家决心维护的那个类似电影的共识的东西就守不住了。因为，如果要把拍出心目中的画面放在第一位，就必须舍弃一些东西。所以他就开始那样拍电影了吧，这是我的想象。

押井老师说过，做电影的人需要了解电影的历史、电影的记忆，对吧。

押井：但是并不是说要被那些东西束缚。要时常质疑它，一方面要把自己看过的电影当作素材，另一方面要考虑如何将其否定，或者说把它的手法翻新，这就考验电影导演的才能了。我认为三池先生对此具有很高的能力。他不是像铃木清顺那样用一种美学来做电影的。

因为我是做动画的，在预算相同的情况下，风格、方法等等的选择余地还是很多的，这很幸运。自己的想象，或者说自己想描绘之物的某种克隆体被保存了下来。我认为实拍无法保存这种东西，通常我要在某个地方放弃。不过，如果不放弃会变成什么样呢？到底是除了否定电影的规则或常识之类的东西，没有其他办法。

总之，三池先生是彻底的匠人。三池先生是纯粹得惊人的匠人，或许正因如此才能做出那样的电影吧。我想，电影中的一些部分是与他自己的想法相悖的。所以如果有资金上的余裕，如果情况允许的话，他会做出极为认真的电影。

这样想来，押井老师说的目标，或者说通过不断拍电影能够达到的目标，三池先生也有吗？

押井：大概没有吧。我最近变得没有目标了。（笑）也可以说，正是因为没有目标了所以才做了《空中杀手》。也就是说，它是我宣布"持续地拍摄"后的第一部作品。为了可以持续地拍摄，所以想改编别人的小说，以别人的剧本来拍摄。如果自己写剧本的话，毫无疑问是无法达成这个目标的。所以想麻烦别人来做。做非原创的东西，如果不能最终把它变成我自己的东西，那说明我没法持续地拍下去。

然后，完成之后我和原作的作者森（博嗣）先生见面时，他说有个人——是京极夏彦来着？——说了很有意思的话："森先生这个容器里，刚刚好地容下了押井这个导演。"意思是说，导演把自己装进森先生这个容器里，这种电影很难得。为了把自己装进去，人通常是要摆弄容器、撑裂容器或者把容器调包才能做到。要么就是被容纳的一方溢出来，要么是让人只看得见容器，看不见被容纳之物。（笑）但我没有变成这些情况，而是刚刚好、盛得满满的。这样一来，对我来说就是巨大的成功了。

在此之前，押井老师一直在做截然相反的事吧。

押井：是的。（笑）

改编《福星小子》和《机动警察》的时候，总有种要把

容器撑破的感觉。

押井：我现在考虑的是与之相反的事情，所以基本上是想做改编的作品。自己的企划也不是不行，但估计会很麻烦。想要持续地拍摄就是这么一回事。像在哪里说过的那样，如果不以半匠人的状态去做，总有一天会无法继续做下去的。看了宫先生，我越来越这么觉得。果然我的生活方式才是正确的吧。大概是这样。

那么最后，可以总结一下三池先生的成败论吗？

押井：不更深入了解他一些的话很难说呢。在一起工作的时候我似乎能理解他，但自那以后一次也没见过了。

基本上是一个有匠人气质的人吧。

押井：嗯。基于这一点来看，他是一个有很高的作家天赋，同时有自我约束力，试图贯彻匠人身份的人，或许是这样吧。另一方面，这些特质让作为作家的三池先生持续取胜。有爆红的时候，也有惨淡的时候。要说哪个比较多，是惨淡的时候比较多，（笑）尽管如此，他还是继续拍下去了。尽管这段时间的《寿喜烧西部片》在票房上是失败的，但他已经开始下一个工作了。所以，为什么他能持续取胜呢？或许是因为他的自我约束与现实的职能是互不相容的。因为在他内心重复着自我肯定与自我否定，循环着这两种状态，所以大概不怎么需要那种来自外界的好评。虽说没有人会不在乎评价，但我觉得那个人基本上是谁说些什么都不介意的。

有工作上门这件事本身能够让他感到满足。

押井：嗯。这样可以证明自己的能力，因为他善于工作。而且无论是谁交过来的工作，他都不会偷工减料。

比起作品的评价，不断有工作上门来这件事本身就是对他的认可。

押井：我想他并没有想得奖，想要名声之类的想法。

第五回

手冢治虫的功与罪

OSAMU
TEZUKA
1928~1989

2008 年 8 月刊载

手冢治虫（1928~1989）

漫画家，动画作家。在大阪帝国大学附属医学专门部就读期间，凭借《小马日记》（连载于《少国民新闻》）作为漫画家出道。自1947年画《新宝岛》以来，不断画出名作，晚年被称为"漫画之神"。代表作有《火鸟》《多罗罗》《怪医黑杰克》等。他一向喜爱动画，1961年成立手冢制作动画部（即后来的虫制作公司），制作《某个街角的故事》。其后以日本首部多集电视动画《铁臂阿童木》为开端，制作了各种各样的作品。

押井老师，参加威尼斯电影节辛苦啦。

押井：不会，我现在还没去呢。（笑）

祝愿能有好的结果……关于这次的主题，聊手冢（治虫）先生怎么样？虽然他不是电影导演，押井老师一直说"对电影来说'发明'是必要的"，日本的动画中最大的"发明"，我想应该是手冢先生制作的电视动画《铁臂阿童木》（1963年1月1日开始播出）。

押井：的确如此。

正因为有那项"发明"，日本才能成为动画大国，我想这是事实。无论这是好是坏。关于动画，宫崎先生对手冢先生一直持批判态度，押井老师好像不太说起手冢先生吧。

押井：不，我说了挺多的，只不过很难被刊登出来。（笑）所以，如果我说什么都能被公开的话，我什么都说。

我想是没法什么都公开的，（笑）请稍微有所顾虑地来聊。押井老师看过电视上的《铁臂阿童木》吗？

押井：当然。小时候成天看嘛。

对它有什么印象？

押井：无论如何，那时候只要是动画就是有价值的。那是个"不看就亏了"的世界。在那之前，只能每年去看一次迪士尼动画。之后还有《兔八哥》、《海克与杰克》（*The Heckle and Jeckle Show*）之类无聊的美国动画。那种动画我当时也非常喜欢。那时候的日本动画只能看到《阿童木》，所以说不看就是损失。虽然也有想过"好像有点粗糙啊"。

手冢先生的漫画，经常被说具备电影的表现方式，在动画中仍然可以看出这一点吗？

押井：那个人在漫画中"发明"的正是所谓电影般的分镜。

它和押井先生说的构图起到的是一样的作用吗？

押井：那个人用的是角度带来的效果。不是构图，而是摄影机的角度。俯瞰或者仰视，靠近拍特写，或者拉远看看。那不是构图。

现在回顾来看，我认为手冢先生对动画的意义有两点。其一是制作3帧的限帧动画（1秒24帧即每秒有24张画的全帧动画，手冢治虫将每秒的原画数量减到1/3，即1秒只有8张画，每张分3帧拍摄）。这意外地作为一种经济的形式成立了。

可以很便宜地制作，又可以节省力气。结果，它带来了日后日本动画特有的动画制作技术，开辟了通往所谓的写实派动画的道路。比如《科学小飞侠》之类的，因为它在这种意义上就是只由停顿和运动构成的。本来，那种类似剧画[1]的动画也不可能做成流畅运动的2帧动画。在这种意义上，3帧动画无意间开辟了现在所谓的写实动画的道路。这是其一。

另一点是让动画有了故事，带来了戏剧性的情节展开。他让人看到，动画不是仅仅让人看看小动物快乐地活动的东西。总之，和东映动画划清了界线。

原来如此。那么我们先来聊"3帧动画"吧。

3帧动画的真正意义

押井：实际上，我也很长时间都不明白3帧动画的意义。

是这样吗？

押井：是的。所以我在龙之子的时候也好，在小丑社时也好[2]，有时间就用2帧拍，做《福星小子》的时候，只要可能我就用全帧拍，做了很多这样的事。我努力思考着3帧动画的意义。结果，在拍《机动警察》剧场版的时候我第一次

---

1. 剧画：即写实漫画，20世纪50至70年代流行的漫画类别，与以手冢治虫为代表的主流漫画不同，在故事叙述方面更加严肃，绘画上则线条更加生动，添加背景并使用透视法等。手冢治虫也曾在自己的漫画中加入剧画的元素。
2. 龙之子与小丑社均为动画制作公司，押井守曾在这两家公司工作。

明白了 3 帧动画的意义。《机动警察》对 I.G 制作公司来说是第一部剧场版动画，第一部全景宽银幕作品，所以不知道该怎么做构图，也不知道该怎么设计运动。（笑）尽管如此，总之大家都很卖力，一开始基本上全部镜头都画成了 2 帧动画。

然后，在原画逐渐提交上来的时候，作画监督黄濑（和哉）找到我，说："能不能把它们全都换成 3 帧动画？"我问他："为什么？"他说："2 帧表现不出力度来。因为是电影所以就做 2 帧的，这完全没必要，不如说 3 帧更好一些。让我做 3 帧的吧。"在此之前他已经做过 6 部 OVA[1]，我充分信任那家伙作为动画人的能力，所以回答道："明白了。就按你喜欢的来吧。"

一边看他们工作，我一边思考："为什么 3 帧的更能表现出力度呢？"确实，由像黄濑那么厉害的动画人来画的话，3 帧动画的运动更加出色。不是像 2 帧那样温吞吞的感觉，会给人留下深刻的印象。尽管那家伙不太爱说话，我还是和他聊了很多，明白了优秀的原画人必须画得出给人留下深刻印象的姿势。放入一两张原画的时候，需要把令人印象深刻的瞬间做成原画。所以那个瞬间是决定性的。对于让人看到花了力气的、素描画功高的画，反而是 2 帧动画比较不利。因为它不会给人留下印象，只是温暾暾地过去了。3 帧的话，动画人最想让人看到的姿势变成了一种视觉残像留在观众的眼中。

这只是我的推测。如果是 3 帧动画的话，画面停顿的瞬

---

1. OVA: Original Video Animation，原创光盘动画，指未曾在电视和影院放映过的，直接以录影带、光盘等形式推出的作品。

间比较长，所以想呈现的画面就能在观众眼中留下印象。当然，不是无论什么时候都用 3 帧动画，而是 3 帧与 1 帧、2 帧时不时一起使用。这之所以能实现，也基本是因为 3 帧能够抓住时机。

无论如何，在现在的动画界中，还是存在着"全帧动画（1帧）比 3 帧动画要厉害"的印象吧。

押井：我在某个时期以前也是这样认为的：（原画的）数量越多越好。不过，后来我意识到这完全不对。在做日本式的剧场版动画的时候尤其如此。如果是米老鼠那样滴溜溜转的动画确实是全帧比较好。如果不是那种动画，而是要表现具有骨骼的、有真实感的动画角色，3 帧动画明显更具有表现力。

我加入龙之子以来，一直被教导"自然现象是 2 帧的"。但是在东京电影公司，自然现象也好，爆炸场景也好，都理所当然地用 3 帧来做，我还跟龙之子的演出家说："那些家伙脑子是怎么想的啊？"不过要东京电影公司说的话，我感觉他们会说"那不是理所当然的吗"。比如爆炸的轮廓线，在龙之子的话一定会晕染色彩，一定会用到笔刷。也有的时候是特效师来做爆炸画面。而东京电影公司的电影《鲁邦三世》中，爆炸全部用实线画得像岩石一样硬邦邦的，用两种不同颜色画爆炸场景，而且是用实线。就像这样，不同的工作室做法全都不同。

只要在一个工作室里，没有不同的信息流动进来，那么就会产生习惯。动画基本上是建立在"习惯"之上的。动画是建立在"如何训练观众?"之上的。庵野也是这么说的,看动画需要在脑子里面补充完整来看,我们只是给观众提供在脑内补全的材料而已。这样说来,好的姿势,毫无疑问是力量感充沛的才能发挥出力量,所以只有用实线画才有表现力。

"实线就是好"——宫先生这个主张也是一样的道理,所以那个人基本上不愿意用特效。不过有一个时期,他刚学会特效,因为感兴趣在《风之谷》《天空之城》中用了很多次。在那之前他不懂特效。污渍也好什么也好,都是用线条来画的。不过,《天空之城》里的鼓翼机的动势,用动画做出来像蝴蝶似的,看起来完全不像能飞的。那是他第一次使用干刷法。只在视觉残像的部分点了几下,而且特效师全是用干刷法做的。然后他看了很喜欢,于是从中间开始全都改用特效了。

并非越多越好

押井:就这样,很多做动画的人都意外地不理解限帧动画的意义、实线的意义、晕染的意义等"技术的意义"的本质,只是延续着一开始这么做的人的做法并养成了习惯。在此意义上,我之前也是没有任何根据就漠然地认为3帧动画"是为了减少原画的数量而做的吧"。所以在《福星小子》中,一集就理所当然地使用8000甚至10 000张原画。《哥普拉》也好,《猿飞小忍者》也好,当时爆红的电视动画单集全都有近 8000 张原画。这在现在是很难想象的，但当时是个原画张数激增的时代。所以我们乘着这股潮流，用了堆积如山的画。

但是在电影院的全景宽银幕尺寸之下，要在大银幕上做出有骨骼的、有真实感角色时，我才意识到 3 帧动画的意义。我说过好几次了，"由像黄濑那么厉害的家伙来做的话"才能发现。那家伙做作画监督不是只做角色，他还会删除原画。当然，这也会起到减少角色需要修正的原画张数从而达到让镜头更经济的效果，但还不止如此。省去多余的原画，选出最让人印象深刻的画，在其中加入作画监督的修正。就这样调整动画的原画张数。当然，画的数量不是平均分配的，要指示以哪张原画为主这个关键点。把这些手法都用上，3 帧动画才能变成一个优秀的技巧啊。

从根本上讲，所谓的动画人不是漠然地画出几种姿势，然后随便添上几张就行的。而是设想好某个动作，把最想突出的画面做出让人印象深刻的样子。比如尽可能让动画接近某个方向、在"轰"地炸飞的场景插入优秀的画之类的。为了实现这些技巧，是有必要用限帧动画的。如果用全帧动画来画，所有的画都变成同等价值的了。只不过是在连续不断、温暾暾地运动而已，没有决定性的画面。

从日本的动画史观来讲，东映动画以成为日本的迪士尼为目标，每年推出一部全帧动画，但中途从其他行业杀出了手冢治虫这个异端，他凭借制作 3 帧动画这个某种意义上的歪门邪道，开始了电视动画的时代。因此，一切都变得混乱了，

简直就像《未来少年柯南》中的海哈巴和工业岛 [1] 似的感觉。

押井：这样的动画史观已经变成了常识，但它是错误的。东映动画做全帧动画的依据，仅仅是"迪士尼在用全帧做动画，世界主要的作品都是全帧的"。毕竟，曾就职于东映动画的大冢（康生）先生正是做限帧动画的天才。所以东映动画做全帧，要我说的话仅仅是继承了迪士尼式动画罢了。宫先生可能会反驳我说"不是的"。不过，宫先生自己是个会反复验证走路动作是在 3 帧动画中画两张比较好，还是在 2 帧动画中画三张比较好这种事情的人呢。总之他自己确认过"哪一种会呈现出更好的动作"。

（笑）

押井：厉害的动画人通过经验能明白，2 帧动画不意味着制作豪华。有一段时间，东映动画的所有大片都是用 2 帧来做的，动作不利不索的。还有的连小姑娘回首的画面也都用全帧来做，那感觉真的好吗？确实是起到了显得更认真一些的效果，但是表现力也好，描绘身体的意义也好，全都丢失了。只不过是把画连在一起罢了。反复的动作用 2 帧会看起来好一些，但让黄濑那样的家伙画的话，连波浪也会画成 3 帧的。像《机动警察》里台风下的东京湾，他连那都能做到。关键在于控制时机啊，正因为有对绘画的控制力，它才叫动画。

---

1. 海哈巴是动画《未来少年柯南》中女主角拉娜的家乡，后来拉娜被工业岛的坏人掳至工业岛。

我明白问题在哪里了，那么"厉害的动画人"大概有多少呢？

押井：很罕见啊。

戏剧与电影式的情节发展

押井：手冢先生做的另一件事，是让动画具备了故事情节。在东映动画，宫先生他们也在制作了《太阳王子霍尔斯的大冒险》之后不久制作了《虎面人》，通向《虎面人》的道路是手冢先生开辟的。

话题再倒回"运动"一下，我记得《虎面人》中的剧画式的运动非常出色。

押井：动一下、停顿一下。它才正是（日本意义上的）限帧动画。让人看到华丽的摔跤姿势，把某个决定性瞬间停住展示给人看（人物和背景都是用同一种笔触画的）。换句话说，它是把出崎（统）先生的静止画面扩大到了极限。《明日之丈》《网球甜心》中出现的静止画面、移动镜头，即在静止（harmony）之后展示某个瞬间，要说它的源流是什么，那就是手冢先生开辟的道路。虽然这只不过是结果论。

手冢先生并不是知道限帧动画的效果才那么做的吧。

押井：没错。因为手冢先生在做剧场版的时候也用了很多原画嘛。那个人，其实是认为全帧动画更好的。"用3帧来做电视动画吧"，我想这只是他出于经济上的考虑。凑巧的是，后来这为日本动画开辟了独特的唬人道路。

然后就是电影式的情节发展了，包括角度和镜头感方面。他用电影的手法讲述戏剧性的故事。这影响了《第八人》（8 man）、《虎面人》等等后来的动画。

用动画来讲故事。要说这是功还是罪，应该是功吧。但它也带来了罪，是吗？

押井：站在我这种导演的立场看，那毫无疑问是一项功绩。毕竟，如果没有它的话，现在我不会在当动画导演。《小鹿斑比》那样的动画应该至今还占据动画的主流吧，所以我当不成也不会当动画导演。现在的大部分动画作品都不会存在，它们都是剧情片嘛。把戏剧化的编导、剧情带到动画中来的毫无疑问是《铁臂阿童木》。当然，东映动画的作品也是有剧情的，不过是磨磨叽叽的剧情。（笑）

作为大众料理的动画

押井：在手冢先生的功与罪中常常被看作罪的是他"把动画变成了廉价的东西"。对此，宫先生一贯持批判态度。在宫先生看来，所谓动画仍然是让小孩子在一年一度的暑假去看，并一直带着关于它的记忆成长起来的东西，必须是一种奢侈品。

也就是说，让原本是高级食物的牛排，在便宜的家庭餐馆也能吃到了。

押井：要是牛排的话也就罢了。是变成了分装在袋子里的肉饼那样的东西了啊。（笑）难道不就是这样吗？

另外，在作者的意义上，我对手冢先生的动画作品是一部也不认可的。因为我觉得它们一点意思也没有。手冢先生内心，应该是一直想做成人的动画的。这是一种愿望。所以有了《悲伤的贝拉多娜》《一千零一夜》。

还有《克娄巴特拉计划》。

押井：那一部没意思。而且，他在进行这些挑战的同时，仍然在做靠明星主角打造的儿童动画……啊，说起来手冢动画的功与罪还有一条。

是什么？

押井：是用漫画当原作，漫画先行这一点。手冢制作动画部做的作品基本无一例外都是如此。

确实是这样。

押井：虽然也有像《孙悟空大冒险》那样的原创作品，但是基本上《阿童木》也好《骑士公主》也好，都是改编自他自己的漫画原作。中途变成了虫制作公司，也做过《明日之丈》等非手冢原作的作品，归根结底还是以漫画作为原作来制作。就这样，后来的日本动画的倾向被确定下来了。这

101

是手冢先生的功绩之三。

果然，手冢先生是重要的人，这一点是毫无疑问的。

押井：这是当然。但令人遗憾的是，如果不考虑他作为漫画家的功绩，那么作为电影导演的手冢先生，就像我刚才说的那样，在现在看来没有一部值得赞赏的作品。

实际上，除了他一直在做的短片之外，他没有独立导演的作品吧。

押井：不过，就算是那些短片，我认为也是对外国动画短片的模仿。所以其中有某种自卑感啊。我想那是他对自己做的电视动画的反叛。那个人在根本上是个矛盾的人，是个不断分裂成两种极端的人。他时常质疑自己，就连漫画，也有段时间试着做了一些类似剧画的作品。

与手冢作品的相遇与诀别

在漫画方面，押井老师完全属于剧画一代吗？

押井：小时候，我也曾沉迷哥哥买回来的《阿童木》呢。我会画阿童木、可波特、乌兰，坏的机器人也画了很多。因为我那时是个热爱机器人的少年。不过后来变得不一样了。应该说我迷上了更小痞子的东西。《0式战斗机》啦，《加藤隼战斗队》啦，喜欢那些东西去了。小学六年级的时候，已经在读白土三平[1]了。不知道为什么家里有《忍者武艺帐》全集，大概是哥哥带回来的吧。我想"啊，好色情啊"。毕竟色情与暴力会给人很大的冲击。

虽然是我个人的印象，全共斗[2]的一代中看漫画的人好像都喜欢《卡姆依传》，不过这只是我个人的想法。（笑）

押井：我是喜欢的。虽说是喜欢，但也是被白土三平骗了，我后来知道了《卡姆依传》中的人民起义完全是假的。"那样的人民暴动是不存在的"，如果学习一点历史知识就知道了。当然，宗教上的骚乱是有过的，比如一向起义[3]。但是《卡姆依传》中描绘的作为阶级斗争的人民起义是不存在的。那已经变成了强行往阶级史观上靠，扭曲了日本史，却还说不是假的。后来我做《立食师列传》的时候读了成堆关于山窝人[4]的书，于是明白了里面全部命名方式的由来。登场的忍者的名字，斯加路也好，西托纳也好，基本上都是山窝人世界中的暗号。

深山游民其实并没有追求阶级斗争吧。

押井：完全不相干。关于山中的居民，在后来宫先生的

---

1. 白土三平：日本 20 世纪 60 年代最具代表性的漫画家之一，作品多描写忍者的生活。

2. 全共斗：即全学共斗会议，日本 70 年学潮代表群体，大学学生统一团体。

3. 一向起义：日本自室町后期至战国时代，一向宗的僧侣及其农民信徒为反抗统治者而发起的起义。

4. 山窝人：指在山间出没，不事农耕亦不定居下来，四处漂泊的人。

《幽灵公主》中描写过。山民、制铁民，有人认为他们是日本人的起源之一。那是个民族学者至今还在探寻的世界。虽然新政府全面否认他们是另一种日本人。正因为这些事，所以第一部《立食师列传》才中途泡汤了。山窝人或许是虚构的，但山中的居民是存在的。因为，一种大和朝廷以外的皇室传统，必然会让人抵触。

就这样，我基本上在小学的时候就与手冢漫画诀别了。只是因为没有别的能看的，不看手冢动画就亏了，所以还在看，并不是因为喜欢才看的。所以，在讲小痞子的动画，主要是《魔神Z》那样的动画出现的一瞬间，我就投入了它们的阵营。《魔神Z》要有趣得多嘛。简单来说就是兵器。作为兵器的机器人，不会烦恼的机器人。非人性的，不被自己的机器人身份束缚的机器人。这和《机动警察》是相同的，对吧？虽然我非常喜欢关于探讨机械与人类的关系、兵器与人类等等的故事，但是我认为如果净是讲机器人的内心世界，那没有什么好看的。感觉不畅快，或者说总感觉哪里不对。更何况《阿童木》里还出现了阿童木的妹妹、弟弟什么的，会让小孩觉得"好像哪里不对吧"。

因为归根结底，天马博士是为了替代他的儿子飞雄，才制造了阿童木。我认为这一点很棒。后来我明白了这也是有典故的。其实，它和利尔·亚当（Villiers de L'Isle-Adam）的《未来夏娃》很相似。《未来夏娃》中科学家是为了替代庸俗的妻子，制造了理想的恋人，这也是《无罪》的原型。当然，手冢先生毫无疑问是看过这本书的。

评论家大冢英志先生在《阿童木的命题》中写过，手冢先生给日本漫画带来了永远无法完成成长的孩子的主题。大冢先生认为，这与梶原一骑也是相通的，《明日之丈》也好，星飞雄马[1]也好，都是手冢先生带来的"永远无法完成成长"的成年人，是作为战后日本的象征被描绘出来的。

押井：我想确实也有这一方面，但我认为这是结果论。为什么这么说呢，在当时，如果一个人想画漫画，那么只能画少年漫画啊。手冢先生只是在那样的环境下画他想画的主题而已。于是作为结果，就只能让少年成为主角了。那就是《阿童木》。正因如此，剧画开始出现的时候，也就是成年人的漫画出现的时候，那个人也很快就想转向那个方向了。

动画界也是一样的情况。在儿童向动画的世界中，我的师父（鸟海永行）他们那一代人曾经主张过成人的动画。这是一种抵抗，是作家之举。《明日之丈》的人物是少年，是关于从少管所出来的少年的漫画，动画界也变成了以未成年人为主角的世界。不仅仅是《明日之丈》，所有的都是这样的。星飞雄马可能也是这样吧，我的印象中龙之子制作的作品全都是这样。《科学小飞侠》是孤儿的故事嘛。

真不愧是制作了《小蜜蜂寻亲记》的工作室啊。

押井：说起孤儿，这是龙之子拿手好戏中的拿手好戏。要么是孤儿，要么就是单亲家庭。《科学小飞侠》里只有一个人是父母双全的。猫头鹰之龙，只有他是有父母的。

1.星飞雄马：运动类漫画《巨人之星》的主角。

是这样吗?

押井:是有的哟。因为得不到代理家长南部博士的许可,所以他们没能发射火鸟导弹。他们没有武器。手枪自然是没有的,只有飞镖。很符合战后的现实。实拍电视剧《忍者部队月光》中只有最后的武器是手枪。不过《科学小飞侠》没有触犯《刀枪法》[1]的内容哟。鸟的羽毛啦,奇怪的飞镖啦,悠悠球啦,因为那是电视动画嘛,当然是这样的。不过敌人的角色全都装备着机枪,准确地说是冲锋枪。"那不是机枪,"我一向这么说,"别叫 machine gun(机枪),是 sub-machine gun(冲锋枪)。"(笑)

动画与漫画,方法论的差异

关于手冢先生给动画界带来的功与罪,您提出了三点,距离漫画改编动画最远的,就是押井老师就职的,前面也提到过的龙之子制作公司吧?

押井:不过龙之子制作公司成立的时候,是凭借改编社长吉田龙夫先生的原作起步的。是《太空神童》。

创立初期确实如此。不过,《新造人间》也好,《科学小飞侠》也好,《时间飞船》也好,原创动画保持一定的品质量产着,我想这才是龙之子。

---

1. 《刀枪法》:即《铳炮刀剑类所持等取缔法》之略,该法规定持有枪支须到行政机关登记并取得许可。

押井：那和虫制作终于开始制作手冢原作以外的动画是一样的。有一个时期，人们想要挣脱"漫画是主导"的束缚。我曾在龙之子制作公司工作过，所以是了解的，那里对虫制作的对抗意识是很强的呢。"咱们和虫制作不一样"，"和东映动画不一样"，从透射光的使用方法，到时间表，全都不一样。

TATSUO
YOSHIDA
1932～1977

是这样吗？

押井：连摄像机运动的叫法都不一样。

咦。

押井：从创业以来就带有"主张原创性"这种创业者的意图吧。

在漫画界，手冢先生已经是"神"了，在动画界，手冢治虫具有怎样的重要性呢？刚才听了您对手冢先生功与罪的说明，果然他是不可或缺的吗？

押井：要说谁能做（电视动画），当时除了那个人没有人能做吧。也就是说，动画大众化、量产电视动画这种事，我想总是会有人去做的，但至少在当时的时代，能做到的只有手冢先生，这一点是确定无误的。毕竟，他被认为是当时的人气漫画家，况且还有做动画的志向。那之后当然还有龙之子的吉田龙夫先生。

要吉田先生当第一个这么做的人，这很难吧。

押井：正因如此，龙之子才很在意虫制作吧。做动画工作室，没有梦想与志向是做不成的。

与手冢平分人气的横山光辉，就没有做动画工作室的想法吧。还有创立了 P 制作公司的鹫巢富雄先生。本来，或许应该是东映动画积极行动起来的。

押井：然而，在那个时刻，只有手冢治虫。他确实有精力。漫画家通常是比较个人主义的，大多没有他那么多精力。当然，憧憬动画的漫画家应当不在少数，但具备足以付诸实践的精力与社会地位的，只有那个人呢。

那么，如果总结手冢先生的成败论，会是怎样的呢？

押井：关于手冢治虫这位作者，就影像这方面说，我仍然认为他没有胜利。虽然他已经成为社会上通常意义上的成功者，我却不这么认为。就他个人的志向而言，我认为他最后是与时代脱节的。简而言之，变得不受欢迎了。虽然也有大胜的时期，那个人的志向——"日本的迪士尼"——没有实现。尽管如此，或者说正因如此，他创造了日本式的"动画"。

孕育了日本的"动画"，仅凭这点还不足以说胜利了吗？

押井：那是那个人最大的功绩。现在的日本动画，东映动画以外的部分，说他是最大的功臣也不为过。但这也不过是结果论，如果就那个人的理想而言，恐怕是一段失败史。因为他最终没有做出他理想中的动画。为什么会这样呢，因为他作为导演却没有任何方法论。他想用漫画的方法论来做电影。正因如此，他才一味地认为工作人员都是他的助手吧。要我说的话，这是一个离谱的错误。导演既当参谋，又当指挥官，以漫画家的方式做电影，而且还亲身实战——这就像野战指挥官站在最前面进行突击一样。既看不到状况，也没有战术，只说一句"突击！"。手冢先生就是这样的啊。只参与想参与的部分。如果做不出来的话，就全部停止。比如日本电视台的那个《24 小时电视》动画特辑。[1]

有可怕的传言说他在播出之前还在旁边拍摄。（笑）

押井：已经变成传说了。与那个动画特辑相关的人都陷入了不幸。我周围就有很多，不如说没有参与过的人比较少吧。总之，大家都被折腾死了。如果做出的东西是好的，那么被折腾也无所谓，但并没有做出好的东西，那根本不能称之为作品。《海底快车》什么的，糟糕的作品就应该说它"糟糕"。实际上就是很糟糕。在那个动画特辑中的所谓的手冢作品，

---

1. 日本电视台的节目《24 小时电视：爱拯救地球》中会播放 2 小时的动画，1978 年到 1984 年 7 期的动画有 6 期是手冢动画公司制作，当时还在连载漫画的手冢治虫不眠不休地工作，一人揽下写剧本和画分镜的任务，由于工作量巨大，还出现过动画播放当天才制作完成的情况。

大多数只不过是残骸罢了。还有……

　　好像不能刊登的内容变多了，（笑）那么今天就说到这里吧。谢谢。

第六回

文德斯的祝福，林奇的咒缚

在威尼斯看见文德斯真人！

导演才不会随便向同行示好。

不去打个招呼吗？

2008 年 9 月刊载

维姆·文德斯（Wim Wenders，1945~ ）

生于德国。电影导演。在慕尼黑大学求学期间开始制作短片。随着《得州巴黎》（1984年）的成功，他作为公路片的代表性导演广受瞩目。该片获得戛纳电影节金棕榈奖。代表作还有获得威尼斯电影节金狮奖的《事物的状态》（1982年）、献给小津安二郎的《寻找小津》（1985年）等。其中获得戛纳电影节最佳导演奖的《柏林苍穹下》（1987年）在日本年轻女性中广受欢迎，文德斯渐渐在日本为人熟知。2015年，文德斯在柏林电影节获得荣誉金熊奖。

大卫·林奇（David Lynch，1946~ ）

生于美国。电影导演、编剧、演员、制片人。著名的超现实主义者。电影处女作为《橡皮头》（1977年）。《象人》（1980年）、《蓝丝绒》（1986年）等电影让他在邪典电影迷中人气大增，电视剧《双峰》（1990年~1991年）使他获得众多拥趸。此外，还有获得戛纳电影节金棕榈奖的《我心狂野》（1990年）、获得戛纳电影节最佳导演奖的《穆赫兰道》（2001年）等作品。2006年拍摄了新片《内陆帝国》，获得第63届威尼斯电影节终身成就金狮奖。

押井老师，这次参加威尼斯电影节辛苦啦！说起来，您在关于《空中杀手》的采访中说过"想拍出维姆·文德斯那样的天空"吧。

押井：我一直都很喜欢文德斯。

原来如此。听押井老师说起文德斯的名字似乎有点稀奇，或者说让人有点意外。

押井：在某种意义上，文德斯对我来说是理想的导演之一。明明是随心所欲地拍电影，却至今还能稳定地拍着。总之，以我的成败论而言，文德斯是没有失败的。要说真正随心所欲的导演，就是像他那样的导演了。拍过《侦探小说》（*Hammett*）那样的大片，也拍过仿佛手工制作的电影。而且，这两种电影是用同样的手法做的，这一点很了不起呢。不因为是大片而束手束脚。另一方面，小成本电影也能平静地制作，做得一样好。这样的导演，除他之外可能只有戈达尔了吧。

文德斯的作品中，在日本最有名的还是《柏林苍穹下》吧。

押井：那种电影我倒并不很喜欢。

当时开始有了单馆上映[1]这样的放映形式，《柏林苍穹下》成了他早期的热门作品。尤其是当时还有剧院文化。

押井：当时看那种东西是很时尚的。在小型电影院中看文德斯，有一小段时间被人们认为是很酷的事。但我总是强烈地想：那种家伙能看得懂文德斯吗？这不是开玩笑。（笑）

同一时期帕特里斯·勒孔特（Patrice Leconte）啦，佩德罗·阿莫多瓦（Pedro Almodóvar）啦，《巴格达咖啡馆》啦，很多这种导演的作品都被纳入情调文化并被消费着。

押井：这些电影十分醇厚，场景设计很酷，几乎全部镜头都能做成海报。是有这么一个时期，强忍无聊看这些炫酷的闷片被当成时尚。但"真相"是，他们只是在忍受无聊罢了。

（笑）

押井：他们只不过是想对朋友说，自己在日比谷剧院或者涩谷的什么地方看了那些电影而已。不过是忍耐两小时嘛，谁都可以做到的。就算是假寐都没问题嘛。那种家伙不会懂作品在讲什么，作品也丝毫没有影响他们。

---

1. 单馆上映：区别于在大型电影公司旗下的电影院大规模公映，由独立的小型电影院上映。

电影的自我意识与批评

押井：文德斯这个导演，是个总是挖掘电影的自我意识的导演。挖掘电影的自我意识的导演，除他之外还有戈达尔，但戈达尔没有他那样轻盈。在某种意义上，戈达尔是男性化的，要说文德斯算哪一种，他或许是女性化的。比如我喜欢的《事物的状态》等等，他有段时期在电影中只讲电影，所以文德斯的电影凝聚了自我意识。他是因为想讨论电影，才拍电影的。

是一种电影批评吗？

押井：不，没有超出个人范围。有时会变成一种批评行为，但其目的并不是批评。用电影来讲述电影，这就是电影的自我意识。这是由戈达尔开创的。

因为有一本叫《电影手册》（*Les Cahiers du cinéma*）的电影批评杂志，所以有了特吕弗、戈达尔他们从发表评论到变成电影导演这样的潮流。

押井：是有这样的说法，但是这个说法本身就是错的。因为要我说的话，在日本就没有能与法国新浪潮相提并论的东西。虽然确实有评论家拍电影的潮流，但那连美国也有。

说起来，莲实重彦[1]也放话说过要拍电影，最终也没有拍。

他确实是说过。

1.莲实重彦：文艺评论家、电影评论家，曾任东京大学校长。

押井：或许是因为当上了东京大学的校长，所以没办法拍了吧，因为他总是说"想拍色情电影"。去拍不就好了嘛。心一横把别人都当成傻瓜不就好了嘛。我心想："既然说了那么自以为了不起的话，就快去好好拍啊！"

好坏啊。（笑）

押井：那是因为我很喜欢莲实写的书，看了很多。我也喜欢四方田犬彦。能称得上电影批评的电影批评，也就这两个人写的东西了。不过他到底是法国文学研究者，讲电影是文学研究之外的业余爱好。

莲实重彦经常使用"shot"这个词。"shot 是电影的全部。""shot"指的是什么，我不太理解。

押井：我把它理解为电影分割后的最小单位。一个镜头，指的是剪辑时的胶片，那么所谓"shot"就是能让人看到的一个镜头吧。

"表象批评"这个说法不也是一回事吗？只不过是想说把电影当作文本来解读吧？电影描写的主题、戏剧、故事、一种故事的必然性、角色运动的存在感等等，说着一些怎样都无所谓的东西。用书面化的语言来讲述电影，用这种语言把电影引用到现实生活中。这就是批评。

因为他是评论家所以才会那么说吧。

押井：对，一定是这样。在拍摄的人看来，电影跟那些基本上没关系。（笑）那些并不是拍摄电影的根据嘛。

只有一件事是正确的。莲实重彦说过类似的话，"电影导演什么都没想。他们是无意识地拍摄的，是用本能来拍摄。通过批评来解明他们的工作正是批评家的工作"，我认为这是正确的。弄清楚导演或者制作的人没有想过的事实，把导演没能说出的部分化作语言，这正是批评家的工作啊。上野（俊哉）先生也是如此。他发表的关于我的电影的评论中，时不时有让我想拍大腿的地方。由批评家把我已经知道的东西写成文字，这没有什么可高兴的，那根本算不上批评，只是感想罢了。

是感想或者介绍。

押井：是吹捧大会或者批判大会。所以夸奖和批判在这种意义上是一回事。我希望他们说出我没说出的部分，希望他们探究我的潜意识。以前，我参加过某个教精神分析的老师的课，课上大家一起看了《阿瓦隆》。那个教精神分析的老师说："你是恋物癖，你真的很喜欢女人的脚啊。"

噢噢。（笑）

押井：这样更像批评呢。

喜欢女人的脚，这一点和谷崎（润一郎）关联上了，是日本传统的色情呢。（笑）

押井：我的话，非常喜欢那个波兰女演员骨感的脚，所

117

以净是在拍她的脚。也让那个男人穿着硬邦邦的军靴"咚咚"地走路。行走的女人。没有其他的家伙这样拍过。

不过这和作品的中心部分没有关联。且不论是否准确，当然，发现导演的恋物癖或许也是批评，但如果进一步说为何在那个时刻那样设计，如果能把这也说中的话我确实会十分佩服。

因为我很了解宫先生（宫崎骏），宫先生是出于什么考虑做了什么，我立刻就能明白，但这不是批评。如果要针对宫先生这种原本就无意识的天才说点什么，我就没办法了。探明文德斯、戈达尔那样自我意识过剩的高产导演的潜意识，倒不是什么大不了的事……勉强可以这么说。那不同于对电影进行解谜，也不是说出电影的正确答案。本来电影也不存在正确答案。也就是说，不要要求导演给你正确答案啊。这次的《空中杀手》宣传活动中我常常被要求这么做。

关于电影，莲实重彦说过："与其说电影导演爱着电影，不如说他们被电影爱着。"

押井：被电影爱着的人，说的是三池（崇史）先生那样的人。我大概也是被电影爱着的人之一，应该是。（笑）文德斯也是吧，他是受到电影祝福的人。我想批评家是不幸的，因为批评家永远不会受到电影的祝福，只是受到电影的咒缚而已。想要传福音，然而令人遗憾，实情是他们因为受到咒缚，所以只能吐出毒来，就像不为耶稣所爱的犹大一样。我、三池先生和文德斯，实事求是地说，是约翰，是保罗，甚至是玛丽亚。

差不多就是这么回事吧。这就是这次谈话的结论了。

实在太短了啊。（笑）

押井：总之，文德斯是受到电影祝福的，是个始终让电影拥有自我意识的人。

是被电影爱着，还是被电影诅咒

在说是否被电影爱着的时候，也就是说能不能任性地拍电影吧？这时经常提到的是林奇，林奇的任性是被电影爱着的吗？

押井：总觉得，与其说林奇被电影爱着，他给人的感觉更像是被电影诅咒着呢。

确实。林奇不是被祝福的感觉呢。（笑）

押井：拿《勇者斗恶龙》来说的话，他就像被受诅咒的强大道具咒缚住的人一样，"撒旦头盔"啦，"双刃之剑"啦，这种气息非常浓厚。三池先生什么的更像"幸福之帽"那种感觉，（笑）越走 MP（魔法值）越高。我特别喜欢"奇迹之剑"，越打 HP（生命值）越高，我更喜欢这种。

林奇则不同。

押井：我感觉林奇是诅咒系的。有非常强大，但会让周围都陷入不幸的一面。

您是从什么开始注意到林奇这名导演的？

押井：还是《蓝丝绒》吧？我现在还很喜欢，还有原声带呢。看《蓝丝绒》的时候感到大吃一惊，心想"这电影是怎么回事啊"。

这是指什么？

押井：我目瞪口呆。电影里没有一处常规的逻辑，用妄想的逻辑把所有部分连接起来。一开始是父亲被虫子扎到，立刻就变成了葬礼，儿子开始在奇怪的店里打工，耳朵掉下来，爬满蚂蚁……这种，虽然让人想"这是什么电影啊"，但林奇的逻辑把所有部分连接起来了，大概是这样。

最后鸟吃到了虫子，是个美满结局。

押井：藏身于衣柜里……这是幼儿的愿望对吧？小孩会那样躲在衣柜里，偷窥父母在干什么吧。人被那种儿童时期的愿望、欲望束缚着。不知道是不是因此这部电影才如此出色，它有着难以言喻的强大逻辑维系其中，或许可以说是荒诞的逻辑吧。

押井老师拍《无罪》的时候，说过只要有色调，不连贯的场景也能被连接起来，是和它类似的吗？

押井：某段时期我想把林奇的那种感觉带到自己的作品中来。但结果，我只是确认了我不过是个正常人。（笑）我做不到那么瘆人，或者说，即使我想那么做，也做不出那么独特的瘘人的感觉啊。所以，结局是我确认了自己非常正常，是从根本上就很正常的人类。《无罪》就是如此。虽然我有恋物癖，但这种恋物癖是非常健康的恋物癖哟。

总之，我是个到头来会对自己全面肯定的人，绝对不会否定自己。包括自己的恋物癖、自己的欲望等等全部方面。我妻子也这么说我："像你这么能自我肯定的人，我真没见过。"

（笑）

押井：我自己也是这么认为的。年轻的时候曾经努力地自我否定过。正因如此，我做了《空中杀手》。一过 55 岁，我才渐渐意识到自己是个肯定自己的人。这是非常健康的。在开始枯朽的时候，开始全心全意地自我肯定。

不是一直都这样，而是最近才开始的吗？（笑）

押井：是最近的事。刚才也提到了，做《无罪》的时候，其实我是想做非常颓废、非常不健康的东西的，但是完全没有做成那样。只不过是让自己变得不健康了，（笑）电影还是非常健全的。所以我想，"不做点什么不行"，于是就开始练空手道了。随着身体的改变，我真的开始全身心地自我肯定了，觉得我一点毛病没有。

也就是说，经过《无罪》，对林奇的感觉改变了？

押井：改变了，已经一点也不憧憬了嘛。

David Keith Lynch 1946~

081005

之前是憧憬的？

押井：是憧憬的。以前想，"我也想做那样的电影"。喜欢《蓝丝绒》那种无可救药的颓废感。还有《妖夜慌踪》啦，《穆赫兰道》啦，我至今还很喜欢，不过怎么都觉得有点疯。

不是按正常的逻辑来的。

押井：完全不是正常的逻辑。他竟然真能用那样的妄想支撑自己啊，而且没有发疯。

不过现在我倒不会特别憧憬了。我知道"那家伙是个真正的变态"，是个超级大变态。不过文德斯和林奇完全不同。文德斯和戈达尔一样，有着正当的欧洲式理性。他俩的差异在于戈达尔是男性化的。

文德斯哪里是女性化的？

押井：怎么说呢，情绪的流动吧。《得州巴黎》中体现得最为明显。戈达尔是绝对不会拍那样的电影的。他自始至终都是理性的，而文德斯本质上是感性的。这就是差异所在吧。要我说的话，我更喜欢戈达尔的理性。

所谓作为正经老头生活下去

关于《空中杀手》，您说过想像《得州巴黎》那样拍。

押井：是的。在拍摄现场，我一直在说："我们来做一部像文德斯的《得州巴黎》那样醇厚的电影吧。"但是做着做着，发现一些地方是冷静的，不是感性的，不知怎的变成了干巴巴的抒情。所以，大概这就是我的局限吧。

意识到自己是比文德斯更男人味，比林奇更老实的人。(笑)

押井：比林奇老实多了。我已经清楚地认识到自己是真正的正经人了。所以不会生硬地模仿别人，也不会困顿于自我否定，没有故作苦恼的必要。已经和踌躇不定的老头们告别了。

会感觉自己在过去的青春中遭受的挫折太荒唐了吗？

押井：对对，我感觉自己终于摆脱了青春的咒缚，变成了一个正经的老头。终于变成了一个成年男人，生机勃勃。所以也可以说，我在很多意义上都变得温柔了。

这一切都是空手道的功劳吗？

押井：大概是吧。像我姐姐（舞蹈家最上和子）说的一样，"肉体会肯定自己，肉体绝不会否定自己"。把握了自己的肉体的人，是绝对不会否定自己的，会肯定自己。

林奇不锻炼身体吗?

押井: 林奇是没有肉体的嘛, 真的。不过他最近好像变胖了, 最近在网上看到林奇, 我吃了一惊, 他变得胖乎乎的了。苍白而且肥胖, 胖得像乔治·卢卡斯一样了。

《无罪》那次我从戛纳返程的时候, 在戴高乐国际机场, 林奇一直走在我旁边。拉着他上小学的儿子, 那时他瘦瘦的很帅气的。刚下飞机, 他立马就点上了烟。我心想: "这个大叔这样好吗?" 周围也没有谁提醒他。

自那以后过了四年, 就已经变样了。

押井: 让我大吃一惊, 他怎么变得这么胖了。总觉得是很不健康的, 浮肿着。所以我想过他会不会总有一天被自己的幻想压垮。肯·罗素[1]（2011年去世）就是如此。我在布鲁塞尔见过他, 肯·罗素也"贾巴化"[2]了。那个人在做了《哥特风格》之后好像就有点不正常了吧? 似乎被自己的哥特愿望, 或者说哥特妄想, 给压垮了。他身边有个真的很哥特的姐姐嘛。两个人从早上就开始喝酒。

他确实是习得了"变态"啊。（笑）

押井: 他还对我说过: "让我拍电影吧, 叫我去东京吧。"

---

1. 肯·罗素（Ken Russell）: 英国导演, 代表作品有《查泰莱夫人》《亿万头脑》《情色男女》等。

2. 贾巴: 电影《星球大战》中的角色, 体形肥大。

您看过林奇的《双峰》吗？

押井：当然看过，我非常喜欢。基本上，我非常喜欢妄想电影，或许应该称之为噩梦吧。电影《双峰：与火同行》也很棒，他真是拍了了不起的电影啊。不过，因为《双峰》太长了所以我中途厌倦了，一开始是觉得很厉害的。

林奇的电影里，性方面的妄想占了不止一半，我想我的电影中大概没有那么多。虽然不是一点都没有，但很快就结束了，不会持续下去。不会像林奇那样绵绵不绝地持续下去。不过把娜奥米·沃茨（Naomi Watts）拍得那么美，光是这点就很了不起了。那真的很厉害。与《金刚》中的娜奥米·沃茨有天壤之别。

不过，同样在变态的世界中评价很高的保罗·范霍文（Paul Verhoeven）却有种被好莱坞追捧的感觉，无论如何，总之林奇还能够持续地拍电影吧。

押井：《橡皮头》什么的是周末电影，好像是在每个周日聚集在车库里拍出来的。大概他现在还在很平常地做着类似的事吧。他对这类事完全没有受挫感。我想范霍文大概是做不到的。

那么，总结一下文德斯与林奇？

押井：要说成败论的话，电影导演无论是被电影祝福还是诅咒，都挺好的。

也就是说，总比不被电影理睬要好。

押井：嗯。哪一种都是胜利。因为他们二人都在按自己喜欢的方式做自己喜欢的事。卖座程度也都还不错，但绝对不会热卖。他们有大热的电影吗？我完全不记得有大热的。

确实，两个人都没有在全世界范围内热卖过。像押井老师说过的，他们以得奖等形式被肯定，这些事不会随着时间而消失。

押井：对对。但是虽说是被赞美，接着就把赞美放到一边去了对吧。在这种意义上这是值得思考的。所以说不定，在威尼斯电影节失手一次也没什么呢，对我来说。（哭）

第七回

剑戟片的消失

KENJI
MISUMI
1921～1975

081028

2008 年 10 月刊载

三隅研次（1921~1975）

电影导演。生于京都。大学毕业后，入职日活京都制片厂。第二次世界大战期间接受征兵，战后回国。其后在大映凭借导演《丹下左膳·孤猿之壶》出道。除了市川雷藏主演的剑客三部曲《斩》（1962年）、《剑》（1964年）、《剑鬼》（1965年）之外，还导演了《带子雄狼》《座头市》《眠狂四郎》等电影，以时代剧巨匠而闻名。这些电影中著名的武打场面在国外也深受好评。在《狼，斩落日！》完成后不久的1975年，他因癌症逝世，年仅54岁。

押井老师，恐怕您正在为下一部电影的取景而忙碌吧。这次也请多多指教。新作《斩》也将于最近公开了吧。

押井：那么，这次就趁这个时机讲一讲剑戟片如何？

好的。在押井老师看来，提起剑戟片，想到的是哪个导演呢？

押井：说起剑戟片的话就是那个人吧，就是拍了《带子雄狼》的……

三隅研次？

押井：对对。

果然，要说剑戟片还是三隅研次或者加藤泰等导演。

押井：加藤泰是时代剧的巨匠，但说他拍的是剑戟片合适吗？如果更老一点的话还有牧野雅弘等等，一些剑戟片的巨匠。基本上，剑戟片是个已经灭绝的类别呢。这几年有什么剑戟片吗？

剑戟片的话可能没有，时代剧一类的有《黄昏的清兵卫》等等，是山田洋次先生拍的电影，还挺卖座的。还有最近的《女座头市》，是座头市的女版。

押井：关于女座头市的电影，光是我知道的就有四部左右吧？

最近的是上户彩演的《少女杀手阿墨》这样的作品。

押井：那部叫座吗？

第一部马马虎虎，虽然拍了续篇，但还差一点。

押井：要我说的话，剑戟片是终结于三隅研次了。人们现在还在拍武打场面，虽然想拍的人有的是，但是没有需求了。

连电视时代剧也剧烈减少了。

押井：电视上不是也只有松平健和高桥英树在演了吗？武打场面也是老一套的武打场面，从布景中的客厅开打，顶多打到中庭，是吧？一直是一样的嘛。如果是一样的条件，就只能拍出一样的武打场面。那是身材良好、适合穿肥大的和服的演员专属的武打戏。

所以，以武打场面为中心的电影，或者说把武打场面放在电影正中间的电影，大概还是到三隅研次就断脉了。

剑戟片会不会是转移到动画中去了呢？

押井：是指《异邦人：无皇刃谭》这类吗？不过，那是动作电影，不是通常说的剑戟片吧。虽然我不知道导演想做成什么样，但是剑戟片和动作片是两回事。

不一样在哪里？

押井：用剑的方式不同。刀法，或者说操刀术。我这次给它起了个名字叫"刀刃动作"（blade action），总而言之，就是如何把剑变成动作中的一种模式。枪战片也是如此，总之，如果不在电影中把它变成一种模式，就没有可持续性，也就没法把它变成一个固定的类型，支撑它的工作人员就无法稳定地工作。其实正路是很明确的，要有支撑它的工作人员团体，然后再冒出一些异端的表达方式——或者说稍微不一样的表达方式，这样是比较理想的。

电影中的濒危物种

押井：说起动作片中日本独特的操刀法，在剑戟片之前，也存在过很多类型，比如新国剧¹的戏剧。总之，它们都是建立在日本人对刀怀抱的一种审美意识之上的。也就是说，大家有"所谓日本刀是这样的东西"这种共识，这些作品才得以成立。比如知道武士坐着的时候，刀为什么要放在右边而

---

1. 新国剧：剧团名，不满足于当时的新剧，为创造新的国民剧而成立，因创造"剑剧"而闻名。

不是左边，要有对这类事的基本素养。[1]《带子雄狼》这样的修养漫画——我认为它是修养漫画——能够成立，我想是因为人们对这类事有非常大的兴趣。虽然它的表达本身很胡来，离真正的剑术差了十万八千里，但因为是虚构的所以那也没关系。但是虚构必须建立在这种基本素养的基础之上。

从枪战片的角度说，在美国那种日常生活中就有枪的世界里拍的枪战片，和在日本这种可能一辈子都看不到真枪的世界中拍，对枪的感觉到底是会不一样的。电影的主题或者类型，如果脱离了观众的共同体验、共识这类东西，是无法成立的哟。

对日本来说怪兽也是如此。因为日本有怪兽电影，所以不需要科幻片了。所以在这种意义上，类型片必须要经过本土化。国际化的东西不是天生就有的。所以，随着社会和时代的变化，类型本身会迎来存亡的危机，就算最终消失也是结构上无可奈何的事。而且毫无疑问，剑戟片的基础依赖于制片厂。那里有扎着发髻的人、有服装、有武打的大叔、有支撑着剑戟片的被砍的人，在这样的制片厂体系崩溃之时，剑戟片就被推到了存亡的边缘。

这种体系是在 20 世纪 70 年代结束的吗？

押井：我想那时已经基本结束了。虽说在电视电影的深处还零零碎碎地存在一些，但就像动物园中的……说狼的话

---

1. 日本刀一般置于腰部左边，右手拔刀，而武士坐下时为表明自己无攻击之意，将刀置于不易将刀抽出刀鞘的右边。

有点过于帅气了吗？就像黑熊[1]。它是日本土生土长的。我有时候想，没有了那个大叔该怎么办呢？有了核心人物，剑戟片才能成立，这一点和歌舞伎、茶道是一样的。

黑泽明也曾经是剑戟片的巨匠。虽然不知道他本人是不是这么想的，《椿三十郎》《用心棒》《七武士》都是被当作剑戟片接受的。他在那些电影中拍出了崭新的武打场面。血唰地喷出来。五社英雄在《三匹之侍》中将其大众化了。每次砍人的时候就加入砍白菜的音效，血也唰地喷出来。不是轻飘飘的武打，而是梆硬地砍下去，刺进去，像摩擦一样砍下去，等等，创造了各种各样的剑技。而且它们全都被保留在了这个类型当中。现在就不同了，丹下左膳重拍了《椿三十郎》，但只不过是在要拍的时候临时把人召集起来拍一下罢了。毕竟，早已没有了过去系统的方法论。另一方面，导演的自主性增加了，但要说那些导演对武打场面或剑没有兴趣，我感觉他们兴趣不大。

还有北野武的《座头市》。它加入了新的东西，也有很多久违的东西。然而一旦结束，在那一刻就完结了。在这种意义上，它和枪战片是一样的。剑戟片和特摄电影一样，是日本电影孕育的类型片，这一点是毫无疑问的。而且，二者都灭绝了。大概灭绝的原因也是一样的，也就是制片厂没有了。高度专门化的类型片，需要有相应的制作系统才能量产，所以有的被淘汰，有的进化，有的普及了……如果不能定期制作的话，支撑它的技术人员就会变少，这也是共通的。它们

1.黑熊：分布于中国的喜马拉雅山和日本本州等地。

133

都是在存亡边缘的类型片，这点和枪战片也有点像——特摄流行的时期只有一小段时间——我很想把这些电影延续下去啊。特摄片也好，剑戟片也好，枪战片也好……剑戟片这次是我第一次做。所以啊，我这次就像濒危物种的负责人一样。那或许就是我的位置吧。

剑戟片的场面设计

这次，押井老师是为什么想拍剑戟片的？

押井：只是因为想做。

押井老师说过，从很久以前就对刀很感兴趣吧。

押井：我不只是对枪，对刀剑一类也非常有兴趣，包括小刀。在《攻壳》中我第一次让人物挥舞小刀，我读了很多关于如何用小刀战斗的书。小刀是一种怎样的武器，应该如何对待它，它有怎样的历史，我针对这类问题查了很多资料。所谓小刀的操刀术，是欧洲的特定群体——黑手党或者吉卜赛人——当中流传的一种格斗技巧。我后来才知道，那和宫本武藏写的东西类似。

是这样吗？

押井：比如"要不断地移动""不可对峙"什么的。因为无论砍在哪里，人会在两三分钟内极速地变弱，所以先下手为强，等等。和《五轮书》[1]中写的东西很相似。所以我想，在舞刀弄剑的世界中总结出的智慧，或许全世界都没有太大不同。

但是西方的骑士电影和日本的剑戟片是不同的吧？

押井：确实如此，骑士和武士的组成在根本上是不同的。我最近给西久保导演、I.G制作的《宫本武藏：双剑驰骋之梦》写了剧本，骑士和武士的区别在哪儿，看了这部作品就会明白，里面写了很多专业的知识。本来，社会基础不同，组成不同，社会的阶级结构也不同。虽然骑士和武士的形象有些相似，但本质是完全不同的。

比如，武士的基础原本不是日本刀，而是弓箭。另一方面，西方的骑士是不用弓的，用弓箭的是杂兵，后来发展成射箭手或者弓兵。但是日本的武士实际上直到江户时代基础技能还是弓箭，具体地说是骑射，即在马上使用弓箭，边策马奔驰边射靶子。那才是基础技能。

比如那须与一[2]。

押井：那才是基本功。不过，以弓箭为主兵器的战士是很少的。在《宫本武藏》中对此我写了很多，包括专业的知识。所以只要看了《宫本武藏》就能明白——如果西久保没有删掉的话。（笑）

1.《五轮书》：宫本武藏所写的兵法及剑法书。

2. 那须与一：平安时代（794~1192）末期的武将。

那关于长枪呢？

押井：在西方，一说到长枪，大家想到的就是亚瑟王[1]的世界中，身披甲胄、骑着马的重装骑兵，他们拿着看上去很厉害的长枪。不过那只存在于宫廷比试中。西方的骑士当然也有剑，但基本上是用棍棒、锤子战斗的。

日本也有关于长枪的电影，比如《血枪富士》。

押井：不过在日本，长枪是二流的兵器。宫本武藏的故事就是很好的例子，里面用长枪的人基本上都是反派。

是宝藏院胤舜吧。还有《三匹之侍》……

押井：是说长门勇吧？是个用短枪的家伙吧。他用的是短枪，这一点挺罕见的，我猜是因为受到了电视的制约吧。也就是说，长枪不适合电视屏幕。因为过于长了，会伸出画框外，让人无法设计画面。因为我是做动画的，所以直觉上会这么想，认为用那把短枪是考虑到了电视的画框。这类事多得超出大家的想象。《机动警察》中，河森正治设计的攻击用的直升机"地狱门犬"就是按宽银幕尺寸设计的，所以机身侧面的短翼（stub wing）很长。攻击型直升机本来就必须配合宽屏幕尺寸设计。正面的投影面积很少，又扁又长，怎么做才好呢，如果不是宽屏幕尺寸的话就收不进画框里。

---

1. 亚瑟王：传说中的英国古代历史人物。曾联合不列颠各部落人民抵抗撒克逊人的入侵。

在剑戟片中，如何设计日本刀这种特殊物品，其中的好手就是三隅研次。

他出色在哪里呢？

押井：他常用纵向的构图，在《带子雄狼》和《眠狂四郎》中也用过。也就是说，拍对峙的二人时，不仅用横向拍摄，还用纵向拍摄。而且，刀有水平构图，也有垂直构图，把这作为基本的设计。用后来的话来说，这就是场面设计主义。这是和电视版《桃太郎侍》中的武打场面完全不同的，是靠场面设计来展示武打场面。总之，是在一举手一投足中追求一种美学。所以他拍的不是乒乒乓乓的片子，很少有兵刃相接的场面。比如说眠狂四郎的圆月杀法，或者是《带子雄狼》那样的神速拔剑法，是从静到动的刀法。从这种意义上来讲，那也是领先于时代的剧画式的作品吧。把刀的运用设计得如此出色，我想三隅研次大概是最后一人。

剑戟片进化论

押井：后来，有了《修罗雪姬》这个奇异的剑戟片，我非常喜欢那种电影。剑戟片不一定要是古装剧。拍摄近未来的事又有什么不好？不如说《高地人》（*Highlander*）等国外片更好。拍摄关于现代或者未来的剑戟片，比如在大厦的屋顶或者地下停车场打斗。那是《高地人》的功绩吧，受它的冲击而喜欢上日本剑戟片的人有很多哟。

《刀锋战士》（*Blade*）也是这样吧。

押井：因为欧美有很强的日本刀执念。虽然日本人也有，但是日本刀执念是虚构的……关于这点我已经说过太多次了，一说起来就打不住，所以我就不说了，（笑）日本刀执念的主要制造者，到底还是剑戟片。是讲谈[1]与剑剧，也就是大众文艺。连战前的陆军军人也有日本刀执念。

基于这样的日本刀执念，刀剑的修养就逐渐变得基础化了，而且人们还研究日本刀这种与西方的刀不同的特殊兵器应该如何运用、如何做场面设计。说起来，这样的主题在剑戟片中出现过对吧。角色也是，使刀场面的设计能成就一个角色也能毁掉一个角色。

过去的剑戟片主角，都有各自独特的剑法，因此才能拍成系列。仅仅是主角强大的片过去也是有的，比如近卫十四郎主演的"柳生十兵卫"系列、《新吾十番胜负》等等，在那个时代是有的，但等到日本景气了，剑戟片不再是一个有绝对地位的类型时，角色与刀法变成了不可分割的整体。所以有了《眠狂四郎》《带子雄狼》等等。《座头市》是其中之最，在它之前，剑豪只需要强大就足够了。之前大家拍剑戟片的风格都是一样的，也没有武打设计师这一行。

说起来，这在我们动画界里已经变成段子了——最早模仿《眠狂四郎》圆月杀法的频闪摄影的，就是动画。（笑）

---

1. 讲谈：在曲艺场演出的一种曲艺，用抑扬顿挫的声调讲述战争故事、侠客传、世态剧等的曲艺。

原来如此。

押井：进入龙之子之后第一次做演出时，我无论如何都想试试拍频闪摄影。《棒球少年贯太》中，在拍左撇子选手安达斯洛的姐姐的时候用了频闪摄影。因为那是我参与的第一部，所以可以说是当作庆祝拍的。一般情况下大概会被拒绝吧，因为很麻烦，必须要把要插入原画之间的画面画得正确，所以做动画的时候也很费劲。摄影的时候还必须把16毫米胶卷往回倒32次左右，用来转胶卷的齿孔会受损，所以很招人烦。别人跟我说了好几次"本来就不是该用16毫米胶卷做的演出嘛"。总之，在动画中流行过一段时间的频闪摄影是起源于圆月杀法的。现在用数字技术很容易就能实现了，反而谁也不想做了。

剑戟片，武打场面与刀术

这次的《斩》，是您因为想复活剑戟片而做的吗？

押井：复活是不可能复活的啊。

那么，喜爱剑戟片的押井老师，在这个时代制作剑豪片的理由是什么？

押井：它是和枪战片差不多的东西。我刚才也说到了，我想做和濒危事物有关的工作，或者说，我对让已灭绝的事物复活哪怕一瞬间这样的事有兴趣。因为我从很久以前就对

深作导演的《儿童武士》很好看

已经消失的电影类型感兴趣。喜欢是其一，还因为想着可以通过这么做来获得思索电影的契机吧。不过特摄到底是太过费钱了。现在，与其用特摄制作，用 CG 制作要便宜得多。无论是什么怪兽电影，大概都不能用特摄来拍了。本来就已经没有哪里还做特摄了。特摄技术本身已经来到了生死存亡的时刻，或者说，它基本上已经消失了。

嗯，大家都在用 CG。

押井：所以，就这样与已经消失的技术再次产生联系，那么会有很多思考电影的机会吧，我这么想，所以就去做了。基本上，就算我去拍普通的青春电影、文艺电影，不是也没有任何价值吗。

不会不会，（笑）就算那样我也想看看。

押井：毫无意义嘛，也没有动力。而且我自己也不想拍。我拍实拍片，是摆好了一种架势的。我想要感受电影本身，或者说想通过拍电影逼近电影本身，想要接近电影的本质之类的东西。如果不是这样的话，我才不会去拍实拍片呢。通过拍实拍片思索电影的本质，然后把思考的成果带回动画制作中去。这二十年来我所做的事大概就是重复这个过程吧。如果没有参与实拍的话，也就不会制作现在在做的动画了，我想我还是取得了一定成果的。

这次也有所收获吗？

押井：通过做剑戟片而理解的事有几件，首先是所谓武打场面，如果不积累很多训练的话到底是拍不好的。

临时抱佛脚是行不通的吗？（笑）

押井：不是那么简单的事。而且，和枪战片一样，女演员来演的话是有一定的局限性的。

我倒觉得《杀死比尔》的乌玛·瑟曼等人很能干。

押井：说起来，《高地人》中的大叔（克里斯多弗·兰伯特）也是一样。总之，日本刀的用法是有独特的技巧的。

归根结底，所谓刀术本质上就是运用自己的身体。最近我在练空手道，所以对刀法也很有兴趣，读了很多关于剑术的书，这些书的共通点就是讲如何锻炼腰部肌肉，也就是最近人们称之为躯干的地方。是连接上半身与下半身的肌肉，也就是"inner muscle"。在过去的日本剑术中，有锻炼这部分的技巧，不过在现在的日本剑道中已经失传了。因为现在的人都是用脚尖走路的，过去的武士都是用脚后跟走路的。

这也是剑戟片衰落的原因之一。

押井：在这种意义上，在日本能担得起武打场面的最后一位演员，你觉得是谁？我想这是很明确的，那就是若山富三郎。

那个人拍过很多剑戟片。现在已经几乎没有机会看到了，比如说"赏金猎人"系列。而且，他对于舞刀弄剑、武打场面，真的非常擅长。在拔刀的瞬间斩杀对手，砍倒五六个人，在瞬息之间收刀入鞘，实在是精彩的技艺。况且还是一气呵成的。在电影院看的时候让人倒吸一口凉气，电影本身倒是很无聊。（笑）所以，武打场面实在是那个人的拿手好戏之一。他胖乎乎的，正因如此，腰如磐石一样稳固。那些武打里人不是用手挥刀，而是用腰部力量来砍杀。

人们可以拍出御前比试的场面。也就是说，人们可以再现竞技、比赛式的打斗，但是有能力再现人的厮杀吗？这是个问题。真实的舞刀弄剑是怎么一回事，只要查一查就能知道。如果读了新选组夜袭池田屋的故事，就会看到里面写着，早上那里散落着很多手指。所以日本刀是用来切手指的吗？实际上，过去的剑客是以前臂、手指为攻击目标的。宫本武藏也写过"以前臂为攻击目标"，因为过去的铠甲士兵因为身披甲胄，所以只能攻击到前臂。而且还是攻击前臂的内侧，不是像现在的剑道那样击打上身。是从下向上挑，武藏总是这样做。这些东西我在《宫本武藏》的剧本中写了很多，不过大概会被删掉。（笑）

期待成片。

押井：果然，如果要拍剑戟片，应该研究日本刀是怎样的刀，然后在知道事实的基础上虚构，否则会被中国拍的吊威亚的动作片淘汰的哟。因为训练不出能实际用剑的演员。这和枪是一样的，没拿过真枪的人，无论如何都没法恰到好处地演绎。开过和没开过真枪的人，对枪的反应也是非常不同的。虽然日本的枪战片是照猫画虎做出来的，但剑在日本历史中与枪不同。因为初中或高中里也有留给剑道的时间嘛。

我是在高中时接触过剑道。

押井：可以说日本有熟悉剑的基础。正因如此，机器人会持剑，假面骑士也时常挥剑。剑这种东西，对日本人来说是身体的延伸，是一种特殊的物品哟。虽然以后或许会有所变化。

而且，这次的经验让我理解了很多事，所以如果还有机会的话我还想再做。下次应该会做得更好。只是，我无论如何也要让女演员拿起刀，这是我给自己附加的条件，我不想毫无条件地拍电影。如果不附加上条件，就不知道成果是什么。我要让女性拿起枪，让女性拿起剑，我想把这作为主题。我拍动作片不想排除女性，进一步说，我不想拍没有女性出场的电影。

日本刀是可以弯曲的

押井：到头来，没有人传承三隅研次的那些东西。那不是导演个人的问题，而是日本电影界的问题啊。毫无疑问，制片厂消失后，很多东西也消失了，穿和服这件事也是消失的东西之一吧。虽说京摄——东映京都摄影所（制片厂）还存在，但也只剩那一个地方了。如果在那里拍，大概因为总是在大觉寺拍，所以拍出来的都像是同一部电影。

如果是我这样完全不了解制片厂的导演要拍，那么如何在不具备制片厂体系的地方表现日本刀的运用，这是胜负的关键。我心目中最重要也是最后的机会是《最后的吸血鬼》。所以拍实拍版的时候，我明明一直在说"让我拍吧"，结果石川那家伙……（后文略。实拍电影版《最后的吸血鬼》是香港与法国的合作作品，由克里斯·纳汉导演。）

没法刊出的话题请在此打住吧。（笑）

押井：我对在波兰拍关于日本刀的电影有非常大的兴趣。要做剑戟片的话，要有相应的背景。没法在附近拍，那么能在御殿场[1]拍吗？好像也有哪里不对。到底还是应该在街头拍。因为所谓剑术，虽然在过去可能是战场上的东西，但现在在日本已经变成了都市文化。

而且，道场这种场所也是先有城市化然后才得以成立的。在都市中诞生了流派，然后流派被模式化、体系化。一方面，

---

1. 御殿场：日本地名，位于富士山东南麓的市，是避暑疗养地。

因此而丧失的东西当然是有的，但也正因如此，我对在都市中重现战场上的剑法怀有极大的兴趣。况且还是女演员，是在华沙的街头，我想把这些绝妙的细节作为背景来拍拍看。我想这一定会很棒。而且最近有部《刀锋战士》，还有讲吸血鬼和狼人战斗的《黑夜传说》（Underworld），也是在东欧拍的。虽然主要是用枪，特殊部队中好像有一个日本人是用剑的。

这是我本能性的直觉，我觉得东欧的街道与刀剑很搭。法国或者意大利的话大概是不行的。东欧有一种奇妙的阴暗，或者说街道具备某种风格。那里适合枪战片，我在《阿瓦隆》中已经证明了这一点，我还觉得它适合刀剑。我想，可能是必须要有某种脱离了时代的普遍性。就算在现在的东京街头拍，大概也没什么意思吧。感觉会缺乏虚构性，或者说缺乏作为虚构作品的冲击力、震撼力。

遗憾的是，动画版《最后的吸血鬼》也没能成为最棒的剑戟片。这是我最不满的地方。那里面画的日本刀，和我想的日本刀完全不同。日本刀是不会折的啊！它是弯曲的。

日本刀是柔软的吧。

押井：为什么在砍柜子的时候刀刃会折啊？他们小心翼翼地取出模拟刀，说"弯掉了"，但那并不是因为是模拟刀所以才弯掉的，日本刀本来就是弯的啊。而且刀法也是错的。反正，要挑错的话有的是。

但是我想，吸血鬼这种特殊的设定真的有必要吗？这次的《斩》里我做的虽然是 10 分钟的短片，还是导入了某种特殊设定。严密地说，不是剑戟片，是刀剑与空手道之间的对战。

是这样吗？（笑）

押井：看到海报的话就能一下子明白。为了这个还让（菊地）凛子穿了束身衣。是基于体术如何对抗刀剑的概念做的，目前是开了个头，到交锋还早着呢。

所谓剑戟片，在日本刀交锋的一瞬间，就会陷入某种诅咒。身体跟不上了，或者说身体看不见了。刀术基本上是体术的延长。空手道原本也不是和刀剑无关的东西啊，因为空手道大致是以如何与萨摩示现流[1]战斗为主要目的而诞生的技术。不仅仅是作为体术被创造出来的。

世界上的体术都是如此。没有武器的话该如何战斗？日本的柔术也是如此，是从考虑没有武器的时候如何战斗中诞生的。骑马武士穿着甲胄，在从马上下来却没有刀的情况下该如何战斗？在这种前提下，柔术诞生了。柔术就是这么回事。柔术中有很多杀人技巧对吧。在近代，经过简化的柔术变成了柔道。所以，怎样用体术实现舞刀弄剑、刀术、刀法之类的东西，是我的主题。我想尝试做这样的作品。所以会和世人所说的武打场面有所不同。我拍的不是武打场面，或者说不能变成武打场面。用刀交锋只不过是最终的形态而已。我想不能一蹴而就。

---

1. 示现流：日本剑术流派之一，由萨摩藩士创立。

[附录] 押井守推荐的剑戟片 Top5

1.《带子雄狼：向乳母车吹去的死亡之风》（1972年，导演：三隅研次 编剧：小池一夫）

2.《人斩》（1969年，导演：五社英雄 编剧：桥本忍）

3.《黑暗时代》（*Excalibur*，1981年，导演：约翰·保曼，美国）

4.《最后的武士》（*The Last Samurai*，2003年，导演：爱德华·兹威克，美国）

5.《指环王1：魔戒再现》（*The Lord of the Rings: The Fellowship of the Ring*，2001年，导演：彼得·杰克逊，美国）

＊追加：《卡姆伊传》白土三平（漫画）

押井：与其说是"剑戟片"，不如说选的是其中的"剑"富有魅力的作品，所以不知怎的倒是海外作品比较多。最后，因为"要说剑的话这部一定要有"，而追加了一部评价很高的漫画名作。

147

第八回

深作欣二的动机

2008 年 10 月刊载

深作欣二（1930~2003）

电影导演。生于茨城县。毕业于日本大学后，入职东映公司，凭借导演《风来坊侦探·赤谷惨剧》（1961年）出道。从1973年起拍摄的"无仁义之战"系列大受欢迎，有个人风格强烈的《黑蜥蜴》（1968年）、《柳生一族的阴谋》（1978年）、《复活之日》（1980年）、《魔界转生》（1981年）、《蒲田进行曲》（1982年）等风格各异的作品。而且，在电视界，有《必杀策划人》《伤痕累累的天使》等作品。遗作《大逃杀2：镇魂歌》由其子深作健太继任导演并拍摄完成。

今天押井老师正在进行《突击女孩》的实地拍摄，所以我们在押井老师住宿的伊豆大岛来进行这次对话。这次的主题是深作欣二导演，对吧？

押井：昨天晚上，大家一起看了深作欣二导演的《天外来信》，所以感觉刚好可以聊。最近我和他儿子深作健太有一些来往，所以可能有些不方便说的地方，不过反正是电影导演的成败论，对电影的评价是另一回事。

说起深作先生，果然还是《无仁义之战》吧。

押井：我对《无仁义之战》之前的深作先生兴趣没有那么大呢。他好像是在东映成立了第二东映、必须大量生产电影的时期出道的吧。在这种意义上，他和我不无相似之处。如果没有大量生产这个背景，我可能无法成为动画的演出家或者导演吧。按说正规的路线，或者说通常的做法，是先做几年制作进行[1]，然后再做演出家，不过我是说了"我想做导演"然后就一下子被调到演出部的。况且还是进去之后第三周就在做分镜，三个月就变成了演出家，（笑）如果没有大量生产这个背景，这是不可能的。

这点和做独立电影出身的导演不同，因为深作先生他们是经历过制片厂体系的人，这一点也和我不无相似之处。因为我是经历过动画工作室体系的人。在这种意义上我对他怀有一种亲近感。

原来如此。

押井："无仁义之战"这个系列，给当时还是学生的我真的是留下了很强烈的印象。认识金子修介的时候他正沉迷于《无仁义》呢，还用吉他弹它的主题曲什么的。其实我也练了练。（笑）叮当叮当……其实挺简单的。

是吗？（笑）

押井：我想，一副理所当然的样子让同一个演员演不同的角色，这可能是那个系列最有意思的地方吧。就像有个装着《无仁义》的演员们的盒子，不断把人从里面拿出来换回去似的。我觉得那很有意思。

在一部作品中扮演了死掉的角色的演员，在下一部作品

---

1. 制作进行：负责检查原画、动画、背景等具体工作进度，并负责整体计划、工作人员的分配及制作进程。

中会扮演其他演员再次出场。

押井：对对。所以就有了无限的败者复活战。因为死掉的角色非常多，演员多少都不够用吧，而且果然有充分信赖关系的，或者说能让他随心安排的演员也数量有限吧。死过一次的演员下回又换个角色出场、下回换个演员演某一个角色，是这样的演员与角色的组合呢。大概除了菅原文太、小林旭和他的大哥金子信雄，大家基本上都演过超过两个角色吧，我感觉是这样的。会想"啊，又换了"或者"这次剃掉眉毛出场的是梅宫辰夫"什么的。现在想来是不可思议的体系。

基本上没有别的电影这样做呢。

押井：因为这个系列走红并且延续下来了，才有这种事吧。所以可能也有演苦肉计的因素。不过说实在的，我当时也不太介意。因为虽然算是有菅原文太这个主角在，但根本上是很多人的群像剧，周围的人都很有魅力。给人的感觉不是单个单个的人，而是作为整体的黑社会的生存状态，这很有趣。这是现在的想法，但在当时，每出一部就想着"这回谁会演什么角色呢？"，然后兴致满满地开看了。

所以，首映的时候是特别有趣的吧。

押井：此外，枪击场面之类的很胡来，但我对此也不是很介意。像刺出去一样"乓乓"地开枪，这样的用枪方式我在那之前从没见过。不是所谓正统派的用枪方式。因为完全没有刺出去的必要性嘛。虽然我想，无论什么导演都会有一定程度上的美学，但他对暴力的表达并不是这种感觉的。暴力场面本身是一种角色，或者说为了让角色成立而做的表演，或许可以说是这种层面的事吧。基本上没有给人他在拍动作片的感觉。

比起动作片导演，他的暴力描写更原始。

押井：但是，佩金帕（Sam Peckinpah）虽然也有很惊人的暴力描写，但其中必然会加入某种美学。

是说深作导演的没有风格吗？

押井：嗯。几乎感觉不到有风格。

比起风格，更多的是角色、世界观吧？

押井：我想是这样的。所以，对我而言，深作欣二导演与其他导演不同的地方在于，大概是我没怎么感觉到过深作欣二的演出、模式、风格这类东西。不知道别人会不会这么想，反正我是没有感到过。只是，某种对人的呈现方式无疑是一以贯之的。所以拍时代剧也好，拍其他的什么也好，都不会变。这和上回讲到的三隅研次不同，他大概是没有朝创造风格或者模式那个方向走的人。这样的导演很少见吧。

在某个时期，虽然他还拍过女性电影，但我不觉得很好看。心想"他为什么要拍？"，但不了解实情。说不定他有个对女演员很殷勤的时期吧。因为他和女演员松坂庆子交往也是在那段时期。

科幻片为什么难？

押井：然后，就是《天外来信》……

他为什么要拍那样一部电影呢？（笑）

押井：虽然他拍了各种各样的电影，但"科幻片到底是另一回事"。《天外来信》我是和金子修介一起在立川东映电影院，赶在上映第一天的首场看的。金子修介那家伙当时应该还是学生吧？我记不太清了。

总之，我当时想，惊得合不上嘴说的就是这么一回事吧。一开始我就有了预感，过了五分钟，我们两个人都很清楚地明白"这样不行啊"。我和金子当时经常去看东映的电影，从电影院出来，在咖啡店聊三四个小时，但对于那部电影，我们想吐槽却提不起兴致。"为什么要做这样的事呢？"我们净是这样想着摇头。我想他自己或许能拍，但原本东映这个公司就不适合科幻片啊。而且，那些演员的能力也不合适。

况且还是在（东映）京都拍的。

押井：无论怎么看都只能把它看成一部黑道片。外国演员的台词都被配成日语配音。像过去东宝的《宇宙大战》一样，演员说的明明是英语，却变成了日语，还没人觉得那很奇怪。为什么他要做这种事呢？

隔了很久再看，感想还是一样吗？

押井：一点都没变。（笑）深作导演一定是没有科幻精神的吧。更进一步说，电影导演只分能拍科幻片的导演和拍不了科幻片的导演这两种。那么问题就变成了，日本电影导演中有能拍科幻片的吗？不过冈本喜八在按自己的方式拍着，是叫《蓝色圣诞节》吧？那部我还是比较喜欢的。我认为深作导演能拍动作片，能拍黑帮片，能拍社会幻想片。但他唯独拍不了科幻片。

拍科幻片有什么必要的素养吗？

押井：能拍还是不能拍科幻片，我想其中到底有着决定性的差别。科幻片是做减法的电影。是在这也不行那也不行的基础上成立的，或者说是在"唯有这个非做不可"的积累上才能成立的。《异形》也好，《银翼杀手》也好，大家都是这样做的。大家把那些积累堆成小山，然后才有了科幻电影。

演员也是，《天外来信》主演维克·莫罗（Vic Morrow）不适合科幻片，哪怕找个年轻没名气的小伙子都比他强。当然，令人遗憾的是，可以说东映的演员们没有一个适合科幻片的。因为他们都是那种洋溢着生活感、存在感之类感觉的类型。这样说来，真田广一应该是其中最合适的了吧？

在里面算不错的了。（笑）

押井：同一时期，东宝的《行星大战》，虽说也是借着《星球大战》的东风拍的电影，但它的演员冲雅也让人意外地觉得很不错。只看他拿枪的方法也能看出来，他穿着航空服，拿着激光枪，动作毫不扭怩，十分自然。这方面到底是有天资的差异吧。其中大泷秀治演了一个司令官还是什么的厉害角色，但表演得完全不像个司令官，演得像是哪家公司的部长似的。

啊哈哈。

押井：并不是只要拍得出存在感，电影就能成立的。因为和电影的类型是有关系的。不如说，在演科幻片的时候，需要有勇气去表演某种典型。不是拍出那个人平时在电视节目里的日常感、生活感就能有真实感的。比如《异形》的服装是工装裤和运动鞋，为什么这很好呢？不是把所谓生活的真实感一股脑儿地塞到科幻片里就能有真实感的，穿着工装裤和运动鞋在飞船中走来走去这样的表演，到底是有其根据的。

走红系列的悲剧

押井：不过关于特摄，如今看来他有一些还不错的作品。虽然这有点让人意外，有时会让人觉得"很不错的视角嘛"什么的。

反过来说，也就是除了特摄片之外没有可看的。

押井：战舰或者说小型宇宙飞船，总让人觉得有点问题。在宇宙也好，在大气层也好，需要有飞行物体的说服力，但

157

其中一概没有。

自那以后他没有再拍这类作品，由此可以猜测他本人也泄气了吧。

押井：与其说是深作导演，不如说东映本身就与科幻片体质不合。制片厂或者公司，到底都是体系。就算龙之子也没法做虫制作那样的作品，当然，也没法做东映动画那样的。因为要综合体系中人的能力来做，如果做不适合的东西，大抵就会露出马脚。

也就是说，全能型选手是可疑的。

押井：在日本动画公司没法做龙之子那样的英雄故事，反之，在龙之子也没法做他们那样的作品。和这是一样的。

如此说来，深作先生是很东映的导演吗？

押井：但是在以时代剧为主的东映，他是个做不一样的东西的导演。在当时，或许不如说他是一个打破了东映特色的人。不是做鹤田浩二那类正统派电影的人，不如说他是当时的革命青年呢。

在黑帮电影的谱系中。

押井：我想他还是个在某种程度上定义了日后的东映特色的人，从结果看来是这样。因为他做出了和山下耕作、加藤泰完全不一样的黑帮片。那在当时是非常新颖的，并因此成功了。和所谓的禁欲黑帮片没有关系，和任侠道也没有关系，而是全新的黑帮片哟，还说着"无仁义"什么的。当时一定是个异端。不过现在大家都认为"东映的电影就是那样的东西"，这挺有意思的。

是啊。从那以后直到录像带电影时期，都是那个路线呢。

押井：龙之子也是，现在的路线是《科学小飞侠》，或者所谓写实派，但最开始不是这样的啊。虽然我不知道（吉田）龙夫先生想通过《太空神童》《极速赛车手》等等达到什么目标。《科学小飞侠》式的作品就是我的老师（鸟海永行）做的，不知不觉那成了龙之子的看家之作，仅此而已。

如果大热的话，果然就会……

押井：就会被它带着跑。我觉得那倒没什么问题。

果然"无仁义之战"是个如此重大的转折点，毕竟它是一个大热的系列。

押井：从那以后，欲望自然主义，或者说《无仁义之战》式的黑帮片就变得普遍了。鹤田浩二拍的那种关于道义、人情与任侠道的感性的黑帮片，就没人气了。《无仁义之战》有这样改变人的意识的力量。

还有，因为他是个纠结于战后事物的人，是会说"原本不应如此"的人之一啊。

从年龄上讲，他是属于哪个年代的人？

押井：他比我大，应该是大一轮以上（深作欣二生于1930年，押井守生于1951年）。对战后事物最不感兴趣的就是我这一代人，比我年长的导演全都是对战后事物很感兴趣的一代人。

一句话概括那个人做的东西的本质，就是"对战后事物的愤怒"。不是感叹，而是用愤怒来表现，那是那个人的真情实感啊。其他人已经感叹的太多了，浪花调[1]之类的。我的《立食师列传》也是，是用败犬的远吠来表达的。那个人自始至终都对战后事物抱有愤怒。所以深作欣二最想拍的，是不是武装的共产党那样的故事呢，虽然已经无法实现了。武装共产党的斗争故事，是奋起然后遭到彻底地弹压的故事。我想他最想拍那样的电影。他的喜好本身就不适合"虚构物"，所以大概他真的是不适合科幻片的人。

还有，他安排女演员的方式很独特。是和《绯牡丹阿龙》等等完全不同的世界。基本上，只有黑帮情妇、妓女之类的角色，让人感到根本上有种蓬勃感，或者说野性。和后来的女性电影很不一样。

我看了他很多电影呢。《县警对暴力组织》等等也看了，它们清晰地展露出战后意识，我非常喜欢。把人的活法，或者说把人的存在感这一层面的东西戏剧化，他难道不是在这方面成功的少数导演之一吗。对我来说，《立食师列传》这类虚构是必要的，和他有很明显的不同对吧。《地狱番犬》

---

1. 浪花调：日本的一种大众曲艺。

160

之类也和他很不同。我如果没有那种"虚构物"，就无论如何没法接近历史。或许对那个人来说，黑帮就相当于这种虚构。即使他不拍黑帮片，我感觉他也有倾向于这样做的痕迹。

原来如此。

押井：我感觉在这方面做得最好的是《无仁义》和这个谱系中的系列。某种意义上，或许可以说他是始终保持这种意识的最后一个导演。所以我想他和所谓的巨匠不一样。

被继承的遗志

押井：在他生前，我只碰见过他一次。

那是什么时候？

押井：是在我去看《星球大战》点映的时候，在会场中和他擦肩而过。他身边跟着两三个像是保镖的大块头，大摇大摆地在走。我想"原来深作欣二也看《星球大战》啊"。当时我还在做电台的导演。

保镖吗？

押井：他被人团团围着，成功的导演身边就会有聚集起演员和工作人员嘛。有个工作人员说过"果然好导演就是能一直拍热门片，而且能保证我们有活儿干的导演啊"，虽然我不是那样的类型。（笑）

不会不会。（笑）说起来，押井导演最近和深作导演的儿子（深作）健太先生有交往吧，硬要比的话，健太先生在才能上有继承自其父的部分吗？

押井：当然有的。比如说都很喜欢群像剧。还有就是愤怒。无限热衷于反权力的和暴动的场面，在现在日本年轻导演中只有他是这样的。别人都不了解短刀、撬棍、火焰瓶之类的用语嘛。

说起来，由押井老师写剧本，深作健太先生导演的《L之乱：鏖杀之岛》（エルの乱 鏖殺の島）后来怎么样了？（《L之乱》是和《地狱番犬》相关的作品。原定2006年开拍，但被搁置。）

押井：其实我完全不了解情况，在当下这个时世大概是没办法的吧。讲的是中国的武装难民起义的故事，哪有公司会让我们拍啊。对我而言是非常遗憾的。它是原创的，而且花了很大力气，无论如何我也希望它能拍成电影。不过我没打算自己拍。因为看起来非常费劲。（笑）

您去做嘛。（笑）

押井：要做的话会很有意思，但是需要很多能量。我想让像健太那样能量有余的年轻导演拍。因为，我的主题不是费劲地拍费劲的电影，而是轻松地拍费劲的电影。（笑）我不像健太那样喜欢正面强攻、热情洋溢、想用自己的能量去拍电影。那个男人在摄影时连饭都不吃嘛。"啥？不吃的话不是很浪费吗？"我问。他回答："不，吃了的话我身体里的紧张感就消失了。"到那天摄影结束之前他什么也没吃。

了不起啊。

押井：是个热情的男人啊。所以我从《大逃杀2》等电影里嗅出了反权力的气息和类似愤怒的东西。健太也说过，确实这种电影的谱系在日本电影中已经中断了。从对战后事物的愤怒出发，把愤怒本身作为人的戏剧来描绘的作品，不是已经基本上没有吗？

是啊。已经不是那样的时代了。

押井：莫名其妙地变成了文学化的电影、为了把年轻人看哭的电影，全都是那种东西。用阿武（北野武）的话说，全是"骗小女孩的电影"。基本上没有在电影中描绘愤怒的导演。说起来，健太就像个因为落下一圈而跑在最前头的运动员似的。虽然从哪里接下了接力棒，但是没有能传递接力棒的人。在这种意义上，我是在完全不同的地方悄悄地做着一样的事，所以他嗅到那样的气息而靠过来了，那就和野狗循着气味跑过来一样。我也是野狗，所以有共鸣。

但是作为导演，我俩完全不是一个类型。所以如果一起工作的话，我想肯定第一次就是最后一次吧，遗憾的是问世的可能性非常低。干脆我在动画里做了吧。（笑）神山在《攻壳机动队：第二季》里做了类似的东西，是难民收容所的故事。

如果不放在架空的世界里，会有很多困难吧。

押井：不过，那样的科幻精神，或者说虚构、非日常的世界，我想大概也不适合健太。因为我几乎感受不到他对细节的讲究。

这是看了最近的组合片（《儿童武士》，收录于《斩》）的感受吗？

押井：嗯。我感觉他对细节这种东西不太讲究。

那么他是对什么讲究的导演呢？

押井：还是人，是角色啊。但是科幻片光靠角色是无法实现的。反过来说，为了表现角色，需要的不是演员的演技，而是细节，这才是科幻片。果然雷德利·斯科特是明白这点的人，西格妮·韦弗之类的就误解了。仅凭演员的表演，是无法搭建起一个虚构世界的。或者可以说，最难让演员出彩的，就是科幻片。但健太对枪的细节什么的完全没有兴趣嘛。

反过来说，如果有科幻精神，在车库里也能拍对吧。

押井：是这样的。健太对 AK-47 是如何运转的完全没兴趣。只是说着"想打 AK-47 试试"，结果至今我们也没有机会一起去关岛。AK-47 的概念好在哪里，我想他对这也没有兴趣，只不过认为那是游击队拿着的来复枪。大概他能不能区分半自动步枪和突击步枪都难说。

能区分的人才是比较稀有啦。（笑）

押井：因为他是想拍那个的导演，所以……不过，辻本（贵则，导演）好像也对这些完全没兴趣。

是吧？（笑）

押井：我倒是不清楚，要是对机关的细节没有兴趣，该怎么拍那种作品呢？

肯定是和押井老师说过的恋物癖是相反的方向。

押井：大概比起 AK-47，他对短刀、撬棍之类的更感兴趣吧。和健太聊天的时候，时不时就会说到短刀、撬棍之类的词。

撬棍。（笑）

押井：到了现在还说"撬棍"这个词，这本身就很奇怪吧？到底是和其他年轻导演格格不入。

您从父亲那里受到过什么影响吗？（笑）

押井：不知道。我和我爸做的完全不是同一种生意，要说脱离日常性也就是这样了。因为我爸是私人侦探嘛。在认

深作的科幻电影，《天外来信》后有《复活日》

伽瓦纳斯皇帝十二世罗赛亚
（成田三树夫）

《天外来信》并不是好电影

真这点上，私人侦探和导演可能有什么相似之处吧。不过他们父子俩都是电影导演，实际上关系是非常亲密的。健太似乎是既把深作欣二导演当父亲，又把他当老师地尊敬着的。

原来如此。所以说，深作欣二导演在拍《大逃杀2：镇魂歌》的过程中去世，健太先生可以说是继承了那部电影吧？

押井：我想那有点不一样。有很多不好在这里说的话，不是那么简单的事。虽然确实是预想之外的出道，但就拍摄现场来说，那无疑是提携了他，"这不仅仅是二代目"。所以，他全神贯注、意志坚定。我想他会在什么时候一下子爆发出来的。

人们期待看到的导演形象

押井：已经变成关于健太的话题了，我们还是回到导演深作欣二吧，在我的学生时代，我非常拼命地看着他拍的电影。他简直是我唯一那么看过的导演，而且现在还在看。但是要思考那个人的电影有趣在哪里，我却不太清楚。

我从电视上播的幕后记录之类里看到过他在制片厂一边挥动木棍，一边大声指挥演员，一边导演的身姿，但我感到真实的深作欣二导演的想法和那里面演的是不一样的。

说起来，我的老师也靠强硬的一面吃得开，但他本人并不想那样。实际是很好亲近、容易寂寞、很喜欢拍摄现场的人。实际上是个很天真的人啊。不过，对于所谓导演，周围确实会期待看到那种形象。我不喜欢那样，所以故意反着来。比如暴露自己的优柔寡断，很自然地说"嗯……不懂"什么的。但是，工作的时候周围肯定会期待导演有某种身份。我模糊地觉得，深作导演是不是想要扮演那种角色呢。

深作导演到底是制片厂中的人啊。感觉他在制片厂的体系中，始终想要扮演导演这种职务。结果，作为那个时代的导演，深作导演不得不参加了对自己不利的战斗，但是他没有想过抛弃制片厂体系，去别的地方拍电影。不过，那确实也挺难的。导演的战斗，毕竟是建立在体系之上的。不过，其中当然也包含了和体系的战斗。就像被当作强化选手推选出来的柔道家，如果说"我自己看着练练就行"，那是无法被接受的。虽然我觉得只要能出成果，那样也无妨。只要是竞技，就会变成人与规则的战斗。制片厂的导演只能在制片厂这个规则之中战斗，和制片厂之外的随心所欲的导演完全不同。因此，我是个想离制片厂远远地拍电影的人。就算自己想做的东西里有让人看不懂的东西，也就一直那么放着。不过我做的电影没什么人感兴趣就是了。

不会不会。（笑）

押井：这样做着做着，就能把深作导演看得很透了。不过说真的，个人的动机是谁都不会知道的。我对所谓个人的动机很感兴趣。这不是和各个导演本人见面就能弄明白的，也不是读过很多评论、自传、评传之类的东西就能得出正确答案的。不过总会有透露出来的部分。我感觉自己能很正确地想象出来。"这个导演是这种人"什么的。"肯定是个讨厌的家伙""令人意外的是个好人吧"之类的。

所以，我完全不觉得他拍出那么暴力的电影就一定是个暴力的人。当然，刚才说到的"愤怒"是有的，但认为描写暴力的人就是暴力的，这是很大的错误。萨姆·佩金帕也是个很天真的导演。

就算拍的电影很暴力，导演的笔触却很纤细，有着对人非常温暖的想法，如果接近"暴力"的时候没有这些东西，会变成什么样子呢？那只不过是杀戮罢了。萨姆·佩金帕在关于《日落黄沙》（*The Wild Bunch*）的采访中甚至说："这么让人不快的电影我再也不想拍了。"虽然他对暴力的描写很可怕，但他有情感和抒情，看待人的目光中也基本都有温暖的东西，我认为他拍的是非常悲伤的电影。而且我在深作欣二的电影里也感到了类似的东西。大概要把暴力作为主题，那种东西就是必要的吧。如果仅仅是描写暴力，那么除了暴力就只剩下残酷了。

暴力和残酷是不一样的。所谓暴力，不过是人类的营生，没有什么好也没什么不好，那就是人本身。如果对它思考不出某种思想，或者策略，或者哲学，这样的导演只不过是在做关于杀戮的电影罢了。像描绘战争一样，或许战争是应该否定的，但它也是人类本质的一部分——如果不描写这一点，就没法走得更远，这么想的导演是有的。

虽然这像是在吹牛……虽然我一直在描写暴力，但我的作品里是有那种东西的。我不是单纯因为美学、快感原则而做的。我对《攻壳》最满意的，不是砸坏很多东西的场景，到底是素子毁掉自己的身体那部分。我想拍那里。《无罪》什么的也是这样，暴力或者破坏，要求创作者有坚定的思想性。

夸张一点说，需要有哲学。如果没有的话，创作者会被反噬。所以说，它是非常难的题材呢。

原来如此。

押井：实际上，漫不经心地接近色情也是非常危险的哟。佩金帕的《稻草狗》（*Straw Dogs*）虽然是非常色情的电影，但他最终没朝那个方向去。深作欣二有没有想拍色情片的时期呢？不过那个人拍的女性电影不太有那种感觉，倒不如说是散发着传统日本电影的气息。对我自己而言也是，已经做了很多暴力电影，那么拍一拍色情片怎么样呢，我至今对这方面挺有兴趣。

现在是在一点一点往色情的方向靠近吗？

押井：是很明确地意识到，并且开始着手去做了。不过果然是很难啊。虽然破坏是动画的拿手好戏，但令人意外的是动画中的暴力却很难。不过我感觉自己在动画中的暴力这方面做得还行。只是色情还差得远……不过，动画也好，实拍也好，我想在这两条战线上一点一点地推进。不是只要裸露就好了。当然偶尔裸露是必要的。

在《空中杀手》中稍微有一些。

押井：下次想做得更多一些。不过，对于深作欣二这个导演，我不太明白的部分对我来说到底是"女人"。那不是喜好之类的问题。那是怎么一回事呢？他是个私生活中发生了很多事情的人，却几乎让人感觉不到他对色情有与暴力相当的想象力。"是这样的导演啊"，这样就说得差不多了。

"因为赢了，所以输了"

押井：要说成败论，他到底是在大决战中胜出的人啊。他直到最后都作为导演决斗着，这是确定无误的。可能因为最近很多导演都一个接一个的死了，所以我更加这么觉得。要说导演的成败在于"一直拍到最后"，他是拍到最后的人。不过，要说他是否在跟自己的决斗中战斗到了最后，这果然还是值得怀疑的。他一直纠结于战后事物，当时代离战后越来越远，有了"战后是什么啊"这个问题，这时战后作为一个主题就不再成立了，这在他自己身上体现了出来……到此为止都是可以想象的。但在那之后，他想要进行怎样的战斗？我不知道。令人遗憾的是，他晚年的作品中，到底让人感受不到《无仁义》等一系列现实主义黑帮片中强烈的力量。

就押井老师的成败论而言，他好像有点过于走红了吧？
押井：是啊。大概《无仁义》红得过头了是主要原因吧。周围会产生那种期待感，他本人也会产生那种自觉。果然所谓导演是会不知不觉被自己的创造物支配的。

再就是实拍才有的情况，在工作人员和演员基本固定的情况下，要做出不一样的东西是非常难的。即便如此，还是想回应周围的期待，这是类似导演的本能的东西。这有好处也有坏处。观众对制作人当然也是这样。虽说工作人员永远是最初的观众，但我不断努力在一些地方背叛他们。回应他们的期待是不行的，我总是这样想。这对成败论来说是最重要的。在想要充分回应他们的瞬间，就本末倒置了。

我会铭记在心。

押井："一直拍下去"本身应该不是他的主题。拿运动员来说是最好懂的，作为柔道家的人生、作为足球运动员的人生，和作为运动员的成功是两回事。导演也是一样。要是得到太多的勋章，就不会想去冒险了。这样说来，《天外来信》该怎么说呢……

背叛了期待？

押井：是"干脆就这么办吧"，所以不如说是想要回应他们的期待，但是失败了。毫无疑问，他努力过了。因为他常常推陈出新，想拍很多的电影。但是结果……要说起我的老师，就是《科学小飞侠》。我的话，不希望总是被人说起《绮丽梦中人》。所以我前面也说过，"让人不知道代表作是什么"这种状态在我看来是最好的。

也就是说没有代表作比较好。

押井：嗯。就算没得过什么奖，但让人觉得"那个导演拍的是那样的电影啊"，创造某个电影本身，这才是最正确的。就像戈达尔这样。

所以，要说是成是败，深作欣二导演散发着失败的气味，虽然这很让人遗憾。所谓导演，必须是无政府主义者，但要一辈子都当无政府主义者，这真的很难。确实如此。我只不

171

过是在某种荒唐或者胡来的层面上实现着无政府主义罢了。
（笑）

不不，没这种事吧。

押井：是真的。如果我变成了一个认真的导演，那个瞬间我就失败了。现在我不是在拍摄中吗，我想在拍摄现场金子（功，副导演）很焦躁吧，我倒无所谓。要是拍不成，那就拍不成呗。什么都行。一天拍两三个不错的画面就挺好。主要是编辑那几个好的镜头，没有必要全部镜头都很出色嘛。拍出那两三个好的镜头才是在拍摄现场的目的，拍电影不是严格遵照计划把一个个镜头拍出来。作为导演，如果变成了那样，就仅仅是在被使唤罢了。

是啊，仅仅是现场监工。

押井：变成了不是在使用拍摄现场，而仅仅是在被拍摄现场使用。不应该只是"导演，麻烦拍下一条""准备，好，开始"之类的。要我说，现场就是使唤别人的地方。不过大概这会让周围的人感到困扰吧。

不会，我想就是这样的。我是旁观者，所以总感觉能明白。
押井：大概深作先生不是这样的人吧，肯定不是吧。

第九回

塔可夫斯基的执念

我一部都没有看完

オレ、一本も最後まで観たことないです……

Andrei
Arsenyevich
Tarkovsky
1932～1986

081229

安德烈·塔可夫斯基（Andrei Tarkovsky，1932~1986）

生于苏联。电影导演。曾任职于国营电影公司莫斯科电影制片厂，但他贯彻艺术至上主义的态度，与解体之前的苏联当局和审查制度多次发生冲突。他于1962年凭借《伊万的童年》作为长片导演出道。这部作品获得同年的威尼斯电影节金狮奖、旧金山国际电影节最佳导演奖，得到了国际上的赞誉。他苏联时代的代表作有《飞向太空》（1972年）、《镜子》（1975年）、《潜行者》（1979年）等。离开苏联后有《乡愁》（1983年）、《牺牲》（1986年）。苏联总书记戈尔巴乔夫发表声明认可塔可夫斯基回国，但塔可夫斯基没有再踏上故土，于1986年客死巴黎。

押井老师，今年也请多多关照。2008年的第一次对话就来聊安德烈·塔可夫斯基吧。

押井：好是好，但为什么是塔可夫斯基？（笑）难道不是没人知道他吗？

近来的影迷很多都不知道押井老师为塔可夫斯基着迷吧，所以我就想着摆摆前辈的架子。（笑）打动押井先生的第一部塔可夫斯基作品是哪一部？

押井：是哪一部来着？看《飞向太空》之前我已经知道他了，有点记不清了，《镜子》是在《飞向太空》之前看的吧？它最能体现塔可夫斯基的本质，我至今这么认为。《镜子》是至高杰作。后来看了《潜行者》。确实有一段时期我沉迷于他的电影，对我来说他最后几部有一点凄惨。

凄惨是指什么？

押井：虽然这样说很傲慢，我靠自己理解了塔可夫斯基的本质。他在冷战时期有各种各样了不起的传说，说他触怒了勃列日涅夫总书记于是被剥夺了工作什么的。

很明显，他的《伊万的童年》十分现实主义地描写了红军内部是多么松懈和任意妄为，讲的是在其中被命运捉弄的少年，然而在那个时代，对于不断美化冷战中自己国家的历史，所有的苏联电影都是赞美的。极端地说，在那个时代就是为此才有了电影，然而《伊万的童年》却和那些完全没有关系。我不认为那是一部反战电影。哪个国家的军队都是那样的，它描写的是战争的实际情况、日常生活。比如把任务丢在一边去追女孩什么的。

而且塔可夫斯基也不是想拍那种故事。它是在那个时代背景下，诗意地描写一个少年追逐某种"思绪"的作品啊。

塔可夫斯基的"思绪"的部分是一以贯之的，一直贯穿到他逃离苏维埃之后，它类似于那个人的憧憬、理想。它的原型是什么？这在他流亡之后渐渐变得清晰了。去了西方之后他拍摄了《牺牲》，塔可夫斯基的本质渐渐显露出来了。那就是我刚才说的"凄惨"的真相。

当时，笼罩着冷战的铁幕，四周充满矛盾摩擦，身在其中的塔可夫斯基对自己的本质始终难以察觉。所以他流亡到西方，可以自由地创作之后，当他那种才能受到了高度评价，他就越来越倾向于朝那个方向拍。并且由于这种正向反馈而变得越来越纯粹了。结果，最后得出的结果是什么呢，不是反苏联的意识形态，也不是什么革命性的东西，而是实际上十分保守的东西。

塔可夫斯基的父亲是诗人，他经常在电影里引用他的诗。那种诗性，还有背景音乐中的巴赫，缓慢移动的风景，它们的本质是什么？我在某个时期似乎明白了。一开始，我认为他是个信任记忆之实在的人。比如各种各样的风景、女人的脸、孩子的表情、动物的姿势，他记忆中的影像片段都非常美丽而真实。那些影像不是剧照，时间是流动其中的。那样的时间，创造出了庄重的，或者说悠悠的运镜方式。我也参考了它很多，总想在动画中实现它，为此做了很多努力。在某个时刻我突然明白了它的真相。

是什么呢？

押井：简而言之……是大地母亲，或者说是斯拉夫主义。我是这么认为的。果然无论去哪里，他还是俄罗斯人啊。或者说是俄罗斯人式的泛神论的世界观。我想他是不是东正教徒呢。他还拍过正是描写东正教的《安德烈·卢布廖夫》。那种俄罗斯式的乡愁，类似于俄罗斯人的原点。是这样的。为了表现它，他选择了最适合表达这一点的巴赫，用那样仿佛沉重的梦的运镜方式来拍摄。

侍奉我的电影

押井：塔可夫斯基这个人，是个为了实现想象什么都会做的人。比如为了表现吹过草原的风，把直升机叫到拍摄现场去。在他著名的水中有草摇曳的画面里，那不是水草，而是收集了那一带的杂草把它们全都沉到水里。通过让物体沉没在水中，一切事物开始体现出不同的时间。沉在水中的物体全都看上去很美，无论是骨头、草，还是花。他的电影全都像是水中摇曳的风景。那具有一种魔术般的效果，看着就让人陷入某种催眠状态。只不过，恐怕他本人并非把它当作一种方法论，而是无意识地那么做的吧。他只是想忠实于自己的想象，对于那种想象的原理大概没怎么考虑过。

他拍过墙的存在感极强、窗外有雨落下来的场景，我很长时间在想，他是怎么拍出来的呢。如果从室内拍的话，肯定没法两边都显现出来，因为外面要明亮得多。无论如何也要让窗外的风景和室内同时能让人看到的话，唯有把屋顶拆掉，让两处都照射一样的自然光才行。所以，他为了拍摄制作了巨大的墙壁，自己在墙壁上描绘自己理想中的斑痕，在它对面，让自己理想中的雨落下来。然后在它们前面，让演员做出自己理想的动作，一次又一次地说着"不是这样的动作"让他们重做。摇动的窗帘的摇曳方式也全都要是理想的方式，为此一次又一次重拍。他是用这种方式拍摄的啊。我在《牺牲》的幕后纪录片中看到了。

不过，这种做法也就是试图控制所有的动作，可以说是动画式的做法吧？

押井：对对，就是这样。这正是我这个动画导演追随他的理由。胶片中发生的一切事物，他都想掌控，他认为他应该掌控。他肯定是认定只有通过掌控才能表达吧。我在幕后纪录片中看到，最后他在病床上和摄像师讨论《牺牲》的画面，说起了"饱和度要调整到什么程度？"，这用现在的话来说就是色彩校正。简直就像动画导演一样。

和押井老师现在在做的事情很相似啊。

押井：我是在工作室一边说笑着，把工作分割给很多人去做，一边笑嘻嘻地说着"不挺好吗""再调整一下"，但对同样的事情，他是投入信念、在病床上做的。我们之间有这个区别。

不过，知道了这些，我想我可能会更加喜欢他，但是为什么押井老师对他失望了呢？

押井：我是个总是对"我为什么做那件事"保持自觉的人。比如说自己要做怎样的电影，为此技法有何意义，某种构图中有什么意义之类的。

也就是说，押井老师对自己那么做的理由保持自觉，而塔可夫斯基是不自觉地做着的。

押井：我想他大概是无意识地做的。在提纯想象这一点上，他比我要压倒性地擅长。我对于提纯自己的想象，在某种意义上没有那么大的兴趣。因为我只对用某种技法表现什么有兴趣。

也就是说，他令人意外的是用同一种手法在拍。

押井：嗯。不过我从他那里学到了很多。比如阴影的使用方法，摄影机的速度之类的。《阿瓦隆》就类似是在模仿他的技巧。只是和他不一样，有枪战、坦克翻车之类的场面。我的话，本质中有这类娱乐性的东西。不过对他来说，电影显然是艺术。对我来说，艺术什么的怎样都好。比起这个，对我而言电影不如说是社会性的行为。不过恐怕塔可夫斯基完全没有自己生存在媒介当中这种认识吧。

啊，原来如此。媒介简而言之就是社会性行为吧。

押井：对。我想他对此是毫无兴趣的。毕竟他的流亡不是社会意义上的流亡，而是去寻找一个能把自己想象中的电影拍出来的地方而已。而这恰巧在苏联的体制中是不可能的。

也就是说，只是为了寻找更好的拍电影的环境。

押井：所以他就变成了永远的无根之草，不断流浪。为了拍电影而离开了俄罗斯的大地，却不断想要在电影中重现俄罗斯大地的悠久的时间。在此意义上，他是完全分裂了。于是，他最后拍了凝聚着望乡之情的电影《牺牲》……所以我感到凄惨。我只感到凄惨。追求自己的想象，结果却自我分裂了。除了是这样一个悲剧之外，什么都不是。

是这样啊。

押井：这样一来，我就没法痛痛快快地赞美他了。他提纯想象的信念、为此所付出的能量和热情，是一种才能。这样的才能别人谁也没有，我对此抱有无尽的赞赏，但对于拍电影这种行为，他和我明显是不同的。和我离开东京不是一回事。（笑）我才不是为了寻找适合拍电影的环境什么的，只是为了寻找适合遛狗的环境罢了。

啊？之前您不是说过什么更帅气的理由吗？

押井：说过"想稍微离远一点看东京"之类的吧。（笑）那倒也不是撒谎啦。不过，塔可夫斯基不是想作为他者从外部远眺自己才流亡的，这是没有疑问的。

刚才听您说到了，正因为您是做动画的，所以被塔可夫斯基迷住了，那么在您开始做实拍之后，有没有对塔可夫斯基没那么着迷了？

押井：在自己模仿之后，我理解了很多本质问题，是这样一个过程。虽然这个说法不太好，但那是一种欺骗啊。果然在做动画的时候我是不懂这一点的，拍实拍之后确实好懂了一些。塔可夫斯基在拍摄现场好像是很招人讨厌的。

是这样吗？（笑）

押井：尽管作为导演，大家都很尊敬他。因为他总让人做很离谱的事嘛。大家全都不得不侍奉他的想象。

为了实现导演的想象，大家被要求"把你的所有都献出

来"，肯定是这样的拍摄现场吧。

押井：他是个会突然说"去在那边种棵树"的男人嘛，没办法，工作人员只能去挖坑、埋管、砍一棵树戳在那儿，全部工作人员都要侍奉他的想象。还有把汽油浇在活牛身上点火什么的。

真的吗？

押井：这件事还挺有名的，所以工作人员不喜欢他。不过，我在拍摄现场大概是很受大家喜欢的吧。有人说"这么轻松的拍摄现场别的地方哪儿还有呀"什么的。

电影是艺术，还是社会性的行为？

在成败论方面，塔可夫斯基算成功了吗？

押井：从我的成败论看来，他显然是个不追求成功的人。所以，他最终是一个没有取胜的导演。电影这东西，需要一个根，或者说根基。不是说只要有自己的智慧就什么都行的。所以如果和时代错位，就犯了致命的错误。

如果是真正的艺术，那么和时代错位也完全没关系。因为在艺术的世界里，并不是只有最前沿的东西才有价值。现在也还有人听巴赫、莫扎特、贝多芬。不过如果电影和时代错位，那么是会丧失价值的。也就是说，不存在纯粹的古典电影。诗歌、话剧、绘画、音乐，这些是拥有一两千年历史的文化，但电影只有一百年而已。所以塔可夫斯基才会在自

己的电影里引用诗歌，或者
借用某种绘画，换句话说，
也就是不得不从其他的门类
里借用文化或美术方面的价
值。这对他来说是绝对必要
的。无法想象没有巴赫的音
乐他的作品会是什么样子，
我想是因为"电影"中没有
能与它相称的东西。

Jean-
Luc
Godard
1930~

　　至今电影也必须要通过
引用才能成立，电影还没有创造出自己的秩序，或者说还不
具备某种要素。因为，某种照片式的构图、话剧式的表演能
力、语言的力量、音乐，这些不是"电影"自己的门类中的，
而是从"电影的外部"不断输入进来的。电影自身创造出的
价值什么的，还一点影子都没有。

　　假如有的话，那就是被称为"电影式的"的模糊的东西吧，
所以我只追求"电影式的东西的本质，究竟是什么"。如果
能穷极这个问题，大概就能改变电影。

　　这样做的人，据我所知只有一个，那就是让－吕克·戈
达尔。他也是一个引用狂人，他引用贝多芬，引用莫扎特，
有时也引用巴赫，引用大量的语言，当然也借用演员，连政
治语言也都引用。当然他是有意识地这样做的。他说过"电
影就是编辑"。通过编辑，如何整理引用的内容，让它们产
生新的价值。这就是电影。其中当然需要"谁、为了什么"

这样的自我意识。归根结底，戈达尔就是专门做这个的人，至今还在做。再就是精度的问题，他现在编辑的技术愈发厉害了。这不光是在影像方面，还有音乐、对话、独白等，他什么都编辑，时机把握得愈发厉害了。可以说已经是绝品了。最近在日本没看到他的新作品，我在戛纳看到他的作品，惊讶地想"变得更好了"。能编辑得那么出色的导演没有别人了。

从这种观点出发，塔可夫斯基在放弃成败的一瞬间就已经失败了。

意思是说，断言"电影是艺术"是错误的吗？

押井：是这么一回事。断言"电影是艺术"的时刻，也就是放弃了成败。也就是说，艺术和成败是没有关系的。那是宣言自己的电影和社会性的行为没有关系，所以在那一瞬间就已经失败了。

虽说如此，在电影上失败，但在人生上是不是失败就不一定了。不过，无论怎样热情真挚，要我说的话，错误就是错误。所以，大卫·林奇为什么厉害，因为他是无意识的天才，所以净是"电影式的东西"。除此之外全是毛病，在另一种意义上则是巨人哟。所以知识分子永远理解不了大卫·林奇的电影，因为他的电影无法转化成语言。反之，知识分子为何偏爱塔可夫斯基呢，简而言之，塔可夫斯基描绘的是与语言相遇的世界。

对押井老师来说，对于自己曾一度沉迷于塔可夫斯基这

件事是持否定态度的吗？

押井：完全没这回事。对我来说，他到底是让我明白了电影的一种本质的人之一，虽说是作为反面教材的老师。

也就是说，虽然很尊敬，但如果要一起生活的话就算了。

押井：谁要跟那么讨厌的家伙一起生活啊。他肯定是个讨厌的家伙。（笑）是个把自己的想象绝对化的男人，在我看来是最麻烦的。我连和他一起吃饭都不想，一起喝酒也不想。因为他会一直认为"我才是对的"嘛。

原来如此。

押井：绝对不想和他打交道。

艺人与资助人的关系

押井：我可是去过好几次三百人剧场[1]的塔可夫斯基信徒啊，现在能买到的他的 DVD 我差不多全都有。

确实，他是属于某个时代的电影人，如果他不是共产主义国家的人，如果他不曾流亡，那么人们对他的评价会怎样呢？这是值得思考的。要是没有冷战时期的传说与神话，对他的评价会完全不一样吧。当然他作为电影导演的实力是很出色的。他不是靠朝一切大吼一番就实现了想象的。无论他

---

1. 三百人剧场：1974 年开馆，2006 年闭馆的日本电影院，曾放映塔可夫斯基的电影。

身边有多么优秀的工作人员，都还需要他自己有相应的技术、努力，以及各种才能。不过，让他拍到最后的，是欧洲的所谓认为"电影是艺术"的文化传统。所以直到最后，他还有一个能让他拍电影的制作人。欧洲的这种传统，我在威尼斯也感觉受够了。

是这样吗？（笑）

押井：所以说没有让动画这个新事物入场的空间。如果没有十年，是绝对拿不到奖的。十年之后也难说，因为那时候日本的动画已经不行了吧。（笑）归根结底动画就是这样不结果的花啊，我最近深深这样认为。创造新价值什么的，肯定没戏。仅仅是为了阿宅而存在罢了，已经半数以上都变成这种情况了。

毕竟商业模式就是如此。如果不能说服对方的话企划就没法通过啊。（笑）

押井：所以高畑先生拍不了了，这也是自然而然的。那个人认为动画是艺术，是文化。动画确实也是文化，但它是小混混的文化，不是能进入美术馆的文化啊。我对此看得很清楚。粗点心到哪里都是粗点心，玻璃球到哪里都是玻璃球，虽说放到水里它可能比宝石还好看。

如果不是在一个有大金主资助的世界，那么艺术从根本上就没法成立吧。

186

押井：电影反而不应该用资助人的钱来做。因为它是社会性的行为，就应该好好去用观众的钱来做嘛。所以我认为自己也是艺人之一。

在近世[1]，艺人是统治阶级的玩物，在江户时期，一个建立在庶民的金钱之上的世界被创造出来。尽管有时会受到幕府的弹压，但歌舞伎、浮世绘、黄表纸[2]等等，现在称之为"媒介"的东西被制造了出来。既无心侍奉权力，也无心侍奉大众，却显示出侍奉的样子，见缝插针地实现自己的梦想，这就是艺人的工作。所以，电影导演如果变成了塔可夫斯基就输了。其中的微妙之处，在于永远不与哪个阶级、哪一种价值融合，只有这样才是艺人。

在战前，曾经有个歌舞伎演员给知识分子造成深刻影响的时代。过去的演员有那么大的影响力，现在这个时代哪里有那样的演员啊。举止和说话方式，都具备揪出大众秘密的欲望、愿望的力量，这是过去的演员。为了获得这种力量赌上一生的就是"艺人"，和现在的搞笑艺人不是一回事。

所以要我说的话，所谓的电影导演，应该在某些方面当现代的世阿弥。虽然他是在金主面前切腹了。不对，切腹的好像是（千）利休[3]。好吧，反正这个时代的金主也不会让人切腹了。

---

1. 近世：在日本史上一般指安土桃山时代（1568~1603）至江户时代（1603~1867）。
2. 黄表纸：黄色封面的面向成年人的绘本，指自 1775 年出版的《金金先生荣华梦》以后的绘图小说。
3. 千利休：日本安土桃山时代著名的茶道宗师，人称"茶圣"，在丰臣秀吉的强迫下切腹。

只会让人没法做下一部作品。

押井：没错。（笑）我真的觉得多亏我不是艺术家。在这个时代，艺术家的金主不是掌权者。至少不会让人切腹。

会让人禁止入内。

押井：大不了被炒鱿鱼。过去可是要像利休一样切腹的。要我说，利休正是创造出一种艺人的价值的原型。我本来也不觉得利休是知识分子。

利休提倡的是用价值观来征服世界。

押井：他创造出价值，然后经过筛选之后将其体系化。过去人必须为创造出的价值而切腹殉道，现在就没有切腹的必要了。社会在某种意义上变得有文化了，或者说是从权力的野蛮中解放出来了。就算失败，也只不过是丢掉饭碗而已。

另一方面，就算做了很商业化的事，也没有必要指摘。因为这就是时代之间的差异嘛。但是也没有必要把时代差异绝对化。就连艺术家这种无聊的人也需要考虑场合，至于艺术变成大众娱乐好不好就是另一个话题了。其中相互拉扯的紧张关系，就是商业主义的核心，所以电影的世界实在是很有趣的。因为有自己都搞不懂自己在干什么的时候。是在被别人操纵，还是在操纵别人呢？那是需要周旋的啊。基本上，制片人是想操纵别人的。

在认为自己的电影与制片人的意向、商业主义等无关的那一刻，塔可夫斯基到底是从成败论中掉队了。塔可夫斯基的信徒不会这样说吧，在他们看来我大概是个荒唐的背叛者，（笑）那也没关系。果然一个导演是没法衷心敬佩某个特定的导演的吧。在某些方面当个无政府主义者，这是导演最大的特权嘛。因为无论何时都是靠自己的价值做东西的。如果不是这样的话，在讨论有没有在与观众、制片人的各种各样的斗争中取胜之前，不就已经败给了其他导演了吗。要我说，尽管导演与导演之间的战斗已经是最基础的战斗了，崇拜其他导演就更不用说了。

如果崇拜的话，就只能像落语家那样变成二代目塔可夫斯基了吧。（笑）

押井：至今还有一边说着"黑泽明是绝对不可超越的"一边拍电影的导演呢。我心想"那你别拍了不就得了"。一边说着黑泽明留下的剧本一句都不可以改动，一边把它拍成电影，这种行为本身就让人难以置信。

"那种东西是因为处在那个时代所以才是好的，现在还做的话就太老气了"，如果说不出这种话就不帅气了。

押井：我一点都不觉得复制本身是件坏事。电影本来就是复制。因此，有必要问的是那是怎样的复制。仅仅是一代不如一代的复制吗，是歪曲的复制吗，是以怎样的意识复制的？首创者肯定是赢家，但是，这不意味着首创者就伟大，他只不过是做了没人做过的事情罢了，仅仅是因为出生的顺序有先后而已。为什么要复制，这是问题所在。

这不是说如果复制了就是输了。庵野（秀明）也好，神山（健治）也好，他们恐怕是那么认为的。尊敬或者敬爱自己的前辈这没关系，如果把他当作绝对的，那一瞬间就完了。塔可夫斯基也好，黑泽明也好，沟口健二也好，小津安二郎也好，无论对哪个电影导演都是如此。否则哪还能拍电影呀。怎么能轻巧地说出那种话呢？让人难以置信。

是希望被看作好人吧？

押井：要是想当好人的话，还是别当导演了。（笑）塔可夫斯基什么的绝对不会让人觉得"他是个好人吧"，肯定是这样。其实他恐怕连自己是不是个讨厌的家伙的自觉都没有。因为他就是正义嘛，什么事都是他对。如果他不是对的，那就是周围的错，是苏联体制的错，是某个制片人的错，或者是因为某个演员太无能了，就这样把责任推给周围的事物。简而言之，就是归因到"你们这些工作人员都太无能了"就结了。这倒不是他作为一个人和不和善的问题。我的拍摄现场很宽松，这只不过是因为我不去做不可能的事情。在可能的范围内做事才是最正确的。

第十回

樋口真嗣的理论

SHINJI
HIGUCHI
(1965～)

2009 年 1 月刊载

樋口真嗣（1965~ ）

生于东京都。特技导演、电影导演。1984 年，为独立电影制作团体 DAICON FILM（即后来的 GAINAX）制作的《八岐大蛇的逆袭》（原案、脚本、导演是游戏《美少女梦工厂》的制作者赤井孝美）的特摄担当。在《王立宇宙军：奥内密斯之翼》中担任副导演。1995 年，作为《加美拉：大怪兽空中决战》的特技导演获得日本电影学院奖特别奖。作为电影导演正式出道是在 2002 年的《迷你早安少女：奇妙点心大冒险》。其后有《暴风女神》(2005 年)、《日本沉没》(2006 年)、《暗堡里的三恶人》(2008 年)、《傀儡之城》(2012 年，与犬童一心合作导演）等，连续担任大制作电影的导演。他在电影构成方面广受认可，给无论动画还是实拍作品都提供了大量的分镜图。在庵野秀明策划并担当"舰长"的《特搜博物馆》中，樋口真嗣拍摄了短片《巨神兵现身东京》。他的下一部作品是《进击的巨人》。

押井：这次来讲谁？

押井老师有什么想法吗？

押井：嗯……最近连续在讲过去的人，偶尔也来讲讲年轻人吧。阿真（樋口真嗣）怎么样？

挺好的，而且他和押井老师的交往也很深。那么就请您聊聊樋口先生吧。因为他是后辈，所以请在一定程度上给点赞美吧？

押井：当然会赞美的。（笑）因为他是个很难得的导演啊，在日本做那种事的也只有阿真了吧。

樋口先生是从动画出发成为实拍片导演，并且在全国范围内公映的，在这种意义上，他和押井老师挺相近的吧。

押井：不过，阿真基本上不认为自己是动画人。

意思是，只是偶然地加入了 GAINAX，或称 DAICON FILM 的这家公司吗？

押井：因为他本人是纯粹的日本的电影人。毕竟他是个从小就常去家附近的制片厂玩的人。可以说，他从小就是特摄人，对动画仅仅是因为人脉才涉足的。

不过，把分镜画得那么利落的实拍片导演，还是挺罕见的吧。

押井：嗯，就没有吧。基本上，把文字分镜交付给摄像师的导演比较多。我最近也在实拍中把分镜图丢一边了。不过，如果是净是合成的作品，是没法不做分镜图的。结果，因为合成、CG 增多了，在实拍片的世界里反而需要分镜图了。

虽然我有一段时间也是这样，但分镜图也是有缺点的。它到底会束缚演员的表演，所以演员讨厌它。对摄像师、灯光师、现场工作人员来说，分镜图能让他们知道该准备些什么，所以他们是很欢迎分镜图的。

因为可以看到落实后的样子吧。

押井：尤其在国外拍摄的时候是有必要的。比如《阿瓦隆》，如果没有分镜图就拍不了。

那部作品尤其可以说是"大合成大会"，所以没有分镜图的话会很难办吧。

押井：当然。不过至今还有不肯那么做的导演，所以引起了很大的混乱。某导演还是某某导演的，让做合成的人简直想哭，因为他一点也不考虑合成的事。古老的巨匠，对数字化的拍摄现场而言简直就像天敌一样。

如果不做分镜，那么如果能在考虑过合成的基础上拍摄，或者多少考虑一下合成，就好了。（苦笑）

押井：他们根本上就没有理解合成这项工作。我认识的一个人在做特效，那部电影的导演年纪挺大的，演员在蓝幕前面拍摄，结果还带着蓝色的领带呢。"这样不行的吧！那一块不就会变成透明的了吗！"他想。

哎呦喂。（笑）

押井：在场的做数字技术的人说："啊啊，到底是不行的呀！"。（笑）那个导演没意识到去掉蓝色之后就会变成透明的。无论如何，现在的日本电影一半以上依然是巨匠的世界。所以对数字技术来说依然是受难的世界。我认识的那个数字技术人员的老师有句名言："数字技术不是垃圾桶，别什么都往里面扔。"总之是说，数字技术不是帮人善后的。虽然我不能说是谁，据说之前是音乐家的某导演，他不考虑一下前因后果就开始摄影了，所以只要是露出衬衫颜色的地方全都会错。连接起来一看，衬衫的颜色一会儿一变，他还说"无论如何都要处理好"。

哇，好可怕！（笑）

押井：这可是真的哟。据说光是把那些衬衫换成别的颜色，就要让昂贵的系统跑一个周呢。

好不容易盖过去了吧？
押井：也只好硬着头皮做。

这种事可真恐怖啊。
押井：短的广告之类的也就罢了，那可是实拍而且是长片啊。所以，不考虑前因后果，也不理解系统的巨匠导演和摄像师是数字技术的天敌。像阿真那样什么都理解的人很稀有的。像阿真和神谷（诚）那样的。年轻导演倒能相应地理解，能跟得上时代。

这两位都是做特摄出身的吧？
押井：特摄出身这件事当然也是很重要的。他们早早地开始开发新的演出方式，努力尝试运用各种东西。在以影像为主，还是以表演为主上，他们与别人有所不同。如果追求的仅仅是电影的演技层面、拍得真实，那么是走不到这一步的，也不会去做分镜图。我是出于其他的原因而停止了做分镜，不过最近又反过来觉得有必要做了。

押井老师停止做分镜的原因是什么？
押井：因为我自己讨厌被分镜束缚啊。实拍到底是有好处的。实拍中会测试导演的现场反应力，或者说面对当时的状况随机应变的能力。虽然这和只会怒吼"这怎么回事啊！"的导演没什么关系。我是个觉得脚本可以不断改动的人。现在在拍的《突击女孩》就没有脚本，只有大纲。

这种做法是从《女立食师列传》开始的吗？

押井：那部还算是写了的，脚本差不多写了2页A4纸吧。没写台词。然后，根据当时的情况拍摄最佳画面。在编辑的时候再考虑电影该怎么办。因为我觉得一天如果能拍三个画面不错的镜头，那么电影就没问题。拍剧情片的人大概会有不同的看法吧，不过我也没想拍剧情片。但是我有"这样的话是更电影式的"这种确信，所以才这么做的。我说过很多次了，如果要拍剧情片，电视剧要更合适。更进一步说，真的有意思的剧情片其实是广播剧。

在押井老师看来，樋口先生还是有种被分镜图束缚着的感觉吗？

押井：到底还是感觉在什么地方被束缚着。不过也有优点就是了。

战斗的导演

您和樋口先生，一开始是怎么认识的？

押井：我虽然知道他，但见面是很晚的事情。大概是在他的第一部《加美拉：大怪兽空中决战》的时候吧。是在试映会之前，在咖啡馆还是什么地方见了一面。那是第一次见面。他染着茶色头发，当时已经胖胖的了。然后我看了《加美拉》，心想"哟，不错嘛"，还想"日本的特摄电影也可以由此延续下去了"。

那时候他还是特技导演，您想到了他后来会变成主导演吗？

押井：因为他显然干劲满满嘛，所以我总是对他说"快去干吧"。这个那个的说了很多，他没有找到成为导演的起跳点，基本上是因为那个男人太缺乏好胜心了。（笑）

是这样吗？

押井：这是谁都知道的事啊。脾气太好了，都不会跟人吵架。而且，喝得大醉，随心所欲地说话之后第二天肯定会后悔。如果不喝醉的话，他想说的事情就说不出口啊。所以当然难以应对演员。《暴风女神》也好，《日本沉没》也好，好像都是让演员由着性子来的。被演员吐槽"导演没在看我们表演吧"。因为他只考虑构图，只考虑是不是把画面前面的味噌汤挪挪位置这种事。

雷德利·斯科特好像也在拍《异形》的时候被西格妮·韦弗吐槽了，说"导演为什么总是坐在摄像机后面"。在好莱坞，导演是不能看取景器的。不过来自英国的雷德利·斯科特不看取景器就受不了，所以先是和团队发生了争执，进入实际拍摄现场之后又被西格妮·韦弗吐槽道"多考虑一下演员吧。应该和演员多做交流"。（笑）这方面他和阿真很像。他们两个都是会做细致的绘图台本的男人嘛。不过雷德利·斯科特是个会战斗取胜的人，而阿真马上就会哭着回家了。

要我说的话，他是可以成为日本的雷德利·斯科特的！他可是除我之外，在日本的导演中唯一一个把数字技术当作电影核心的男人啊。他是个不断把技术和电影结合起来思考的人。因为他不是把技术看作道具的。不是考虑能用得上的技术，而是考虑能从技术中得到什么创意。在这种意义上，阿真完全有成为日本制造的雷德利·斯科特的潜力。因为他是从视觉出发思考事物的人嘛。唯一的不同在于，雷德利·斯科特具备的战斗姿态、爆发性的能量，这在阿真身上一点也没有。

如此断言真的好吗？

押井：我和他本人也是这么说的。总之就是没有好胜心。因为不会跟人吵架，所以《加美拉》拍得拖拖拉拉的。

原来是这样吗？

押井：我也相应地赞赏金子（修介）。在风格上，他具备把那样非日常的场面好好呈现在电影中的才能。如果看了《死亡笔记》的话就会明白。所以说他不是普普通通的剧情片导演，而且他也能相应地理解画面。不过那家伙对不必要的东西考虑得太多了，比如票房啦，对制作者的关怀啦。所以，金子修介的代表作是什么？不过，这也是他希望的。他的梦想是成为 B 级片巨匠吧。

不过，阿真是不一样的。正因如此，在拍《暴风女神》的时候他应该想的是"这回要像个男人，这次不能逃跑也不能躲"。所以我也去现场看了。我个人确实也很想看他布景里的潜水艇就是了。

不如说那才是主要的吧。（笑）

押井：布景很棒哟。去现场一看，阿真清瘦了很多，我心想"他是不是变成战斗型导演了？"，可他本质上什么也没变。虽说出入狭窄的潜水艇布景很方便了。他说："为了这还减肥了。"要是顺便给精神也减个肥就好了。我问导演助理尾上（克郎）先生："阿真怎么样？"尾上先生说："阿真没有好胜心嘛。"（笑）尾上先生是旁观者，所以注意到了。所以我把阿真叫到布景后面，说："全都听演员的是不行的呀！"因为阿真还是和往常一样优柔寡断。

看了上映的作品，画面确实很出色。但是糟糕的地方是实在糟糕，所以看完之后我发了很多牢骚，说："从浮上来的潜水艇里发射的炮弹，你觉得能把飞行中的 B-29 轰炸机打下来？"

在意的是这种地方吗？（笑）

押井：历史上确实有舰炮攻击飞机的事，战舰的舰炮把滑行跑道炸毁了，所以攻击滑行跑道不就好了嘛，只有两门潜水艇嘛。（笑）但是，在把任务核心定为击落载有原子弹的 B-29 轰炸机的一刻起，那个计划就犯了错。对此冈部（军事评论家）先生也说："偏偏是那个潜水艇吗？"

是说还有更好的选择吗？

押井：因为，那个潜水艇是最差劲的拙劣之作。法国的潜水艇啊，和运输舰相撞是会被撞沉的哟。投入实战也毫无疑问不中用。那种装载着大口径舰炮的潜水艇如果出去巡航，结局就是被击沉。

是作为一种浪漫的想法，才想靠它取胜的吧？

押井：舰载炮对潜水艇来说确实是一种有效的战术，在U型潜艇[1]的时代，接近目标然后上浮，用舰炮轰炸，这是有效的。但那是因为对手是商船，光是威吓一下就够了。总之就是那个时代的产物，不可能是第二次世界大战末期的决战兵器嘛。这种事是军事常识，但是阿真硬是无视了它。为什么呢，因为它的画面很好看，因为让一个怪怪的潜水艇出场比较帅气。

虽说故事很乱来，但神秘的洛勒莱（Lorelei）的本体其实有超能力，这也暂且可以接受。预告片中说："如果说声呐是潜水艇的耳朵，那么洛勒莱就是眼睛。"我心想"好帅气！"，影像确实很帅气。水中的情况用古老的技术视觉化了。实际上仅仅当它是超能力也是可以接受的，关键是最后的战术兵器怎么能是舰载炮呢。

1.U型潜艇（U-boat）：在第一次世界大战和第二次世界大战时，德国使用的潜艇。

如果是押井老师的话，会怎么做？

押井：如果要把潜水艇当作决战兵器与美国原子弹战斗的话，就需要考虑其他的战术了吧。抵达对面的过程中，迎击敌方的时候洛勒莱应该是能发挥作用的，反过来说，也就是潜水艇只能当运输舰用。那么，抵达对面之后该如何战斗呢，就变成这个问题了。这样的话用伊400型潜水艇要好得多。用那个潜水航母到达对面，然后对空中轰炸，我想这样会好得多。不过，如果是冈部先生的话，可能会说"一瞬间就会被追踪到，然后被格鲁曼式战斗机结果了吧"，不过那种程度的谎没法不撒。

反正在看不见的地方撒谎，也不会被察觉。

押井：或者先退让，然后地对空开火把它们打下来，舰载炮的话是不行的。考虑可能性的话，要用20毫米4联防空炮。这样的话其实还有机会。进入滑行跑道的航线上方，等待轰炸机起飞的瞬间开火，可以把它打下来。越南独立同盟在奠边府[1]这样干过。在入口路线的正上方设置防空炮，击落降落下来的运输机。

所以，如果向这样的战争史学习的话，就可以确保基本的真实性，然后在此之上编造巨大的谎言。阿真在画面上出色地编造了谎言，但在逻辑上的谎言没能成立。给潜水艇拍了很多好看的画面，令人佩服。然而问题是，在沉没的潜水

---

1. 奠边府：位于越南北部的城镇，1954年越南军队在此打败法军。

艇中，柳叶（敏郎）进入的那个巨大的蓄电池室是怎么回事？了解潜水艇的人是无法容忍那一处的。从《从海底出击》（*Das Boot*）里可以清楚地看到蓄电池室是怎么一回事，其实是更加狭窄的。好莱坞电影《猎杀 U-571》（*U-571*）里人也是乘着滚轮滑进去的，应该更好地利用潜水题的狭窄空间啊。

战术的胜利无法掩盖战略的失败

细节就先聊到这里吧，（笑）他从《暴风女神》开始决心成为导演，票房上不是也成功了嘛。而且接下来的《日本沉没》也取得了成功。

押井：不过《日本沉没》在最后也重复了同样的事情。在最后的最后，只能让人觉得是故意去送死的。而且，就说那两个主角，为什么没有激情戏啊？不是只有做之前和做之后嘛。

我在电影院里看的时候也想："为什么这里没有激情戏啊！"（笑）

押井：一般都会这么想吧。在电影《兵临城下》（*Enemy at the Gates*）里，有神枪手和恋人在大家挤在一起睡的时候压低声音做爱的场面吧，比起他们，好歹还有帐篷，堂堂正正地做不就好了嘛。当然那有所谓成年人的理由，也就是说要考虑到演员的事务所，要考虑到电影发行公司，要考虑到工作人员、演员，是什么都要考虑的电影啊，这两部都是。

然而,就连导演本人也无法信服。因为是以好懂为优先的,所以失去了画面上的真实性、作为电影的真实性。他踩到了对虚构故事来说绝对必要的、绝不能踩到的地雷,他本人也承认这一点。

对导演来说,哪怕有点不情愿但是可以大卖,这到底也是值得开心的吧?

押井:是开心的吧。因为那就可以拍下一部了。阿真是想走这个路线啊。花很高的预算来制作,做大规模宣传,演员也照着当下的潮流来选择,然而做的是有一点点不情愿的作品——要我说的话不是"一点点",而是有将近七成的不情愿吧。

不过在票房上做到了动员 100 万观众,是个可以做下一部作品的导演。我倒不觉得他的目标就是做有点不情愿的东西。

押井:所以说肯定是不情愿的嘛。(笑)在企划阶段,在决定用那样的演员的一刻起,就不可能做想做的东西了。

以押井老师的成败论来看,他获得了拍摄下一步的权利,所以可以说是胜利了吧?

押井:阿真多次取得了战术上的胜利,但是在战略上失败了。那就是《暗堡里的三恶人》,终于在票房上失败了。

战术和战略分别指的是什么呢？

押井：在战争中，战术的胜利无法掩盖战略的失败，这是一条铁的法则。与此相同，票房大热也无法掩盖电影本身的评价。我总是这么说，导演取得最终胜利的条件是"保留拍摄下一部的权利"，为此必须获得工作人员的信赖，电影需要获得好评。所以极端点说，就算票房在某种意义上失败了也没关系，票房的失败在几年时间内就能收回来。只要有信赖和好评，拍一部大作的机会肯定早晚会到来。毕竟，有能力的导演并不多嘛。

在日本，能拍动作场面多的大制作电影的导演基本上不存在呢。

押井：不存在的。那种作品本身也很少。在此意义上阿真变成了舛田利雄[1]。他本人也是这么说的："舛田利雄的座位空出来了。"

阿真有个"椅子理论"，根据这个理论，我应该趁机牢牢坐上实相寺昭雄、铃木清顺的椅子。（笑）阿真是真的想坐上去，但空出来的椅子只有舛田利雄的。对他来说有这样一层逻辑。"你那个椅子坐着舒服吗？"我问他。他回答："又硬又尖，一点也不舒服。"果然，他遭到了打击。那不去坐那样的椅子不就好了吗，我想。

冈本喜八的椅子会不会是最好的呢？

---

1. 舛田利雄：日本导演，代表作有战争片《二百三高地》等。

押井：冈本喜八的椅子，椅子本身已经消失了啊。

没有椅子了。（笑）

押井：用阿真的理论来说，消失的椅子有很多。增村保造的位置已经不见了，山下耕作、大岛渚和吉田喜重的位置也没有了。市川昆的座位是否存在也很值得怀疑。黑泽明的座位，宫先生坐上去了。他说现在宫先生坐的就是黑泽明的座位。

不过要我来说，这不过是结果论罢了，不是理论。因为椅子你可以自己做一把嘛。但是为此有一件绝对必要的事，那就是作品获得好的评价和获得工作人员的信赖。获得能理解这些的观众，尤其要在业内获得自己的支持者。这样一来，那些人会给你准备好椅子的。我到目前为止不就是这么做的嘛。如果不是这样的话早就放弃这一行了吧。因为在各种地方有支持我的作品的人，所以我至今还能做下去，我是有这个自觉的。因为有各个发行公司、制作公司、编辑部、报社，因为有隐藏在各种地方的影迷，所以我才能工作。

樋口先生倒是说过"大家不可以溺爱押井先生"。（笑）

押井：那不是溺爱，是靠作品的力量收获的东西。（笑）又不是因为有私交。甚至还有从没见过面的银行家呢。

在很多地方都有影迷吗？

押井：在什么地方都有呢。连自卫队里也有。阿真的影迷也有很多，但他没有有效地使用其中的力量。要我说，他不信任那种力量。

樋口先生的硬核影迷，其实不是《暴风女神》之后的观众，而是《加美拉》或《王立宇宙军》时期的影迷吧。

押井：能够正确评价阿真的实力的影迷，他们欣赏的完全不是他和演员的事务所关系融洽、管理演员的能力好不好之类的东西。靠那种东西又不能大卖。电影不是有一部扑街就全完蛋了。要我说，每次都动员 100 万观众是不可能的，必然有一天会输。理由有很多，靠导演一个人的力量是不可能连连取胜的。

连黑泽也在晚年失败了。

押井：对。黑泽的电影在他晚年也完全招揽不到观众，在票房上失败了。百战百胜是不可能的。

宫崎先生的《悬崖上的金鱼姬》相比《哈尔的移动城堡》票房下滑了，但是人们没有感觉到下滑。

押井：现在还是 1000 万人。虽说这种事是不可能发生的，为什么它能变成可能呢，其实是有理由的。那并不是铃木的魔术。为什么吉卜力的动画每次都能动员那么多的观众？我自己发现了其中的法则，不过这个法则无法对什么都适用。

为什么？

押井：说来话长。（笑）我在《空中杀手》的制作委员会上说了一个小时。是从《空中杀手》为何绝对不会红到它那个程度说起的。我说"那么就必须进行其他的战斗"，大家都认可了。《空中杀手》用《无罪》一半的预算动员了与《无罪》数量相近的观众，在这种意义上可以说，相对而言在战术上是胜利了。别人可能会说"不是没有达到100万吗"，不过工作人员没有一个人有失败感，我也没有。虽然制片人石井（朋彦）好像稍微有点失落。

换句话说，因为追求的目标很清晰，所以谁都没有失败感。不如说得到了好评。不是电视版衍生的，也不是漫画改编的一部动画作品，能走到这一步，而且也有盈利。这以后的盈利也是可以预期的，而且作品得到了赞赏。如果不赞赏这部片子，还要赞赏什么片子啊。所以，只有在追求的目标很明晰的情况下，战术上的胜利才有意义。和战争一样，有的战争不在于在战场上取胜，而是只要赢取时间就是胜利。或者像有的战争虽然不正面挫败对方的战力，但切断对方兵站就是胜利。还有，在有的战斗中，撤退才是胜利的。

您和樋口先生说过这样的成败论吗?

押井：我和他说过好多次啊。但是我说"你这样不对"他也不肯听。

是这样吗?　（笑）

押井：然后终于《暗堡里的三恶人》在战术上也失败了。我想着他有没有从失败中学到什么，那之后不久就去见他了。

我以为他会灰心丧气，没想到他很有精神。然后他说："我这就要回到那边的世界了。回到我本来的世界。"我刚开始想"他终于开窍了"，他马上又不知悔改地打算开始一个可疑的项目。我已经失望了（后来这个项目由其他导演接手）。完全不知悔改。他还没明白。

我想说的只有一个：战术上的胜利，不能掩盖战略上的失败，这是一项重要的原则。这不光是说战争或者电影，对于人生也是如此。夫妻生活里也可以这么说。野田君应该多少明白的。

我很明白。（泪）

押井：夫妻之间战术上的胜利也是很重要的。比如记住对方的生日啦，送礼物啦，如果迟到的话就打个电话啦，如果不谨慎地积累战术得分，立马就会失败。但不是说只要谨慎地积攒战术得分，就能避免离婚。

是这样的。（深有同感）

押井：有更根本的东西。只是敷衍地积累战术得分，那是绝对赢不了的。为什么自己和对方是夫妻？为什么能一起生活了二三十年？如果婚姻对自己来说不是必要的，就不算胜利。进一步说，关于夫妻生活或者恋爱，战略上的胜利要我说是不可能的。在不可能之上打撤退战，这就是夫妻生活。

因为夫妻生活是没有终点的。

押井：是的。电影导演的话，只要没引退或者在拍摄现场死掉，就可以不断战斗。那也就是我一直在说的战略上的胜利。除了持续地拍下去，不存在战略上的胜利。在戛纳拿到金棕榈奖，或是拿到奥斯卡金像奖，或是拿到金狮奖，这都算不上胜利。连战术上的胜利都不算。我想对阿真说的就是这个。"你确实在影像方面做出了很好的东西，但是你至今还没有做出作为电影让我真心赞赏的东西啊。"是说，好好拍啊！我只觉得，他如果还要当导演，他做的那些东西只能给他减分。但是没什么好怕的，去战斗就好。演员和事务所都无所谓，票房和制作也无所谓。我说："把你的电影做成100%的樋口真嗣电影给世人看。最终，这是会带来胜利的。"

哪怕好几年都难以糊口。
押井：完全没问题。

就像押井老师拍《天使之卵》一样。
押井：对对。（笑）我从中学到了东西。然后好好从里面走出来，这是很重要的。跳伞也好，在地上匍匐返回也好，被直升机救走也好，怎么都行。总之就算被击落也要回来。不能像特攻队一样啊。

作为返回的近道，好像他在拍《加美拉》时和金子导演的争执也是有效果的。
押井：或许让他有了"下次让我拍吧"这样的自我主张。那时候金子当然没坐视不管。大概他们变成一生的敌人了，不过这也没什么吧。

那不好吧。（笑）

押井：总之，就算有票房上的成功，也不能保证导演的胜利啊。不如说，票房上的巨大成功容易招致战略上的失败。好莱坞的导演，成功反而是自掘坟墓。虽说雷德利·斯科特一辈子也没有一次巨大的成功，但现在还能靠着《银翼杀手》和《异形》积攒的信任活下去呢。况且他还拍了好几部好电影，三部里就有一部杰作。

押井导演"爱的拷问"

假如押井老师是制片人，会让樋口先生拍什么呢？

押井：只要是阿真想拍的，什么都可以。对他而言问题不在于主题，也不在于剧情，而在于做出厉害的场景。那正是"燃之特摄"。

除了《暴风女神》，都是翻拍。果然，他不是在心中有明确想做的主题，而是有想做的视觉上的创意吧。

押井：我想大概是这样。我看了《暗堡里的三恶人》之后，说过如果现在要重制那部电影，那个故事是不行的。因为没有背叛嘛。总而言之，那部电影是讲请求别人允许自己背叛的电影。连主题曲都在说"请允许我背叛"。然而公主在最后没有背叛。明明想和那个男人一起跑掉，但是为了百姓，还是留了下来。如果最后对百姓说"请允我背叛"才是公主吧。

要我说的话，那么做了才能获得好评。结尾两个人漂漂亮亮地脱身。为什么不私奔呀，私奔的话《暗堡里的三恶人》就可以被解读成一种恋爱电影，就说得通了。

结果只不过做成了混合着《星球大战》和《夺宝奇兵》的怪味鸡尾酒。一会儿变成达斯·维德[1]，一会儿变成印第安纳·琼斯[2]。搞不懂他想干什么，故事并不完整。在这种意义上，他背叛了期待。从那一刻起，那部电影就绝不会幸存下来了，只能沦为平庸的重制片。

果然，特效是樋口先生的武器。《日本沉没》和《暴风女神》都使用了他的武器，为什么他要拍《暗堡里的三恶人》这样不方便使用自己的武器的电影呢？

押井：只不过是因为被安排了这个企划罢了。他自己选择的企划只有《暴风女神》，其他的都是别人让他做他就做了的。

不过《日本沉没》是适合樋口先生的选择呢。

押井：因为阿真是《日本沉没》迷嘛。他连电视剧集的

1.达斯·维德：《星球大战》中的反面人物。

2.印第安纳·琼斯：《夺宝奇兵》主角。

全部 DVD 都有，看了好多遍，是个能记住所有镜头的台词的男人。在此意义上，那部电影简直是为阿真量身定做的企划。所以他肩负必须成功的使命，却显然地，还是败给了之前版本的《日本沉没》。怎么想都觉得之前版本的比较好啊。

而且，为什么日本没有沉没啊。在完成之前，我听到有人说"其实日本没有沉没"，那一刻我就想"啊，糟了"。不让日本沉没是不行的啊。不能做这样的背叛。这只是因为企划中这么要求的吧。

因为是由电视台主导的，或许他们要求"要大团圆的结局，一定要这样"了吧。

押井：被人猜测有这类成年人的理由也没办法。因为阻止了沉没是很没说服力的。阿真的话，应该是会让日本漂漂亮亮地沉没的。那样的话肯定可以胜过之前的版本。毕竟对手是小林桂树、丹波哲郎、岛田正吾[1]。明白这一点的话，就应该靠数字技术取胜。

确实，《日本沉没》也好，《暗堡里的三恶人》也好，能把那样的想法拍成电影的，只有那家伙啊。如果看了现场纪录片立马就会明白。其他的导演是绝对做不到的。他用那些预算，用包括见不得人的技术做了很多事，我很佩服。别人没有那样的想法，没有知识，也没有那样的演出技巧。在此意义上他是压倒性的优秀者。只是，他电影的气门芯是拔掉的。明明身边有佐藤敦纪（CG 导演）这样的天才参谋，为什么还不能取胜啊。就是这么回事了。去重新做人吧。

---

1. 三人都是 1973 版《日本沉没》的演员。

（苦笑）

押井：我说"用味噌汤洗洗脸再出来吧"。我是因为喜欢他才这么说的呢，是因为喜欢他。（笑）

是爱之鞭打。

押井：倒不至于到爱之鞭打那个程度。差不多是想对他进行爱之拷问。"为什么还不明白啊你这家伙！"这样。因为能做到的人只有他。人的才能真是让人觉得不可思议啊。他在什么地方被特殊化了。在某种意义上，我只能被胜利特殊化。大概不会有什么新鲜的战术上的胜利，但我有不失败的自信。我不是埃尔温·隆美尔[1]，我想成为埃里希·冯·曼施坦因[2]。

在电影的世界里，樋口先生应该设立的目标是谁？除了舛田利雄。（笑）

押井："去成为雷德利·斯科特吧。"他肯定没法成为大卫·林奇。因为他不是那种可以无限自我肯定的男人。我也不是。那么除了成为雷德利·斯科特还要干什么啊。

---

1. 埃尔温·隆美尔（Erwin Rommel）：纳粹德国陆军元帅，世界军事史上著名的军事家，绰号"沙漠之狐"。

2. 埃里希·冯·曼施坦因（Erich von Manstein）：纳粹德国指挥官，与隆美尔和古德里安并称为二战期间纳粹德国三大名将。

第十一回

北野武的节奏

TAKESHI KITANO
(1947~)

090303

2009 年 2 月刊载

北野武（1947~ ）

生于东京都。搞笑艺人，电影导演，演员。在 20 世纪 60 年代的漫才热潮中作为 Two Beats 中的彼得武获得一定的知名度，作为演员出演了大岛渚导演的《战场上的快乐圣诞》，被评价为演技派。导演处女作是接替原定由深作欣二导演的《凶暴的男人》（1989 年）。1998 年上映的《花火》获得了威尼斯国际电影节金狮奖。其他代表作还有《奏鸣曲》（1993 年）、《坏孩子的天空》（1996 年）、《菊次郎的夏天》（1999 年）、《座头市》（2003 年）、《极恶非道》（2001 年）等。2008 年获得莫斯科国际电影节世界电影杰出贡献奖。2010 年获得法国荣誉军团勋章。

押井老师，这次请聊聊北野武导演吧。

押井：好啊，他是我基本上看过全部电影而且喜欢的导演之一，是个对我来说深有共鸣的导演。

共鸣是指什么？

押井：果然还是在日本不受好评这部分吧。在欧洲获得极大人气这点也尤其相似。

说到相似还有一点。深作导演卸任了，所以武先生干脆自己把电影拍了，他是在这样的不可抗力下成为导演的。

押井：是临危受命对吧？我也是这样的。《福星小子：只有你》也是因为前面的导演卸任了，我被说"是临危受命，你来顶上"然后拍了的。在某种意义上，妥协的部分是有的。毕竟没时间嘛，脚本也是定好了的。我无视了很多事，阿武的第一部作品大概也是一样吧。说相似的话这可能也是个相似点。

还有，阿武是从别的行业来的导演。从其他领域闯入实拍片领域，至今还在不断拍电影，并且获得了相应的赞赏，除他以外没有别人了吧。比如，音乐人当导演拍电影的情况比较多，以桑田（佳祐）为首有很多，基本上是全灭了吧。

是啊。只能拍个一两部。

押井：演员当导演，这种事之前和现在都很多。松田优作也做过，桃井薰也做过。像伊丹十三啦，克林特·伊斯特伍德（Clint Eastwood）等成功了的人也是有的。过去也有女演员拍电影的，也就是名演员拍社会派电影之类的。不过我觉得阿武的情况和他们不一样。

搞笑艺人拍电影，有种卓别林的感觉。

押井：不过卓别林作为街头艺人，或者说杂耍艺人的那一面现在已经没人知道了吧？北野武的话，在日本，他身为彼得武这个喜剧演员的存在感要大得多。

为什么音乐人拍不了电影？原因有很多，最大的原因到底是音乐人想拍电影基本都是因为"憧憬"。这么说来，对电影没兴趣的音乐人反而是少数吧。现在的年轻音乐人，好多来跟我说"我好喜欢《攻壳》……"，比如 Dragon Ash 啦，GLAY 啦。虽然我对他们一点也不了解。（笑）

视觉系里面有很多电影宅吧。

押井：他们是PV（promotion video，宣传录像带）世代啊。我感觉，在没有PV的时代，几乎没有音乐人拍电影的情况。我想，他们毫无疑问感受到了映像和音乐的相通之处。只不过，电影和音乐的制作基础是完全不同的。

要我说，PV导演转行当电影导演的成功案例只有雷德利·斯科特吧？还有导演了我喜欢的杜夫·龙格尔（Dolph Lundgren）主演的《重装捍将》（*Silent Trigger*）的拉塞尔·穆卡希（Russell Mulcahy），他好像也是做PV出身的导演。《再造人卡辛》（*CASSHERN*）的导演（纪里谷和明）也是，我看了之后想，到底电影和PV的影像包含的意义是不同的啊。我最近在做MELL[1]的PV，对这一点深有感受。

是剪辑上不同吗？

押井：追求的东西完全不一样。因为PV是建立在音乐和快感原则之上的影像。也就是说，PV这种东西，是给音乐配上画面的影像。电影不如说是与之相反的。这段时间我去了金泽，在一个叫"eAT KANAZAWA"的活动上听了一个广告人的演讲。

是中岛（信也）先生？

押井：嗯。我想，广告在根基之类的地方是和电影背道而驰的。总之，电影必须有让人难以释怀的东西。当然电影的成立需要巧妙地利用观众的快感原则，但如果仅仅被快感

---

1. MELL：日本女歌手，押井守《斩》主题曲演唱者。

原则裹挟着，是无法成为电影的。需要在什么地方制造让人难以释怀的东西。所谓电影的流动，不是朝着结局匀速地流动、让人感觉心情愉快就行的。那对娱乐作品来说或许是正确的。但是，从作品的角度考虑的话，不如说应该在什么地方停下来、不流动，如果不内含这样的运动，就无法成为电影啊。这当然是经验之谈。

剪辑也是，PV 的剪辑就和音乐的剪辑一样，目的在于如何连缀起来让人心情愉快。MELL 的 PV 是佐藤（敦纪）君剪辑的，我问他："为什么剪得这么碎？好不容易跳了舞，让别人好好看看不行吗？"他回答："PV 就是这样的啦。只呈现精彩的瞬间就行了。"

已然确立的"节奏感"

就动画而言，片头也是这种感觉吧。

押井：因为擅长片头的家伙和擅长正片的家伙不是一样的人。顺便一说，我是个片尾片头都做得很差的人，基本上只做过一次，做了那一次之后就打怵再也不做了。所以一直是拜托南家（康治）先生做。

对于电影的片头，虽说我会画画分镜，但也是最平淡无奇的片头。是正片中插入文字和画面，也就是所谓的黄金式样。我只做过那个。本来，我也觉得做片头和片尾也不是导演的工作。正因如此，才有很多做片头、片尾的专业人士。那个片头巨匠的 DVD，我最近才看过。

是索尔·巴斯（Saul Bass）吗？

押井：对对。既然有那么擅长的人，让他来做就好了嘛。为什么正片的导演一定要做那个啊，我是这么想的，不过现在的年轻导演都挺想做吧。我搞不懂。我是因为没办法才做的。

片头做得很好但正片拍得不那么好的人，是在才能上和别人有什么不同吗？

押井：基本上，做 PV 的人最不擅长的是角色。所谓角色也就是像锚一样砸下去的东西，所以如果被流动裹挟着，那就毫无意义了。电影如果没有什么逆流的部分，那就不能成为"电影"。那是剧情片所需要的最低条件。无论多么擅长拍视觉作品，在本能上察觉不到那一点的人，到底是不适合剧情片。因为脑子里总想着拍出好的镜头、好的场景，却没有它们所必需的根基。

广告因为篇幅短，只要让人"情绪不错"就行得通吧。

押井：说起来，阿武到底是艺人，他懂得节奏感这种东西。艺能的节奏，戏剧的节奏，还有电影的节奏，在某种意义上在什么地方是相似的。尤其阿武还是从浅草的脱衣舞剧场的幕间剧起家的人。特别是漫才啦，搞笑啦，更是成立于合作的节奏之上的。他被这些培养出来的节奏感，从第一部作品《凶暴的男人》开始就一直没有变过。因为有那个人独特的节奏感，所以风格已经被确定下来了。"乒"的一下加进一个固定画面，这种节奏随处可见。刚才说过的时而流动、时而滞涩的运动，源源不绝地出现。那个人能纯熟地使用空白，"啪"的一下停住，停住意识本身。所以，我认为他基本上是个紧抓节奏感的人。而且有点令人意外的，实际上他是个长于摄影的人。如果看了《坏孩子的天空》就能明白。我认为那个摄影很了不起。

不知道他给摄影师的指示多不多。

押井：我问了纳富（贵久男，火药、枪的特效制作人）先生，果然还是经常给指示的。当然，剪辑至今也是他亲自在做吧。我想是因为节奏感很难传达，所以他才要自己做。因为一般的做法会把时间切碎。而且，他自己也喜欢剪辑吧。我非常讨厌剪辑。（笑）为什么大家都喜欢自己做剪辑啊。

听到押井老师讨厌剪辑，倒是让人感觉很意外。

押井：因为我是个说"帮我做了"的那种人。而且比起我一个人看，反而让别人看看更能找到好的画面。我觉得找出好的画面也是剪辑的工作。工作人员对我来说是"他人"，我想从中发掘出最大的价值。

也就是说，希望各自用不同的价值观来工作。

押井：对对，导演是做最终判断的人。

用自家人的妙处

押井：为什么非科班导演中只有阿武成功了？因为他做

出了自己的电影。也就是我常说的"发明"，他发明了"北野映画"。只凭对电影的憧憬什么的完全做不到这一步。别的导演大抵是想拍出好的场景啦，想拍出好的镜头啦，想拍出有名的场面啦。表演也好，摄影也好，画面制作也好，大家都是那么想的。但是只要想拍出好画面，就拍不出来，这才是电影。PV 就罢了，所谓电影才不是让人看看漂亮画面就行了的。那个人很聪明，我想他考虑过自己应该在何处取胜。毕竟他从第一部开始就已经成型了嘛。

押井老师是从《凶暴的男人》开始看他的电影的吗？

押井：我一直在看。因为我喜欢阿武这个人嘛。我每次觉得他肯定能拍出有意思的东西，结果他都会拍得比我想象的还有意思。刚才也说过了，从一开始他的电影就已经成型了。背景音乐只有一首，甩着罗圈腿虎虎生风地走路，或者拍慢悠悠的横构图长镜头。他清楚在自己的电影里应该如何活用身为演员的自己，也清楚应该如何调整其他演员。我想大概摄影会是那个人最大的课题。从第一部往后，他尝试了很多摄影技术。尝试摄影技术也就是试器材，我想他是不是对移动或者吊车的兴趣最大呢。因为《坏孩子的天空》里的摄影很出色啊。

现在他好像不是按顺序拍的。一开始的时候他是按电影场景的顺序摄影的吧？

押井：我想他现在不那么干了。据纳富先生说，总之他是个有安排的人，不会做浪费时间的事。因为他是个忙人，所以似乎会去考虑如何在最短的时间里获得最大的成果。所以，从摄像机的位置，到拍摄顺序和步骤，他都安排得很聪明。而且，纳富先生也只赞赏聪明的导演嘛。（笑）他最讨厌在拍摄现场磨磨叽叽、优柔寡断的导演了。

所以我想阿武大概不会去拍废话镜头，而第一要务是仔细地调动镜头。《奏鸣曲》中重要的部分实在是拍得又仔细又长。只是不那么好的时候也是有的。像《大佬》中黑人年轻演员开车的那一段独角戏，我觉得那段长镜头就不太好。果然还是因为现场的控制不够好吧。在这个层面上，《大佬》在很多方面是不那么好的，我想是因为有在美国拍摄这个不利条件。而且，那边的演员肯定也不够合得来吧。毕竟他基本上都是用自己认识的演员和艺人，只要这样就拍得好得不得了。像柳尤怜啦，Guadalcanal Taka 啦，南方英二啦。

《奏鸣曲》里的杀手一角实在是个好角色啊。

押井：每个人都能展现出自己的特色，我认为他对演员来说实在是个值得感谢的导演。他平时应该就在好好观察他们吧。用自己认识的人来拍摄，好处就在这里。我常常让工作人员、认识的人扮演临时演员，也是一回事儿。比起用不认识的人，肯定是拍认识的人的出色的一面比较好嘛。

阿武出演的电影里，我一点也不觉得《战场上的快乐圣诞》像大家说的那么好。总之，那只不过是借用了彼得武这名演员的才能罢了。和山田洋次导演在那部《幸福的黄手绢》中借用高仓健这名演员是一回事儿。没有增加任何东西，只不过是借用了成熟演员的人格。像阿武那么聪明的人，一下子就明白了。我想他也有"我和你们不一样"这样的自负。比如把寺岛进这名演员塑造到那种地步，比如用平时就有交往的大杉涟、自己的军团中的年轻演员，让看的人想"啊，这个人原来还能这样""柳尤怜竟然是这么好的演员吗"等等。瓜达尔卡纳尔·塔卡作为艺人不那么有趣，但演电影的时候很了不起。出人意料的是，那正是因为不让他表演才做到的。必要的地方演到彻底，不重要的地方就一笔带过。阿武明白对于电影来说什么是必要的，明白导演应该怎么做。因为他不是在复制别的电影，他跟谁、跟谁的电影都不像。

电影年表和练习

北野武电影中，不是也有一些难以评价的搞笑电影吗?

押井：我感觉自己能够在一定程度上理解。确实，要说有没有意思，我觉得它们不怎么有意思。只是，我觉得阿武一定有他这么做的理由。他有一个让自己和他人都能认可的风格，但如果被人当作"就是这样的导演"，他大概会觉得不高兴吧。

我感觉他像是在排列自己的电影年表的时候，想着"差不多该把这种加进去了"然后就拍了。

押井：他显然是有意为之。拍的三四部里肯定会冒出一部让人摸不着头脑的电影，我认为那放在整体之中是有作用的。因为有它们，世人知道他有时候会拍出很荒唐的作品并且票房惨败。与接二连三接到不可以失败的企划的好莱坞导演相比，他毫无压力嘛。而且，他会不会是想要拍有即兴感的拍电影呢，跟我拍《28又二分之一 妄想的巨人》差不多。

是这样吗？

押井：没有企图，没有目标，用一种反射神经对素材们做出反应，我也想过试试仅靠这些来做一部电影。那是一种练习。可能会有人说"别拿我花钱去看的电影练习"，这是不对的。要我说，无论是什么大作，从结果上来看都是为下一部作品所做的练习。对导演而言，无论是练习，还是决胜之作，在结果上，电影是公平的。坏的就是坏的，好的就是好的。导演不能随心所欲地完全支配自己的作品，所以才有趣。所以我对阿武拍那种搞笑电影——《性爱狂想曲》《双面北野武》之类的快餐电影——它们有只能在那种场合才能接连不断上演的搞笑桥段，我在一定程度上可以理解为什么要拍它。因为我有时候也会有那种想法啊。

是故意那么做的吧。

押井：而且，拍摄的时候肯定很开心吧。我想他是乐在其中的。

人一旦上了年纪、拍了一些奇怪的东西而且失败了，就会被人说"不行了"，但其实不是那么回事儿吧？

押井：我一直在说，该如何保留失败的权利？最重要的是在关键时刻绝对不能失手，要试试看自己能否做到。我自己也尝试过，看看自己在关键时刻能否保证不失手。我的尝试是哪一部，到五年后就可以说了。（笑）《攻壳》是其中之最，因为我把它做成了不会失败的样子。连我老师（鸟海永行）也说："干得不错，接下来就是等观众来看了。"也就是说，等观众来看，只要有了客观的评价，我在一段时间里就不用为工作发愁了。实际上也确实如此，不只是一段时间，我现在还是靠着《攻壳》的威力在工作呢。不过这是很重要的。

北野作品常常被人说是暴力电影，但不会被说是动作电影。

押井：我倒一次都没觉得他拍的是动作电影。虽说确实有贯彻始终的暴力描写。

跟深作（欣二）先生，或者日本的暴力电影的系统都……

押井：是完全不同的。我在阿武的电影里完全感觉不到愤怒之类的东西，不如说是十足虚无的。那种平静无波，或者说既没有同情也没有愤怒，或者称之为人类原原本本的暴力。在《奏鸣曲》还是哪一部里，有在电梯里乒乒射击的场景，我心想"真厉害啊"。那在日本电影的谱系里完全不存在。和佩金帕也不一样，佩金帕的话，会有更多类似情绪的东西。会有类似暴力本身的悲剧性的东西，但阿武不会。始终是虚无的，或者说拍得都就像一种风景，就像日常的行为一样。当然，他是有意识地这样做的。比如硬要远景拍摄，或者用长镜头，非常"风景"。所以，他无疑是个在所谓日本电影系统之外的人。我想，或许他当演员参演各种导演的作品的经历，在这些地方还发挥着作用。

或许也有这个原因，但他的电影几乎没有大卖的吧。在绝对不出大热门这一点，和押井老师也有相似之处吧。

押井：他的电影，几乎没有大卖过。正因如此，他现在还在继续拍。

他和押井老师也有一些不同，比如他是在自己所属的北野事务所（office-kitano）拍。

押井：那也是他有意为之。大概觉得对自己来说需要那样的根基。所以如果要他去别的地方，单纯地发挥导演的职能，我认为这到底是有点难的。总之，只在自己能胜利的战场战斗。他是个在验证我的论点的人，因为一次也没有大卖过所以至今还在拍，况且拍的还是他喜欢的东西。

要说大热门，在票房上最好的是《座头市》吧。

押井：《座头市》也算不上多么热门吧？不过那个在威尼斯得了奖，这倒是让我觉得有点意外，对他自己来说也是。我认为《座头市》在他的电影里算不上有意思的。当然，也不无聊。是思考了很多才拍的，也有想法，有的地方让人觉得"不愧是北野武"。有跟黑泽（明）似是而非的地方，或者说似乎在追求原动力（dynamism）。

但是我认为《座头市》这部电影本身缺乏核心。无论是年轻农民们的踢踏舞，还是最后睁开眼睛，我认为没怎么发挥作用。不如说是作为娱乐在发挥作用，依然是属于搞笑电影的谱系的。所以节奏猛地紧凑起来，让我觉得不像电影了。不过可能恰恰是因为这些东西它才得了奖吧。

代表作什么的才不需要

押井老师个人最喜欢的一部北野电影是什么？

押井：虽说也很喜欢《奏鸣曲》，但最喜欢的是《花火》。也很喜欢《3 — 4 × 10 月》。不怎么喜欢《那年夏天，宁静的海》，与其说是不喜欢，不如说它是刚才说到的那种练习之作。还比较喜欢评价不太好的《玩偶》，感觉颜色真好……说起来它大概也是某种尝试吧。

不过，哪里是尝试，哪里是认真的，导演本人也不清楚吧。我的《无罪》也是，要说是集大成之作也确实是集大成之作。另一方面，一些地方毫无疑问是在尝试。因为也有只在大制作电影中才能尝试的东西啊。在小成本电影里尝试，把经验活用在大制作电影里，这在我看来是不太合理的。正因为是大制作的电影，所以才能进行各种尝试，要是小成本电影的话就没有进行尝试的余裕了。就像《攻壳》那样，在那里面什么都没尝试。因为预算没有余裕，就全部用知道的东西来做了。反之，拍《无罪》的时候时间和预算都很充足，就尝试了很多。电影的完成度跟评价完全没有关系。在这种意义上，我跟阿武在某些方面是有同感的。

是一个不会让人觉得"这是他的代表作"的人呢。

押井：我也是这样的人吗？我的代表作是什么呢？

在世人看来是《攻壳》吧。

押井：我想大概会被那么说，"果然还是《攻壳》吧"。

那么，押井老师有希望"在我死后，把这部当成我的代表作"的作品吗？

押井：没有！我就没想过拍代表作，也没想过"要是能拍这个就好了"。因为对我来说，一直拍下去才是我的主题。

这跟各个导演的气质也有关系吧？也有人就算企划通不过，也抱着"想以此决一胜负"的念头。

押井：对我来说，要说有决战的话，那就是"只能现在做，所以只能做了"这种决战。像《无罪》就是"这样的机会可能不会再有第二次了，就在这里决一胜负吧"这样的决战。但那种决战和票房上的胜负没有关系，所以和一般所说的"迎战"有点不一样。

这样说来，《福星小子2: 绮丽梦中人》确实是迎战了哟。"迎战"不是说"这部必须要大卖"。因为《福星小子：只有你》已经足够卖座了。这里我说的"迎战"指的是能否做成一部电影的战斗。我当时想："如果这部不行的话，大概说明我不适合拍电影吧。是不是我没有才能呢？"所以我决定照自己喜欢的方式做。那和制片人迎战的情况有本质上的不同。票房上是否卖座，能不能得奖，那才不是导演的战斗呢。实际上，就算得了奖也没有什么不一样嘛。如果得了奖能有人说："你从此以后可以两年拍一部。"那另当别论。（笑）

不像考试通过了就能拿到奖学金似的。

押井：对对，和那种没关系嘛。把这个也包括在内，并且考虑自己导演电影的意义是什么、寻找自身固有的根基，这样的导演是很稀有的啊。而且，北野武毫无疑问是其中之一。

从这种意义而言，在日本不卖座的北野武电影，在海外受到好评，这对押井老师来说不意外吧？

押井：这不是理所当然的吗？看的人总是会看的，理解的人总会有的。在某种意义上，误解他的人也绝对会有，就说误解，如果没有什么值得误解的东西，那么就算想误解也难。如果仅凭谎言、欺骗、故弄玄虚，是不可能达成这种文化上的效果的嘛。那种很快就会过气。

我觉得欧美的年轻导演里快速过气的导演挺多的。大概是一部蹿红之后就可以去好莱坞拍电影了吧，但是就这样成功的人很罕见。如果想回应别人的期待，不是肯定要失败的吗？自始至终持带着不能失败的枷锁，用这种心情做电影也不可能做出好作品。

"我应该战斗的场所"

理所应当的，在押井老师看来，北野武此人是连战连胜的导演吧？

押井：嗯，战略上也没有错误。从我的成败论而言，毫无疑问是胜利的人。那是正确的，在日本拍电影这一点尤其正确。如果不是这样，失败之日迟早会来。我总是说，没有败绩、不失败是很重要的，而正因为没有赢得太过头，才能有下一次战斗。

他跟电视台的关系那么紧密，对于在全国几百家电影院里首映的电影，感觉就算有人跟他说"我们帮你宣传，你做吧"也不奇怪，但他过去一次都没搭过这种顺风车吧。

押井：他难道不是觉得搭了顺风车也没什么用吗？

反正不搭顺风车也能拍，所以就不去增加多余的条件了，他比较喜欢这样吧。

押井：在自己顺手的战场战斗就好了，所以他才没有失败。所谓不失败的将军，肯定是只打必胜的仗才能不败的嘛。感觉要不行了，正确的想法是"应该怎么撤退呢"，输了的话就没什么意义了。

从业时间不长的人，不是也有不知道自己面临的战斗是不是能取胜的战斗的时候吗？武先生因为有当艺人的经验，所以可能知道。

押井：确实，我觉得他是在运用当艺人时的经验。我的话，做电视系列动画的经验对我影响很大。动画的结果全部呈现在画面上，所以会让人有"这次的战斗好像能赢"的感觉，或者感觉不妙心想"怎么才能蒙混过关呢"。做动画剧集，没有这些感觉是做不成的。要是策划或者做电影另当别论，但基本上变化不大。所以，其实在策划的时候逃跑的人很多。心想"这样没戏啊，赢不了"。就像到达被交托的阵地之后的司令官，先视察一圈配给的状况，确认弹药的储备如何、兵站如何、士兵的士气如何，结果觉得无论如何都赢不了。

年轻的导演应该模仿武先生的战略吗？

押井：不，那是因为是阿武所以才能做的事，硬要模仿也够呛吧。一样的，我在做的事也不是可以模仿的。大家找到了各自的方法，所以"你也自己去找呗"。再进一步说，我想说的是"实际情况是这样的"，想说的是本质，丝毫没有开一服"这样做就没问题了"的处方的意思。

不过上一次，感觉您跟樋口先生说了很多呢。（笑）

押井：嗯……对有的人就会变得很想说。（笑）毕竟我看透了嘛，觉得你差不多也该给我开窍了吧。所以才说那是爱的鞭打或者说爱的拷问。不过因为我和他认识，所以才能那么说，我才不想对不认识的人说教。而且就算说了，那些今后想拍电影的年轻人大概也不会明白吧。我只是说"你要是不明白就输了"而已。

那么，比如说自认为您的弟子的神山（健治）先生说"我想拍实拍的长片"，您会给什么建议呢？

押井：嗯，就说"加油"……

就这样吗？（笑）

押井：还要说什么啊。照自己喜欢的去拍就好了，不是吗？只是，如果考虑"如果这样一来失败了该怎么办呀"就大错特错了。只要冷静地思考别人对自己抱有怎样的期待就好了。转身成为实拍片的大导演，谁也没有对现在的神山抱有这样的期待。"他或许能做出和别的导演不一样的东西"，如果对他有这样的期待，那么做给他们看就好了。或者不如说，他没有必要思考"我和别的导演不一样的地方"，继续做现在在动画中做的东西不就好了。要说实拍能改变什么，它什么也改变不了。拍电影的本质之类的东西都没有改变啊。当然，那是个就算我不说也明白这些事的家伙。在这种意义上，他是个开窍的人。

这次的《东之伊甸》是他的首部原创剧集，当今还能做原创，这件事本身就很罕见了，所以他应该是通过这件事好好考虑过自己该做什么了。

实际上，原创也好，改编作品也好，没有太大差别——如果自己做过的话就会明白。如果自己执着于原创而浪费了时间，就会更加这样觉得。我现在觉得怎样都好。只是如果有人说："拍个偶像电影呗。"我会说："那好像不行吧？"

（笑）

押井：如果真的真的随我怎么拍的话，那么管他是录像带电影还是偶像电影呢，我都拍。只是没有人会说："怎样都行。"过去会这么说的是拍粉红电影的，有人跟我说："只要好好把激情戏拍进去就行，要三天拍完哟。"不过我没有三天拍完的自信，所以没拍，而且我也没有拍激情戏的自信。在《会说话的头》取景地附近的电影院——说起来那还是伊藤（和典）君的老家呢，在那里我遇见一个新东宝的大叔，于是一边一起吃烤肉，一边聊了很多，然后他问我："拍吗？"还给了我名片。

咦，还有这样的事啊。从那以后过了很多年，现在的话能拍了吗？

押井：现在的话我想能拍了。

还真想看呢。

押井：从选演员到各种事，怎么做都 OK，那么只要能拍出激情戏就没问题。只不过，现在我对拍激情戏没什么兴趣啊。虽然我喜欢女演员，但一次也没想过让女演员去拍激情戏。

回到阿武的话题，无论阿武想拍什么样的电影，我肯定都是会看的，也会捧场。但就算喜欢一个导演，当然也会有"喜欢这一部，但是讨厌那一部"的偏好。既然有看了很多回都觉得"真好啊"的电影，就也会有"看一次就够了"的电影，总体上还是喜欢那个导演的。对我来说，这样的导演在现存的日本导演中没有别人了。虽说我只是每半年多或者一年在电视上看一次，（笑）但这也没什么好困扰的。说起来，阿武最新的作品是什么？

是《阿基里斯与龟》（截止到 2009 年 2 月）。

押井：因为电视上还没播，所以我还没看过，隐约预感是不怎么好看的一部。我感觉，那肯定也是属于练习那一类的吧，也就是"这次就极其普通地拍来试试"。

为什么会有这种预感呢？（笑）

押井：他在《阿基里斯与龟》的采访里说过类似"现在，光是让我能在日本一部接一部地拍电影，我已经很感激了。所以我想回到出发点拍来试试"的话。这跟我在《空中杀手》中认真地想拍剧情片，好像有点相似。不过我没有"洗心革面，从此变成剧情片导演"。

第十二回

希区柯克的方法

Sir
Alfred
Joseph
Hitchcock
(1899~1980)

2009 年 3 月刊载

阿尔弗雷德·希区柯克（Alfred Joseph Hitchcock,

1899~1980）

生于英国。电影导演。1925 年凭借《欢乐园》出道。1927 年，他因为第三部电影《房客》而被人称为"悬念之王"，确立了自己的风格。后来拍摄了《谋杀》（1930 年）、《贵妇失踪记》（1938 年），然后前往好莱坞。代表作有《蝴蝶梦》（1940 年，获得奥斯卡金像奖最佳影片奖）、《电话谋杀案》（1954 年）、《后窗》（1954 年）、《迷魂记》（1958 年）、《西北偏北》（1959 年）、《惊魂记》（1960 年）、《群鸟》（1963 年）等。希区柯克的电影影响了众多导演，戈达尔、特吕弗等新浪潮导演也受到很大影响。他的遗作是 1976 年的《大巧局》。

这次想聊聊稍微古典一点的导演，押井老师看希区柯克的电影看得多吗？

押井：基本上都看过。全集也收齐了光碟，还买了DVD版的。

那么算是很喜欢的导演吧。

押井：倒没有很喜欢呢。

啊？那为什么要买那么多？（笑）

押井：嗯，是当作资料。希区柯克的电影就像教科书一样，对我来说既索然无味又黯淡无光。希区柯克从有声电影之前的字幕电影时代开始就一直做电影，有一次我看了个什么纪录片，他好像还做过默片字幕的设计之类的。希区柯克的剪辑，关键在于字幕进入的时机，全都是有节奏的。在人正觉得"这里缺点什么"的时候，一下子放进去。在这种意义上，对做动画的人来说就像教科书一样。要说基础确实是很基础，但要说没有根据，也不是那么没有根据的。

原来如此。（笑）

押井：要我说，把剪辑当作电影的本质是大错特错。那里面永远不会有影像酿造出的某种东西。极端点说，希区柯克的电影里全都是符号。实际上，让人印象深刻的希区柯克的关键电影场景几乎不存在吧。例如《惊魂记》有名的最后一幕，用锁链从淤泥里拉出来的那一幕，但那不是关键场景。它对拍恐怖片的人来说，或许至今还是值得参考的。虽说只是房子而已，但是看起来非常恐怖的那栋房子，似乎是制作出来的半个布景。他只是把布景、模型做成需要的符号。和在《电话谋杀案》中因为想拍摄特定的角度，而制作了巨大的电话是一样的。

押井老师说过"对电影而言'发明'很重要"，在这种意义上，希区柯克电影中有什么"发明"吗？

押井：不，他的电影里没什么"发明"，只是有"发现"而已。堆积影像，把它们固定下来，制造某种情绪。无论是多么平庸的镜头，只要堆积起来，用一定的节奏剪辑出来，就能制造某种情绪，这是他的"发现"。他只不过是经验的集大成者而已。他是从自己这个集大成者的剪辑节奏倒推，然后制作需要的布景、小道具，并且选择合适的演员。他不是有个和特吕弗的著名访谈吗？太胡来了。

是《希区柯克与特吕弗对话录》吧，在80年代很多人都在读呢。

押井：对电影青年来说它当然是素养的一部分，我也认真地读了呢。不过，尊敬希区柯克的只有新浪潮那拨人而已。他们想重新发现电影，但是实际上不应该学习希区柯克。他们最喜欢的是唐·希格尔（Don Siegel）、霍华德·霍克斯（Howard Hawks）之类的，他们喜欢影像本身的情绪。

好像希区柯克在美国仅仅被当作商业片导演，因为被法国的《电影手册》和特吕弗等人欣赏，于是在美国也确立了巨匠的地位。

押井："发明"了电影的只有戈达尔。他之后的新浪潮成员其实不是"发明"了电影，而是希望重新发现电影。因为欧洲电影变得过于艺术化了，所以他们想通过看那种歪门邪道的电影重新发现电影。对整天去电影资料馆的人来说，"如何从过剩的艺术主义中逃开"是个问题。这样一来，希区柯克正合适。完全没有什么主题，只有犯罪啦，人类的欲望啦，极端点说就是钱和杀人而已嘛。在这种意义上，他不是所谓的"作家"。

D.W. 格里菲斯说过"电影就是女人和枪"，希区柯克的电影也是这样的感觉吧。

押井：对对对，而且只有这两样。希区柯克电影中出现的女性，永远都是金发女郎，全都是一种类型。总之就是一直用好莱坞明星，在对谈中他和特吕弗说了，"演员们需要有存在感"。为什么需要有存在感呢，要我说，是因为希区柯克不导演。只要把镜头当作必要的符号拍出来就好了，所以演员只要演得有足够的存在感就行了。所以希区柯克的男主角，基本上全都傻里傻气的。

空洞善良的美国市民比较多呢。

押井：总之就是要平均化。说得更明白一点，就是平庸。和克林特·伊斯特伍德之类的完全不同。因为希区柯克讨厌演员嘛，比如他说"演员是家畜"，在《希区柯克与特吕弗对话录》里写着呢。

好极端啊。（笑）

押井：他在拍摄现场也只是在扮演一个权威人士嘛。我觉得他没做过所谓的演技指导，"更克制一点""别那么跑"这种程度的指示大概会做吧。在这种意义上，他不是那种和演员紧密联系进行指导的导演。正因如此，他和比利·怀尔德[1]、伊利亚·卡赞[2]完全不一样。

不过，也正因为这样，他可以作为动画的参考，因为他拍电影时把一切都当作符号。绘画也是一种符号，和他在方法论上最接近。把符号层层叠加，创造出节奏。在有节奏的

---

1. 比利·怀尔德（Billy Wilder）：美国导演，代表作有《日落大道》《热情如火》《公寓春光》等。

2. 伊利亚·卡赞（Elia Kazan）：美国导演，代表作有《推销员之死》《欲望号街车》等。

地方加入音乐。谈论希区柯克的时候，音乐是很重要的要素。音乐对那个人来说已经是一个符号了。在这种意义上，希区柯克的电影中没有任何对音乐的见解，全都是音效。只是在想给人寂静感的时候用沉静的音乐，在想吓别人一跳的时候用让人惊吓的音乐而已，只是为了加深那些节奏紧张的时刻。

像他那么好懂的导演实在少见。因为他的想法非常明白，所有要素都为画面服务、为剧情服务，甚至是为镜头服务。总之，希区柯克这个人只是要求所有的工作人员——包括演员——为自己的剪辑思路服务而已。大概是个觉得别人完全不重要的导演吧。举止自以为是，恐怕也没什么人愿意和他打交道，在拍摄现场毫无疑问是被大家讨厌的。

前不久，您说过塔可夫斯基是个"觉得自己能掌控一切的导演"。

押井：塔可夫斯基是想要创造出影像本身，希区柯克才没有创造影像呢。

只是，在认为自己能掌控一切并且要掌控一切这一点上，他俩是一样的对吗？

押井：虽说也有些不同，但从结果上看来是相似的类型。

说到符号，我忽然想到，希区柯克和塔可夫斯基的差别，有点像漫画家中的手冢治虫和柘植义春的差别。（笑）

押井：是啊，"发现"了漫画的毫无疑问是手冢治虫。

但是"发明"了某种漫画的是柘植义春啊。"发现"与"发明"之间的关系就是这样。"发明"无论怎么说都是需要才能的，而要说"发现"，只要有一定程度上的努力就能有成果，是多实战几次就能得到的东西。一边做着字幕设计什么的，一边不断地和胶片战斗的希区柯克能去好莱坞拍电影，在这种意义上也是自然而然的。

电影的教科书

押井：大概对现在好莱坞的剪辑师来说，希区柯克也是基础中的基础吧。对他们那边的剪辑师来说，存在"所谓剪辑就是这样做的"这样的定式，为此要去拍摄现场要求拍摄必要的镜头。在拍摄现场提出"从这个视角拍一下""我想要一个这么宽的画面"之类的要求，当场用笔记本电脑剪出来，下午开始去工作室——这是好莱坞剪辑师的工作方式。在这个延长线上，有希区柯克这名导演。

在这种意义上，希区柯克是作为教科书，至今还在发挥作用吗？

押井：还在发挥作用。我觉得尤其对想做动画的人来说，掌握到那种程度应该是基础中的基础。否则的话，是会被像我老师那样的人怒骂的，会说"接的不对吧！为什么这里会跑进来一个特写啊！"之类的话。（笑）

所以说，希区柯克的电影应该是最容易看懂的。因为他不断选择能让观众看到一切的角度，好好地挑选了必须给观众看的画面。不是从表演的角度挑选，是从镜头的角度挑选的，比如枪的特写、电话的特写。

虽然他在远摄的时候很过分，但在拍女演员特写的时候像蒙着轻纱一样把她们拍得很美。（笑）

押井：那不是为了演员，只是为了服务观众而已。在这种意义上，他确实是一个商业片巨匠啊。只不过要我说，问题在于他没有主题。结果，在电视上播出的《希区柯克剧场》是最正确的。有创意、有趣的故事，不需要什么角色。因为越好懂越好，所以角色平庸一些就够了。所以他只描绘普通人，全都是普通人。

但是，他必定有某种偏执狂的部分，有类似妄想症的部分，也有疯狂。那种疯狂是什么呢？是"想把人逼到绝境"这种希区柯克自身的疯狂啊。在这种意义上，他果然不是恐怖巨匠，也不是神秘巨匠，而是悬念的巨匠哟。所以《希区柯克剧场》是最正确的，自己出来做自我宣传也是正确的。他不是演了很多"噗"的一声刺出箭之类的无聊搞笑段子吗？那和阿武所做的不是一回事，他是只能通过那样做来表现自己的角色。

大卫·林奇《蓝丝绒》出来的时候，好像有人说过"是对希区柯克电影过度的、恶趣味的拙劣戏仿"。

押井：我不那么觉得。在某种制造悬念的方式上他们有相似却又不尽相似之处，但要说谁是对希区柯克的拙劣戏仿，如莲实重彦所说，应该是布莱恩·德·帕尔玛（Brian De Palma）。德·帕尔玛明显是在戏仿希区柯克。

因为他有时候会完全照搬希区柯克的镜头。

押井：德·帕尔玛果然还是喜欢吓唬人啊。我喜欢德·帕尔玛，那作为一种电影是正确的。"用'全文引用'的方式来拍"，他这种想法很明显。

《剃刀边缘》（*Dressed to Kill*）以后尤为明显。

押井：我也非常喜欢《剃刀边缘》，为了看安吉·迪金森（Angie Dickinson）沐浴那一幕的无修正版，还费了好大劲弄到了录像带。

（笑）

押井：然后，心想终于弄到手了，但其实是替身演员演的，所以内心就没什么波澜了。（笑）先不说这个，德·帕尔玛在《不可触犯》（*The Untouchables*）甚至还模仿了谢尔盖·M. 爱森斯坦（Sergei M. Eisenstein）中那个有名的台阶一幕。德·帕尔玛很明显是刻意这么做的，因为他都已经那么明显地宣言"用'全文引用'的方式来拍"了嘛，这样不也挺好吗？

但是德·帕尔玛没有把符号安排得像希区柯克那么正确吧，总感觉不够明确。

押井：正因为他在各种地方有破绽，所以才会有冲击力。

相反，希区柯克过于合乎法度了。所以真正意义上的惊讶是不存在的吧，都是一个接着一个来的。《后窗》也是，他常见的长镜头之类的也会一个接一个地来。虽然屏息凝视之类的感觉是有的。

不过，德·帕尔玛想要的是瞬间的冲击力。比如说蓦地回头，猛然看到病恹恹的夫人正在看着自己，会大吃一惊吧。德·帕尔玛那种奇妙的动人，是很色情的啊。果然德·帕尔玛要比希区柯克有压倒性的色情，《剃刀边缘》就是用色情铸成的。希区柯克的电影中偏偏没有色情，《惊魂记》中的那场沐浴戏完全不色情，只有杀戮的快感之类的东西。所以很奇怪啊，作为人来说，我觉得很奇怪。

模仿的模仿是劣等复制

希区柯克一部接一部地拍，差不多到去世之前都在不断地拍电影。

押井：那只不过是在为自己的风格殉葬而已。他发现很多东西的阶段，差不多到拍《群鸟》时为止吧。"用鸟不是也挺好吗？"，要说那是"发明"，也确实是"发明"。或许可以说，"结论什么的才不需要"才是"发明"。当时或许造成了很热闹的议论，但现在看来，《群鸟》也没什么大不了。当时连龙之子制作公司的真下（耕一）也模仿过呢，《科学小飞侠2》之类的作品里有鸟撞到电线的场景，大家都在那么做，连我也在《机动警察》的第二部剧场版里做过。

确实有呢。（笑）由此看来，他确实是演出上的教科书啊。就像过去石森章太郎写的《漫画家入门》等在现在还无疑是基础。

押井：在这种意义上，他的剪辑是极其容易模仿的。在动画分镜中可以全部模仿，画出来的角色也完全够用，因为反正他的出场角色那么平庸。

动画导演全都看希区柯克吗？

押井：我想现在的导演不看了，所以才不行啊。（笑）总之，他们只是在模仿前人的动画的镜头嘛。

也就是模仿的模仿。

押井：给我好好从经典开始模仿啊。如果从经典开始模仿，那么还有很多进化、发展的余地。模仿衍生物的衍生物，就会变成劣等的复制。不只是复制，还是劣等的复制，这不行啊。

这果然是年代的问题吧。"希区柯克是教科书"这种意识我这代人还觉得很正常，就算没什么兴趣也会读《希区柯克与特吕弗对话录》。

押井：虽说我不想跟个刻薄老头一样说话，但是现在的年轻演出家，基本上完全不学习电影啊。也不怎么看电影，动作片和科幻片大概看了一堆，但完全没有去学学悬念电影的想法。所以他们想拍也拍不出来。

和动画一样，就算会从成龙或者李小龙等角色的角度看电影，但不会从演出的角度看电影，这种人好像越来越多了。

押井：对，《押井守的影像日记》里我说了很多，用演员来讲述电影是一种幻想啊。就别说用文字讲述电影之类的漂亮话了，要是有讲述电影的意志的话，好歹给我靠演出来讲啊。用演员来讲述电影，跟在酒馆喊着"我喜欢安吉·迪金森"没有任何区别。那不是"讲述"这个层次的事，而是瞎唠嗑。"我喜欢某某"既没有逻辑也没有实际内容，当然也不是评论，就是这么回事罢了。

在押井老师看来，日本的导演中应该被当作教科书来学习的导演有谁？

押井：要说看了能学到东西的，日本导演中就是增村保造吧，因为他是真的可以只用逻辑做出电影的人。而且，他连演员的台词的发音都要全部掌控。他会说："像平着调子读下来也没问题，给我好好读。"他不让演员自己发挥。如果看了他做音乐等东西的方法，就会很清楚地明白。而且增村保造也很色情。果然色不色情也很重要啊，因为它有时候会变成电影的突破口。

还有前面说过的三隅研次吧，参考他的构图的导演有很多哟。只说构图的话，黑泽（明）也很了不起。我的老师说过："为了学习构图，你这家伙也看看，虽说是挺无聊的。"大抵年纪大了之后，构图就会越来越不精致吧，我也一样。

没有的事。（笑）

押井：只要有构图，剩下的就是取得能够支撑起那个构图的表演了。所以希区柯克在动画人中的评价不好。

因为希区柯克的不是构图。

押井：构图什么的完全没有。只有必要的视角，丝毫没有对构图美学的追求。在这种意义上，希区柯克的电影是零美学的。

大多数的设定相对狭窄，宏大的也就是《西北偏北》之类，比如飞机逼近的场面，在现在看来也没有那么强的临场感了。

押井：没有，完全没有。因为他是个只要需要就全都用布景来拍的人。为什么这么做呢，因为他完全没有面对原尺寸的物体的想法。虽说也拍了很多外景，但必要的布景还是做了像山一样多。

比如说希区柯克拍的很有名的电车场景，包括汽车，都是用银幕合成摄影法（screen process）做的。因为那种方法很好拍嘛，而且全部都在光线下。希区柯克的照明很无聊，对吧？

只不过是为了让一切都能被看到，所以把全部都放在光线下。因为那是必要的，作为信息是必要的。情绪啦，让演员上相啦，这些事不是他追求的。

自我模仿与自己的风格

押井：所以，关于成功还是失败，要说希区柯克是连战连胜的无敌之王？完全不是那样的，实际上我觉得他是个陷入自我模仿的失败者。因为他只不过是在一边掂量着外界的评价一边拍电影。很明显，他晚年是一边跟"自己的电影是不是落伍了？"这样的恐惧斗争，一边拍片的。所以他只不过是想要维持自己的巨匠身份罢了。我在还是学生的时候，去电影院看过他的以古巴为故事舞台的电影《谍魂》，简而言之，仅仅是散发着过去的希区柯克的气息，一点意思也没有。

我认为希区柯克的晚年十分悲惨。一开始是春风得意的，到差不多《群鸟》的时候为止都春风得意。每拍一部，都是自己看着也觉得有意思，观众也鼓掌喝彩，评论家也大加赞赏，票房也不错。但是，他晚年的时候票房没有再上涨，果然他在一个时期里很烦恼吧。他和那种状况战斗，或者说郁郁不乐地继续拍着。为什么会变成这样呢？当然，他对自己的风格有一定程度上的自信，但是风格说到底是一时的流行。现在的年轻人为什么不看希区柯克了呢？到底是因为他太无聊了啊。看他的电影需要某种忍耐，因为他总是不肯切入正题嘛。因为他是按顺序一步步做的，那让人忍不了啊。

他的电影不会像现在的电影那样，最开始的五分钟就是乒乒乓乓，让人心想"发生什么了？"，过了15分钟，故事才慢慢开始。

押井：对，什么也不发生。希区柯克的电影要经过很长时间才开始进入非日常。不过我很喜欢《狂凶记》（*Frenzy*，1972年）和《大巧局》之类的。忘了是哪一部了，中途换了主角。我心想："啊，这电影中途换主角了啊。"那很有意思，果然在这种意义上他是个聪明的人啊，应该动了很多脑筋吧。

不过《希区柯克剧场》里有很多作者，大家觉得那全是希区柯克想出来的故事，其实不是的。在这种意义上他是制片人。就那个风格而言，是模仿。因为比它早很多的电影中就有主持人了。在电影开始之前，走到幕布之前，一个人说点什么，然后电影才开始。这种风格在美国很普遍，只不过那是在电视上演的罢了。

在这种意义上，他果然应该是有当制片人的才能吧，但就像制片人绝对没有不失败的法门，既然他开始了以制片人的立场做电影，那么到底是要有在什么地方失败的觉悟。但直到最后，他都是一个"不想失败"的人啊。在投身那种构造的瞬间，从我的成败论来看，他就不可能不失败了。因为他没有在自己的战场内做电影。如果不在自己的战场内做电影，那么就从导演这个不会失败的构造中脱离了出来，或者说溢了出来。我至今还在自己的战场内做电影哟。或者说，基本上我不在自己的战场内绝对做不出电影，所以才没有败

252

绩。我很为这个不败的构造得意。

希区柯克的话，最终到底是没有战胜自己的风格啊。实际上，那个被人称作希区柯克风格的东西，希区柯克自己并不认为它是自己的本质，所以他模仿自己。为什么要模仿自己呢？因为不理解自己在做的东西的本质，所以才会模仿啊。理解自己的本质的人，反而会无法模仿自己。

有不少家伙认为我一次又一次地重复同样的东西，是自我模仿，但不是那样的。这段时间我在《手机搜查官 7》里也做了和以前差不多的东西（第 35 话《圭太的初梦》）。大概会有人说："又是中国菜外卖的故事吗？不是连台词也一样吗？"而且还请来了千叶（繁）君，让他扮演上海餐馆的老爷子。但是我知道肯定会被人说这说那，反正在网上肯定会变成批判大会吧。

不过，那倒并不是自我模仿。只不过是想试试看在实拍片里能不能做一样的事，其结果会不会和动画一样有趣。所以我只写了脚本，拜托给自己之外的其他导演拍了。渡边（武）先生的话会好好拍的。那么荒唐乱来的故事，或许能变得更有意思呢？在这种意义上，是超出想象的有趣啊。

是啊。

押井：我看到长出翅膀的闪光 7[1] 时看笑了，心想："渡边先生竟然做到了这个地步。"我仅仅写了"用金属球棒把它在柜台上敲碎"。其实我觉得这段很麻烦，但他认真地连

---

1. 闪光 7 是片中手机的名字。

升天的部分也拍了。

从这种意义而言，我一次又一次做的都是练习。因为是练习，所以我认为说不上是偷懒，也不是背叛。"同一个段子翻来覆去，也够有趣吧？"这样。这么说来，阿武等等，在电视上做的事也全都是重复嘛。搞笑这回事基本上就是重复，正因为重复才有意思。

知道了押井老师自我模仿的秘密，这次就聊到这里吧。

第十三回

实相寺昭雄的变化

实相寺昭雄（1937~2006）

生于东京。电影导演。毕业于早稻田大学，于1959年进入KRT（现TBS，东京广播电视台），担任电视导演。1966年，担任电视剧集《奥特曼》等作品的导演。其中《赛文奥特曼》《怪奇大作战》至今评价很高。作为电影导演的出道作是1969年拍摄的《宵暗》，这部作品的剧本是他当时的挚友大岛渚所写的。从TBS离职后，他凭借1970年导演的《无常》获得了洛迦诺国际电影节大奖。代表作还有《曼陀罗》（1971年）、《帝都物语》（1988年）、《不道德的繁荣》（1988年）、《姑获鸟之夏》（2005年）等。

在聊樋口导演那一回里也稍稍提到了，这次请讲讲实相寺昭雄导演吧。

押井：有好几次我都和实相寺先生差点遇上，但是没缘分，到最后也没见过一面。我进入龙之子之前，做广播剧导演的时候，当时的制作人是实相寺先生的熟人，因为有他的交涉，纪伊国屋会堂里办过实相寺昭雄的回顾上映展。是我策划的，电影胶片也是我自己借来的。差不多在五天里连续上映。是1976年还是1977年的事。那还是纪伊国屋会堂有史以来冷清到破纪录的一次。

是这样吗？（笑）

押井：是突然决定要做的，宣传之类的什么都做不了。当时只有"PIA[1]"，截止日期当然也赶不上，几乎忙活到当天，宣传几乎是零。做了很多传单去大学里发，我是亲手去发的哟。

---

1. PIA：成立于1972年的日本票务平台，也发行刊物、策划演出。

然后，让兼职做接线员的小姐坐在迎客的位置，跟我两个人办了放映会。几乎没什么观众，我都快哭了。放映了《宵暗》、ATG 三部曲[1]。那时那个制片人来发了言，但我不记得他说了什么了。

然后是在拍《真·立食师列传》的时候和菱见（百合子）[2]女士见面，说过"下次想三个人一起见个面呢"。但是，到底是没有见到他本人。

对实相寺先生的第一印象到底是来自《赛文奥特曼》。当然，那时候电视节目播出之前完全没有预告信息，当然也没有录像带。就算看了电视节目表，上面也不会写导演的名字，本来人也不是因为注意到导演而看电视的，在那时起我有"这集好像有点奇怪"的感觉。当时看《赛文奥特曼》的人里面几乎没有像我那个年纪的人。

那时押井老师是高中生吧？

押井：是啊。我记得我爸说过我"这么大年纪了，要看这种东西到什么时候啊"。不过我只能在餐厅看，虽说会被嫌弃，但我全都不在乎，只是期待着"这周会放什么呢？"。然后，在片头曲最后出现"实相寺昭雄"几个字的时候，我就知道"这周的肯定很棒"。虽说当时完全没有信息可言，但我就这样大体记住了他。

---

1. ATG：Art Theater Guild，全称日本艺术剧院协会，是一家活跃于 1962 年至 1992 年的日本独立制片机构，专门制作发行非商业的艺术作品。实相寺昭雄的 ATG 三部曲是指《曼陀罗》《无常》和《早梦》。

2. 菱见百合子：《真·立食师列传》的主演，同时也是《赛文奥特曼》的演员。

说起实相寺先生，前段时间说到过阿真（樋口真嗣）的椅子理论。说的是，导演有椅子，因为椅子数量有限，所以能坐上的人也有限。那么，有谁空出了椅子，就有谁去坐下，这是阿真的逻辑。我倒觉得那没什么根据。前面说到的时候我也说了，自己的位置就要靠自己去创造。阿真好像是说，我坐的是实相寺先生的椅子，宫先生（宫崎骏）坐的是黑泽（明）的椅子，真的是这样吗？关于那两位，要说他俩都是国民导演可能也没错。但是观众群明显不一样啊。黑泽的影迷和宫先生的影迷不可能是重叠的。我想，要说宫先生坐的是黑泽的椅子，这太勉强了。说阿真坐的是舛田利雄的位置，这也很值得怀疑。

　　不过呢，确实有坐着舒服的椅子和坐着不舒服的椅子，那就是我所说的成败论嘛。也就是说，该怎么找到适合自己的、坐着不累的那把椅子。成败论大体上也是关于如何避免从那里掉下来，或者因为没有椅子而干站着。另外，还有那种不适合自己身体的椅子。阿真明显是不合适的啊。不是因为那是舛田利雄的椅子才不合适的，要我说，是阿真的体型不合适。

　　硬要用这个椅子理论来说的话，说我坐的是实相寺昭雄的椅子，我想这也有问题。在结果上看可能是有些相似的，但那个人在奥特曼系列或《怪奇大作战》中的乱来，和我在《手机搜查官7》中的乱来，感觉上完全不一样啊。他是剧集中的轮班导演，大概这之中也有很多战斗吧，大概也有被骂的时候。而且，当时的剧集，从拍摄开始之后直到剪辑结束，谁都不知道最终效果会怎样。所以"反正已经这样了"大概才是实情。

在《手机搜查官7》里，我是预先得到了许可然后才做那么乱来的故事的。

在这种意义上，押井老师是有了"押井守"的名声之后才开始乱来的，是这样吧。

押井：对对，我们的顺序不一样。因为做《福星小子》的时候我就已经是导演了。在我做演出家的时候，无论是在笹川（浩）先生手下，还是在鸟先生（鸟海永行）手下，因为他们会检查分镜，所以我心中有条界限。不过嘛，我会做到非常接近界限，做到会被说"再超过就不行了"的程度，但不是说可以无视系列中的世界观来做作品。不过，实相寺先生那么做了。大概也因为他处于量产轮班导演的体系之中吧，非常认真地把奥特曼系列那样的世界当成自己的东西去做的人，能有多少呢。现在的战队类故事也是一样，在那种系列中出现与众不同的导演，做出与众不同的作品，我想这才是那种系列的根本价值。

我这次做的不是剧集的轮班导演，而是嘉宾导演。既然是嘉宾，就要守信义。我问了三池（崇史）："我可以做到什么程度？"并得到了许可，也得到了电视台制片人的许可，在进入拍摄现场之前我会先说明："这次会做得有点奇怪，请多多指教。"跟实相寺先生的做法完全不一样哟。就算结果看起来一样，但要说从中得到了什么，实相寺先生大概是想把它们当成自己的电影的基础。还有用怎样的角度拍摄之类的。他还把在剧集中合作过多次的樱井（浩子）女士带到

ATG 去了。那在他和菱见女士的对谈中也提到了，他应该还有其他几个喜欢的演员。与他相反，我是从外部找演员出演剧集的。找来了女演员安藤麻吹、在录像带电影片中专门演坏人的动作演员须藤雅宏。差不多就这样，我坐的是实相寺昭雄的椅子这个说法实在是误解。

框架内的"破坏者"

押井：另一方面，他离开电视世界、在 ATG 拍摄的三部作品，在这种意义上是因为有 ATG 这个框架才得以成立的。ATG 电影当时也被称为 1000 万电影，预算很低，导演都是作家主义的导演，想拍什么都可以，有这样一个框架。现在反而没有这样的框架了。所以我需要自己硬是创造出《女立食师》这样的框架。所以，原本我们就不是一个时代环境下的人。

实相寺先生后来时不时拍些 B 级电影，比如《帝都物语》，还拍了《奥特 Q 电影版：星之传说》。一开始是金子（修介）做的，因为我早年和他有过交集，所以记得很清楚。经过了很多事情，金子离开，片子到了实相寺先生那里。但是那个风格，比起实相寺先生，我觉得更像佐佐木守的世界。

因此，虽说樋口先生说了"实相寺的椅子"，但我感觉，实相寺先生的椅子坐得一直很不舒服吧。

押井：嗯，我想他坐得应该很难受。

实相寺先生是自始至终没有让他感觉"坐在这里我很安心"的椅子，他尽可能地拍着能拍的电影，直到去世。我有这种感觉。

押井：如此说来，ATG 时代可能是他最能自在地拍电影的时代。拍了想拍的东西，因为可以把他的历史观当作根基。而且那个人是个同时具备坚硬的部分与色情的部分的人。他在万代公司（BANDAI）拍的《屋顶的散步者》什么的引起了很大的争议。结果变成了 18 禁电影，万代公司怎么也是家族企业，那时鹈之泽（伸，现为万代南梦宫游戏副社长）发了很大的火，说："那个人不守信用！"不过，结局是做了两种版本……这是那家伙的得意之计，结果增加了品种数，回本了。（笑）那种所谓江户川乱步式的猎奇色情，他直到最后都在拍，还拍过 AV。毕竟那个人拍的色情是很独特的色情啊。不如说是那方面让人感觉很特别，让人感受到了那个人的天赋之类的东西。

在您说构图说到在电视画面上做极端的实验的作家时，提到了实相寺先生的名字，让人模糊地感觉椅子理论也有可以认同之处。

押井：但是，我在拍电视剧集的时候没钻研过构图，要说是哪一种，我的构图不如说是正统派。另一方面，阿真确实给实相寺先生的《帝都物语》做过分镜，他可能也去看过拍摄现场吧。比如从高处俯瞰的感觉、在前面大大地放个人物，实相寺先生有这类对角度的癖好，或者说是个有喜欢的构图的人。无论看哪一部，肯定都会有，所以他肯定很喜欢。比如在前面放个人物，然后在画面深处表演。

不过，我至今不明白实相寺昭雄这名导演最终的目标是拍出怎样的电影。那个人独特的癖好是一看就懂的，那不只是角度，还包括台词的节奏啦，表演的癖好啦，想要如何调度演员啦，更进一步还有喜欢什么类型的女人之类的。

他似乎有点受虐狂情结吧。

押井：到底是有种猎奇的东西，有独特的色情。所以大概和乱步是最合拍的吧。在 ATG 做的时候就色情全开了。他还给石井隆的漫画写过解说，果然是石井隆的粉丝吧。不过另一方面，时不时我也会做这类工作，如果有人找我做的话。既做舞台、电影，也做录像带，这方面要说我俩相似可能也确实相似。不过他背负着古代团（KODAI Group）这个团体，但我什么都没有背负。

因为我本质上是从动画出发的人，所以有想做什么就去做这样的方法论。对实拍片导演实相寺先生而言，在那个时代中必须要建立自己的根基，我想那会很辛苦。从一开始就有一个椅子，那个人坐在那把椅子上，等椅子空了之后我就坐了上去，这完全是误解啊。

实相寺先生不知为何，背负着大量从电影宅变成创作者的人的憧憬。这是为什么呢？实相寺先生的作品中好像带着某种信息素？

押井：这是因为，他是在奥特曼系列这个世界中让人感觉"原来还有会这么搞的人啊"的人。不是有个关于他做的歌谣节目惹怒电视台的著名传说吗？

好像是他拍了几乎能看清楚美空云雀的鼻毛的大特写，于是被骂了。

押井：包括这类传说，他确实给人一种"破坏者"、打破成规者的印象。所以去ATG之后的实相寺先生，让人感觉奇妙地规矩起来了。总感觉非常收敛，没有了《赛文奥特曼》或《怪奇大作战》里的那种无政府主义者的感觉，或者说"怎么能让这人这么乱来？"的感觉，变得艺术化了呢。虽说还是一如既往的色情。

不过不是只有他这样。当在剧集中与众不同的人拍了电影，会令人意外地紧紧收敛起来、寻找一个预设的结论。就没有"露出破绽又怎样"的感觉了。我隐约也能理解这种想法。《福星小子》里无论拍得多么破绽百出，反正下周还是要拍的。

确实。（笑）

押井：剧集有这样的大前提，但是电影就只有那一部，到底在什么地方是不一样的。在拍剧集的时候随心所欲，在拍电影的时候从头到尾都要自己负责，两者是完全不同的体验，当然就需要另外的方法论，也需要另外的觉悟。ATG三部曲里完全没有那种破绽百出的快感，"是不是太乱来了？"的感觉。全都很收敛，有主题，有台词，影像依然是那样的影像——就变成了这样。尽管这些东西全都有，但还是让人感觉缺点什么。让人忍不住想"到底还是《怪奇大作战》更有意思啊"。果然，在这种时候，自己的本质意外地容易暴露出来。

要在剧集中乱来，实际上并不难。吵一架就行了嘛。剧集也不会因为那样就被砍，也用不着自己去调解纠纷。不过电影的话，自己第一次不得不作为导演承担责任，那么自己真正的才能、姿态，就会显露出来。自己屁股的形状和椅子的形状该如何相互适应，这是个问题。

从椅子的舒适度中学习

押井：归根结底，无论是什么样的导演，都是从坐上空着的椅子开始的，是从那把椅子的舒适度中学习的。我最初坐上的那把椅子，真的是偶尔空下来的，我作为临危受命之人被安排坐了上去。我在那里想着，我到底要自己做一把适合自己身体的椅子。所以我总是说，椅子是要自己去做的，这样做出来的才是自己得心应手的世界，而如何长久地坐在那把椅子上，就是作为导演处世谋生的部分，或者说成败论的部分了。屁股和椅子谁来适应谁的形状？可能有这样一个选择。要做一把适合屁股的椅子，还是配合椅子改变自己屁股的形状。重要的是，最终坐着到底适不适合自己。

虽说如此，但我并不建议让自己屁股去配合椅子的形状。别像阿真那样。（笑）那个大屁股，要坐那把椅子是不可能的啊。

因为保持不好平衡嘛。把椅子坐得嘎吱嘎吱响，而且屁股还疼。总而言之，就是有没有在享受拍电影。实相寺先生并不是自己选择了特摄。实际上，他在ATG拍的已经离开特摄的世界了。

原本，常见的是从剧情片改到拍特摄吧。

押井：在这种意义上，那个人也是个不断摸索该如何创造适合自己的椅子的人啊。不过，公司的椅子不适合那个人吧。我完全不了解古代团内部的事情所以只是推测。他夫人是演员，所以我忍不住想"让她赚钱养家不就好了嘛"。（笑）

那个人在实际的摄影现场是怎么做的，我听过一些传言，说是在《帝都物语》那种大规模的电影中，演员差不多都是那种有来头的人，他基本上从头到尾都在疏导沟通。当然，他这个人不仅如此，但他确实也是个连这也能做的人，维持现场秩序啦，公平地裁断啦。另一方面，他也是个仅仅因为下雨了就会满不在意地中止拍摄的人。他的方法论，大概也会因为不同的拍摄现场而不同吧。不过，从结果上看，那是好还是不好呢？他从一个时期开始，就几乎对工作来者不拒了吧？

是的。

押井：我想他晚年到底是怀才不遇的。那么，为什么他怀才不遇呢，我认为关键在于那个人的成败论。我最近在想，我公开说过："改编作品也好什么都好，我都做，凡是找上我的企划我都做。我就这么决定了。"我这是因为自己心中有相应的自信。不如说这样倒比较容易做。无论来的是怎样的原作，我都能把它做成我自己的电影，我有这样的自负或说自信。再加上我也认识到，靠自己的企划磕磕绊绊地做，是自掘坟墓，也让周围的人都磕磕绊绊。如果结果不理想的话，就让人觉得"果然还是改编作品比较好啊"。

我渐渐觉得，动画这种东西就是由此支撑着的。另一方面，实拍片可能不是这样。无论怎么想，动画都可以进行更多的模拟实验，可以看着总体的平衡来做，但实拍就需要在什么地方有冲劲儿，容易变得过激。我的动画在一开始大概也是相当过激的，（笑）现在则是预先做准备，好好考虑顺序。我的这种成败论的基础，到底是在做动画的过程中形成的，可能对其他导演并不适用。

像押井老师刚才说过的，实相寺先生也是"什么工作都接"的架势，我感觉，那时的实相寺昭雄确实是有自信把它们变成自己的电影的。

押井：嗯，我想他是这么想的。但是，最终那个人的电影是什么？谁都知道实相寺昭雄的口味，但是那个人的本质是什么？为什么他是一个这么让人难以说清的作家呢。

他的本质之一毫无疑问是色情。还有一个我认为是某种历史观之类的东西。我几乎感受不到他对人类有持续的兴趣。那个人的作品中的角色，全都是意象，直说就是空洞的人。只是有着不同的意识形态罢了。

我感觉，在实相寺电影的登场角色里，存在着近似于清醒的观察者的角色。岸田森啦，寺田农啦。还有诸星团，在实相寺先生拍的那一回里也变得不那么热血，变成了观察者。[1]

押井：他不是个热血男儿啊，感觉比较像会把人逼到角落的那种人。制造状况、咄咄逼人，在不知不觉中变得疯狂起来，大概是跟实相寺先生看待人类的方式有关吧。无论是哪一部，都不太能让人感到温柔。

实相寺导演"想做的东西"

他的第一部电影，是 40 分钟左右的短片《宵暗》，它比起 ATG 的作品，感觉更接近实相寺先生的官方形象。

押井：它从一开始就基本上是建立在一个点子之上的电影，实际上很难露出破绽。把演员放置在密室里，只有一个场景，能从外面听到的只有歌声。一眼看上去很实验。但如果拍的不是这种，而是想要讲故事，那么从那一瞬间就变得困难起来了。说长片是另一个世界，就是指这个意思。20 分钟或 40 分钟的世界，在某种意义上，无论怎么做都能找得到结论，但如果变成接近 2 小时的篇幅，仅凭编导得出的结论是无法成立的。这大概对哪个导演都是一样的，不经历的话不会知道。从那开始才是导演的战斗。

《曼陀罗》之类的，我个人是很喜欢。《哥》感觉有点

---

1. 岸田森、寺田农是与实相寺昭雄合作过的演员，诸星团是《赛文奥特曼》中的角色。

过于概念先行了。《曼陀罗》大概是最接近那个人想做的东西的吧。是一种乌托邦式的作品，非常色情的乌托邦。

从这种意义而言，他在 ATG 的世界做自己想做的作品，这是好事还是坏事呢？如果始终在商业片的世界里拍电影，会变成怎样呢？我与他相反，因为只在商业片的世界里拍电影，就会非常自然地考虑在商业片世界中应该如何寻找适合自己的椅子。那就是《机动警察》和《攻壳机动队》。总之，是尽管为所欲为，但也能取悦观众的世界。所以，对那个人来说，在 ATG 拍的电影、在《帝都物语》中创造的世界、和圆谷一起塑造的世界，各自全都是不一样的椅子啊。所以实际上，我认为实相寺昭雄这个人是个没有适合自己的椅子的人。没有遇到合适的椅子，或者说没能创造出自己的椅子。

感觉他是属于"前卫"这个词还很有魅力的时代的人。

押井：70 年代左右就是那样的时代嘛。况且，他在电视台做了很多事，是个有这种经验的人。

当时，戏剧方面有寺山修司，短歌作家有冢本邦雄。都是一边做着面向大众的东西，一边越发疯狂。而且还有梦野久作这样的异端之人。

押井：大概他对这样的作家们有亲切感吧？他肯定想和梦野久作合作。

之前看电影《脑髓地狱》的时候，我就想"这种东西明

明让实相寺来拍才好"。

押井：是松本俊夫导演的那部吧，那个很无聊啊。拍《脑髓地狱》这件事本身就有些困难。

寺山修司也拍电影，实相寺电影和寺山电影的区别在哪里？

押井：到底是对人的描写完全不同。寺山修司大体是爱着人类的，最终是有着某种温柔的目光。虽说有弑亲之类的情节，但到底在什么地方有着对人类的深情。实相寺先生的电影要冷酷得多，在对画面精雕细琢方面，他俩或许是有些相似，但是我认为二人的才能完全不同。比如《死者田园祭》，比如《抛掉书本上街去》，看了这几部就能感到，寺山修司的电影基本上都是以自己为主人公的，尤其能让人感受到深情之类的东西。实相寺先生的电影就几乎没有这种情况。包括自己在内，都是疏离的。在这种意义上，或许确实可以说他是在观察。

他对待演员的方式，我只间接地听人说过，大概也是有种疏离感的吧。听说他和演员一起工作的时候，演员害怕到说话都说不利索。

但是实相寺先生的面相很和善吧。容貌魁伟，还有点科学怪人的感觉。（笑）好像想用演员做点什么似的。

押井：对对。（笑）所以与印象一致的地方也是有的啊，包括外貌。

换个话题，押井老师看过实相寺先生的遗作《银色假面》吗？

押井：在试映的时候看了。我想，与其说那是实相寺先生的作品，不如说是脚本作者（第一话的脚本作者是中野贵雄）的作品。有文豪出场，有大正浪漫，有飞船在飞，有浅草寺的商店街，有见世物小屋……集齐了这一套道具。总之，是以乱步的世界为舞台，对电视节目（《银色假面》）的改编版吧？但显然是消化不良的。在突然有怪物出现并开始战斗之后就变成了另一种东西。因为是我认识的制片人做的，所以我不太想说，但我不认为实相寺先生认可它，也不认为他想做这一部。

这样的话，归根结底实相寺先生自己想做的是什么，这变成了一个不得而知的问题。

押井：我认为到ATG时期为止，他认为自己有想做的东西。虽说这无论如何都是想象——他是不是在某个时刻意识到了不存在那种东西呢？我是这么觉得的。于是，他就把自己的职能专门化，仅仅在现场做演出家，或者说基本上只制作影像了。

在那个时候发现自己没有想做的东西，也会有人变得泄气消沉，但实相寺先生没有变成那样，可见是有厉害之处啊。

押井：那是因为他经历过电视这个修罗场吧，具备职业上的坚强。所以如果没有想做的东西就没有吧，可以凭自己的趣味用各种素材做出什么东西来。那也是导演的工作嘛，换个椅子指的就是这样。但是从成败论的角度讲，换椅子是非常让人疲惫的事啊。我也在做《铁人28号》的时候深深感受到了这一点，我想："这个椅子有点太硬了吧？"

很硬吗？（笑）

押井：所以啊，怎样才能把椅子变得坐起来舒服，我一开始就考虑到了这件事。于是，先找拍摄现场的演出家。幸运的是，演出家一个接一个地出现了。（笑）舞台这个世界，只要放在那里，演出家就会一个接一个地冒出来。于是变成了"就按你想要的样子去做吧，我会做最终判断的"这样的风格，所以椅子一下子变得柔软了。只不过，在公演开始之后，我才知道舞台上哪里都没有导演的椅子，哪里都没有哟。所以我就坐在走廊的长椅上了。

正式开始之后，就没有导演能做的事了。

押井：所以我什么也不做。没办法只好坐在走廊里的长椅上，在现实中是这样，作为椅子理论的比喻也是这样。舞台是一个没有导演的座位的世界。

意思是说，舞台之上是演员的世界。

押井：嗯，只有演员的位置。在这种意义上是一次有趣的经验，让我再一次确认了自己应该采取的做法。

没能遇见自己的椅子

押井：要说最终结论的话，实相寺先生到底是没能遇见自己的椅子吧。以成败论而言，是个没有获胜的人。

原本，他有想过要取胜吗？

押井：嗯……是怎样呢？感觉他好像从某个时刻起就和成败的世界诀别了。从很早之前就有这种感觉了，看《帝都物语》的时候也是，真的是完全没有像奥特曼系列时期的那种横冲直撞的感觉。把电影拍得很规整，让人容易看懂，好好地塑造了场景。在这种意义上，我认为他出色地完成了现场导演的职能。不过要说电影是否有趣……虽然《帝都物语》中有很出色的场面，但是总体而言是部让人一头雾水的电影。道具是做得很棒，但完全没有电影的向心力。

实相寺先生好像没想过如何利用自己的名声，没想通过作品来出名，他好像没有这样的贪婪——或者没有俗气的乐观、迎战的热情。

押井：深有同感。连我也遇见过说"我以前看过《福星小子》""我看过《机动警察》"的人，他们有的是编辑、制片人、广告代理店职员，来跟我说希望我以我喜欢的样子做。但是那实在让人困扰啊。所以有时我会拒绝，说"抱歉，我做不到"。

那是因为，他们看到的电影已经不属于我了。我不想再

如果再次动画化（尤其是明治篇之后），想做角色设计

做一次一样的东西啊。倒不是因为我变了，而是因为我想一个接一个地做不一样的东西，由此才能成为自己。但是在影迷的头脑中，对我的印象已经固定了。实相寺昭雄也是一样的情况。这很困难。当然也是有机会的，最后的《银色假面》正是如此。但是因为是商业片，当然不可能做什么都行，要摸索彼此可以妥协的底线，结果就变成了那样的作品。我认为它的想法很好，把德国人放在大正浪漫的背景下。这样的话，别出现怪物不就好了嘛。更进一步说，银色假面什么的不出现不就好了嘛。

比如说银色假面实际上并不存在。就像押井老师传说中的《鲁邦三世》（押井曾为剧场版第3部的候补导演，但后来拍摄中止了）那样。

押井：西装革履什么的才不需要呢。只要有传说就够了，这样的话会更像电影。

结果，问题就在于要选择什么。如果不是把电影看作作品，那么导演只能变成协调各路人士的想法的角色。但是这对导演来说算不上好事，因为最后终归会在什么地方产生破绽。

这里的破绽不是积极意义上的破绽，而是产生裂隙。有时候会不得不变成完全不同的东西。

虽然他聚集起过去的演员，好像很开心地在拍，但是我想到底是不一样了。电视剧集《银色假面》的优点没有了，实相寺先生制造的、精雕细琢的多少有些猎奇的幻想世界也并不完整。总之，虽说有怪物登场，但它和画面不相称，像水与油一般。在企划阶段他却没有对这么重要的事做出判断，可以说是他退出了以一部部电影来战斗的证据。如果是这样，也就不会有最终的满足感和达成感了吧。

但是作为专业的导演，他大概没法干脆利索地拒绝吧。因为他是专业的，如果有人拜托他拍的话他就会拍。所以那是他的遗作这件事，要说是一个象征，也确实是一个象征，但那看上去到底非常令人心酸。一个原因是时代的变化，日本逐渐从 70 年代那个前卫、帅气的时代，从那种无所不能的氛围变成了现在这样。在这种变化中，在娱乐的世界中该如何创造自己的椅子，如何才能长久地坐在椅子上？他从这个问题中退出了。虽说我也明白要解决这个问题是非常难的。

制片厂时代终结之后

实相寺先生是"发明"了东西的人吗?

押井：我认为那个人"发明"了很多东西。一开始，用他那种方式拍电影这件事本身就是不存在的。所以他遭受了很多批判。

这是什么时候的事？

押井：是 ATG 的时期。乍看上去挺哲学实则内容空洞、只不过是堆砌哲学的言辞来装点影像，很多这类批判。或许他对此也有所思考，但应该是觉得无所谓吧。因为所谓电影导演，不一定要追求作品有很高的统一性。

只要想最终创造出自己想看的东西，肯定会在什么地方设定理念。如果觉得哲学有必要的话，那么拿去用就行了吧，硬要把它吃透了、提炼成剧情，我并不觉得这有什么意义。那只不过让人变成电影匠人罢了。那样的电影，应该是最接近实相寺先生想做的东西的。变成日本电影意义上的老练、成熟，虽说这是他的目标，但和他的才能并不对路。

我觉得实相寺先生的情况很有意思。相似的还有一个名叫久世光彦的人。久世先生最终没有变成电影导演，而是把构思写成文字，每年拍一次向田邦子的朴素故事。

押井：对对。久世先生不也是在做电视节目的时候就是个特别的人嘛。不过说起来，导演制片公司[1]的导演们在那之后都怎么样了呢。在框架中坚持自己的主张，和拍电影完全是两回事吧。那就像突然被放在平原或者荒地的正中间，变成了"那么，该做点什么？"的情况。因为什么都没有。在有制片厂的时代，在制片厂拍摄就行了，但制片厂终结之后的电影导演就像突然被扔在了一片荒地，被人说"你在这里

---

1. 导演制片公司：Directors Company，1982 年成立，存续了 10 年，是由 9 名导演组成的制片公司。

搞点什么出来"。方法论等等，什么都必须自己创造。总之——虽说我说了很多遍了——有了"发明"电影的必要性。哪怕是"发现"也是好的。但是那种场合下需要与此前不同的才能、不同的觉悟。为此也需要方法论，需要战略，这一切都必须自己想办法。

这到底和在圆谷这个框架、奥特曼系列这个框架中拍摄的有着本质的不同。虽说在 ATG 时期看上去像是杀出了一条出路，但那没有维持下去——那果然是只在时代的框架中才能成立的啊。另外就是名声这种幻影，或者说如何对待自己的倾慕者，这个问题贯穿始终，不得不面对。

我很喜欢实相寺先生的癖好、像是某种气味的东西，所以就这么大胆地说了。正因如此，我说得可能太辛辣了，但在某种意义上，他对我来说是反面教材。比如应该如何与自己的创造物保持距离、应该如何对待自己的影迷。因为那对于维持自己的椅子、长久地坐在椅子上而言是绝对必要的事。如果光是回应周围的人的要求，那么就会变得不是自己的工作了。

"请做像你的本色的作品吧"，被人这么说的瞬间实际上是最糟糕的瞬间。因为，会有"像我的本色的作品是什么啊？"这个问题。对方毫不在意地认为我是怎么样的，那基本上都是误解吧。如果是被人说"不这么做不行哟"，狡猾地做个不同的东西，这样精神负担要小得多。在那个放轻松的瞬间，电影就会变得容易看懂，变得圆熟。也就是没有生硬扎人的地方。

在这种意义上，所谓 ATG 电影不是像电影一样流动的电影，而是撞击过来的电影。我想，实相寺先生也经常被人说"怎么就不能普通地拍？"之类的吧。因为他绝对不会普通地拍啊。（笑）在这方面我与他有共鸣，但还是会觉得他的电影太艰深了。所以当我不再单纯地是一个实相寺昭雄粉丝、变成了电影导演之后，我逐渐明白了这些。再就是生活方式上的问题。

人生的成败论先放在一边，就导演的成败论而言，只能说他到底是没有取胜。虽说实在遗憾，但我是这么想的。他过去的作品我至今还很喜欢。我也不讨厌《无常》，也很喜欢《曼陀罗》。不过在色情方面，我觉得《无常》是最色情的。

实相寺先生的电影，总感觉就算没有色情的场景，画面也十分肉感呢。

押井：《早梦》之类的就变成那种电影了，（笑）虽说我已经没什么感觉了。

虽说这么说很傻气，但是我觉得"实相寺昭雄"这个名字是很了不起的好名字。

押井：啊，是有那种感觉。（笑）

是个会拍那种电影的名字。（笑）要是"山田次郎"之类的就不行吧。

押井："实相寺"啦，"伊集院某某"啦，"药师丸某某"啦，有种京都的公卿之家的感觉，好像散发着文化气息。说起来，比起"押井守"什么的帅气多了。本来大家也记不住我的名字。

但是"押井守"比较简单明了，不是也挺好的吗？

押井：会让人觉得面目模糊吧。名字完全没有在表达人，一点也没有。这个名字不是什么都没有主张嘛。（笑）所以，我有段时间是用笔名奋斗的，但结果到底变成了"押井守"。现在已经放弃了。"'押井守'是什么啊？"会有这种感觉吧。所以如果名字不同的话，做的东西也有可能不同呢。我是这么觉得的。

以"实相寺昭雄"这个名字拍出那种电影，想不记住都难，想让人不觉得厉害都难。虽说不是言灵[1]，让人觉得是个好名字呢。

押井：嗯。现在喜欢他的人也还有很多，今后存世的作品大概也会有几部吧，但我感觉，他真正璀璨的时刻到底是做导演的那段时期。

从这种意义而言，比起他后来的电影，我觉得《怪奇大作战》里"我要买下京都"之类的更让人印象深刻。

押井：无论如何，果然还是会说到"我要买下京都"。因为那是神来一笔啊。虽说同在《怪奇大作战》这样一个莫名其妙、非常不正经的剧集里，但他和别人完全不一样。说起来，在《手机搜查官7》中拍了寺山修司的我，也毫不正经。

---

1. 言灵：语言咒力。

虽说没有改变主角的形象，但是让他做的事情全都跟以前不一样了。大概《手机搜查官》的粉丝会给差评吧。大概也会有人说"为什么只有那家伙在胡拍啊"。

坐上能持续地做过激的事的椅子，这是押井老师的成败论吧。

押井："你也去做不就好了"，话虽如此，但为此需要付出很多。做了那些事之后，就能做自己想做的了。这次三池先生很高兴，现场的工作人员也非常高兴。从外部加入的两位也非常高兴。更重要的是，主角洼田（正孝）自己也非常高兴。不是谁都没有变得不幸吗。大概不高兴的只有《手机搜查官》的粉丝吧。（笑）

第十四回

沃卓斯基的趣味，德尔·托罗的战略

2009 年 6 月刊载

沃卓斯基兄弟

兄：拉里·沃卓斯基（Larry Wachowski，1965~ ）
弟：安迪·沃卓斯基（Andy Wachowski，1967~ ）
生于美国。电影导演。大学退学后，埋头写出的剧本《暗杀者》获得认可，于是投身电影界。凭借《大胆的爱，小心的偷》（1996 年）成为导演，其后导演的《黑客帝国》（1999 年）获得在世界范围内的热捧，2003 年以《黑客帝国 2：重装上阵》《黑客帝国 3：矩阵革命》结束了三部曲。他们对日本漫画、动画的热情也广为人知，他们导演了日本动画的真人电影《极速赛车手》（2008 年）。

吉尔莫·德尔·托罗（Guillermo del Toro，1964~ ）

生于墨西哥。电影导演，剧作家，小说家。师从迪克·史密斯（Dick Smith）学习特效，凭借《魔鬼银爪》（1993年）成为电影导演。导演了《刀锋战士 2》（2002 年）、《地狱男爵》（2004 年）等英雄动作电影，以内战后的西班牙为故事舞台的《潘神的迷宫》（2006 年）在世界各国获得了很高的评价。2009 年出版小说处女作《血族》。2013 年上映的《环太平洋》（2013 年）中有巨型机甲、怪兽，因其直白的阿宅趣味而获得了一部分狂热的支持。

押井老师，这次聊哪个导演？

押井：已经到单行本的结尾了吧？那就说说"我实际见过面的导演们"如何？段子也快说完了，刚刚好。原本，都是作家论的书卖不出去的嘛。

别别，请您别这么说。（笑）那么就请讲讲这个话题吧。

押井：说起见过面的导演，最合得来的只有卡梅隆。

卡梅隆前面已经说过了，先来说为人所熟知的沃卓斯基兄弟[1]？

押井：沃卓斯基啊。虽说见过，但只见过一次。那是为了《无罪》的宣传而去美国的时候……啊，是在那之前。在那之前，出版社策划了一个活动，说"沃卓斯基兄弟愿意见

1.沃卓斯基兄弟已先后变性，现名拉娜·沃卓斯基、莉莉·沃卓斯基。本书日文版出版时二人尚未变性，故使用原书译法。

我们"。

是在《黑客帝国》上映之后?

押井：当然。那个杂志好像很有钱，去了洛杉矶的一个超级豪华的酒店。

是从日本去了美国?

押井：那是当然。那些人没道理来这边吧。编辑和对方约了时间，说"对方也想见个面"，所以就带我一起去了。那是至今我去过的美国最好的酒店。

是这样吗?（笑）

押井：简直要问"真的可以住在这样的地方吗?"。不过一个人的话心里空空的，喝了啤酒就睡了。

是用取材经费去的吗?

押井：当然，去到那边之后，到了华纳兄弟的摄影棚里沃卓斯基的办公室。刚到，他就说："编辑和摄影师请出去。"（笑）他说："我想和押井先生面对面聊一聊。"就这样，把人都支开了。除我以外，大家都一边说着"啊?"，一边被请出了房间。

这不就没能取材嘛。

押井：先是玩了一会儿那边的《黑客帝国》宇宙飞船模

型，等人都走了，他就说："其实有件事想和您诚恳地谈谈。"虽说如此，但我的英语也不怎么样，所以就留下了一个人当翻译，我们通过他谈了谈。说的是《黑客帝国动画版》："《黑客帝国》要做动画版，你不来做导演吗？"总之，他是想跟我谈公事。

在进入正题之前，拿出来的是《黑客帝国》的分镜图。他说："请看这个日期，是你的《攻壳机动队》公开之前的日期。""请看设定。"拿出了山一样多的资料等着我看。然后努力说服我说："这是我们兄弟在看你的《攻壳》之前就开始准备的作品。"我只是说："这种事不特意说也没关系吧。"（笑）

因为那个时候他们被很多人说是以《攻壳》为出发点。

押井：对对。果然，他们在意得不得了。倒不是在意世人如何说，而是讨厌官司。

啊，原来如此。这方面果然是美国人呢。

押井：那边的导演全都背着官司。凡是走红的作品，肯定会有官司在后面等着。

会因为"是模仿"之类的原因被起诉。

押井：卡梅隆也是，有两三百个官司。"那是我几年前写过企划书的东西""我之前写过几乎一模一样的故事"之类的，在走红的一瞬间，这种莫名其妙的家伙就会一下子冒出来。

真是个厉害的国家啊。（笑）

押井：所以他们都雇着律师。卡梅隆的经纪公司的社长就是律师。然后，和律师事务所签约，长期处理那些多得离谱的诉讼。不这样的话经纪公司是开不下去的。所以沃卓斯基在意也是理所当然。因为是刚刚蹿红的时候，大概有很多诉讼吧。其中他们最在意的就是或许可以说是正宗本家的《攻壳》。所以我到处都在说"我完全没有那种（发起诉讼）想法"。尽管如此，他们果然还是想听到本人的确认啊。说起剽窃和被剽窃，虽然剽窃企划很不好，但是剽窃演出什么的是理所当然的，我也剽窃了非常多哟，我说。这样这个话题才结束，他们也才放心了。

然后，说到的就是《黑客帝国动画版》了。他们说："《黑客帝国》要做动画版，你不来做导演吗？"我当场回绝了。（笑）

是这样吗？（笑）

押井：这不是理所当然的嘛。被人说"被剽窃了"的人，干吗要去做那部作品的动画版啊？！

说的也是呢。（笑）

押井：虽然我没这么说，（笑）说的是："我太忙了，做不了。""那样不就挺好吗，没什么做成动画的必要吧。"我用类似的话拒绝了。

如果接受了那个工作，就会有种自己人的感觉，所以会让一般人觉得押井守这个人与沃卓斯基间不存在什么芥蒂吧。

押井：可能也有这样的想法。他们也没有强求，是"这样啊，那很遗憾"这种感觉。

我问："需要我介绍别的人吗？"他们说了类似"请一定帮我们介绍"之类的话。那时我说得好像说的确实是森本晃司。要是推荐了西久保（瑞穗）等人的话，过后肯定要找我发火。

沃卓斯基兄弟的分工

押井：在说这些的时候，在外面等着的编辑已经很焦躁了，来敲门说："请让我们开始采访吧。"然后那两兄弟就说，"不能拍照""不能录音"。接下来有好玩的了，编辑急得像热锅上的蚂蚁，一下子跪在地板上，说："求求你让我录吧！"

日式下跪！

押井："花了这么多钱，结果照片也没拍，录音也没录，就这么回去的话我会被总编杀掉的。"他这么说，也确实没错啦。（笑）因为实在太可怜了，我稍微帮他说了句"稍稍录一点应该没关系吧"。

但是在那之前的时间里，我们已经说了很多了。包括闲聊，还有关于电影的话。我说我更喜欢的不是《黑客帝国》，而是那之前的《大胆的爱，小心的偷》，然后他们就拿出《大胆的爱，小心的偷》和《黑客帝国》的光碟，签上两人的名字送给了我，跟我交换了签名。据说那两兄弟平时不让人拍照，也几乎不给人签名。大概那是非常珍贵的礼物吧。总之就这样，我们加上闲聊一共聊了差不多一个小时。然后进来的家伙就突然下跪了。归根结底，问题在于"你们是怎么约定的啊"。

是啊，应该在去之前就商量好嘛。

押井：总之，我说"没办法，我们再来一次吧"，对方也带着"给你个面子"的感觉，不情不愿地同意了。于是，在已经聊完之后又说"把我们之前说的话再说一遍？"，差不多瞎讲一通。

那时我知道了，只有兄弟中的哥哥说话——就是那个有异装癖的哥哥。那时没穿女装，但是听传言说，他在《黑客帝国》的拍摄现场穿着高跟鞋。那个哥哥说了好多，真的太能说了。那个胖墩墩的剃着光头的弟弟，就一直不说话，直到最后都一言不发。

在现场处理事务的是哥哥，想出很多点子、画分镜的是弟弟，好像是这么回事。好像创作者本来只有弟弟，但是因为弟弟不善于处理人际关系，所以哥哥会去拍摄现场说服各种人。总之，交涉上的事务全都是哥哥在做。虽说是这样一对兄弟，其实我一边和他们聊天，一边心想："这两个人真的是兄弟吗？"

288

好意外。（笑）

押井：虽然我只是瞎猜。（笑）在他们那边不是很常见嘛，难不成他俩是同性夫妻？长得也完全不像。

那样的话不是一对佳偶吗？

押井：因为他们心意相通嘛。哥哥身材瘦小，能说会道，弟弟胖胖的，一句话也不说，也不跟人对视。"难道是？"我一边这么想，一边和他们聊天。

不善交流但有才能的人如果要做事情，身边如果有那么机敏的人是件好事呢。

押井：对对，所以真的确实是一对佳偶啊，也就是一种双方都需要彼此的关系。所以我心想："他们是不是夫妇呢？"回到日本之后我讲了这件事，被人笑话了。但是作为见面的印象，确实是这种印象。

赛车片不会火？！

押井：关于电影，我直言不是特别喜欢《黑客帝国》。在数字引擎[1]准备《最后的德鲁伊：加尔姆战争》的时候，阿真（樋口真嗣）、神谷（诚）、佐藤（敦纪）君等等都一直嚷嚷着"想看想看"，然后有了一个豪华的邀请，人家说："那么就搞个只为了你们而办的试映会吧。"但是，如果看了的

---

1. 数字引擎（Digital Engine）：电影制作公司，制作过《阿瓦隆》等作品。

话我应该是不得不写点什么的吧，这么一想，我就不大乐意。"完全就是《攻壳》"这种评价我当时已经听到过了，所以想："为什么我要写这种东西啊。"但是阿真像他往常一样说："只牺牲你一个，就能幸福我们大家。"

真是厉害的逻辑啊。（笑）

押井：哇哇喊着这是"导演的责任"什么的。没办法，我只好不情不愿地答应了，对方就给我们办了仅限数字引擎一行人参加的试映会。

但是樋口、神谷、佐藤这胖墩三兄弟，他们的没正经尤其有名。在拍《立食师列传》的时候也是，在摄影棚里那三个人吱哇乱叫、哈哈大笑，吵得已经不是个摄影的地方了。"你们太吵了！"我这么说他们。没正经到那种程度的三人组，在试映室的最前排占好了位置，每换一个镜头都要哈哈大笑。变成了爆笑大会。老套，或者说故弄玄虚的镜头一出来，他们就大笑。要说那时候我的印象，是好羞耻啊。就像是自己在被嘲笑一样。

（笑）

押井：我在想自己做的演出有多么故弄玄虚。如果用实拍来再现的话，故弄玄虚的部分就一览无余了。如果是动画还没有那么强的抵触感，枪林弹雨啦，利索地削断柱子之类的。我哪还能把它当电影看啊。我的脸像被火烤一样的羞耻。"我有没有也导演过这么羞耻的东西？"这是第一印象。加上这些，我对那部电影几乎没有什么好感。

他们在那之后的作品您也看过吗？尤其是因为龙之子而相关的《极速赛车手》。

押井：电视还是什么地方放过，我看了五分钟就关了。（笑）很羞耻。侧脸的跟拍之类的，就那样纹丝不动地再现了过去的动画里拙劣的构图。我看了之后就觉得不喜欢，想："总之就是这种电影吧。"只不过是想再现那些东西罢了。原本我也不喜欢动画《极速赛车手》。

啊，是这样吗？（笑）

押井：因为吉田（龙夫）先生的美国连环画趣味吧。那种大男子主义的主人公，回到家里有扎马尾辫的女朋友、穿着夏威夷衫的爸爸、烫鬈发的妈妈，宠物是黑猩猩——那完全是美国式的。对那种美国文化的强烈憧憬，我是几乎没有的，不如说是有抵触感。所以说不上喜欢。所以《极速赛车手》我看了五分钟左右就不耐烦了，干吗非要看这个啊？

嗯，也确实是这样。

押井：不是还有一部把法国漫画电影化的赛车电影吗？花了很多钱的那部《车神》（*Michel Vaillant*），那种的我还比较对胃口。只有影像比较出色，故事简直像傻瓜一样。大体上，赛车电影里没有杰作。

是这样吗？（笑）

押井：那个有名的《霹雳神风》（*Grand Prix*）也好，石原裕次郎讲巴黎—达喀尔汽车拉力赛的片子（《荣光五千里》）也好，不全都是平庸粗劣之作吗？

虽然有赛车场面有趣的电影，但是把赛车本身做成电影还能很有趣的，好像不存在呢。

押井：赛车本身不足以成为电影嘛。动画之类的也是一样。不光是《极速赛车手》，关于赛车的动画不是有过很多吗？因为它在一个时期变成了潮流。比如伦（太郎）先生的《神威赛车手》。

有的。

押井：不过龙之子也做过类似的。比如植田（秀仁）、西久保在动画友人（Anime Friend，龙之子制作公司的子公司）做过的那部赛车动画。带着那个骷髅的标志，被笹川先生大骂"别放骷髅！"的那部。叫什么来着……叫《万能赛车飞龙号》。

没想到龙之子也做过赛车动画呢。

押井：总之，"赛车片不会火"，这是我的看法。所以《极速赛车手》什么的看个五分钟就得了。"五分钟"是种修辞，实际上我只看了两三分钟。（笑）

好莱坞的无趣动画演出

刚才押井老师说了看到动画被原原本本地变成实拍片时的羞耻感，最近美国好莱坞电影，尤其是《蜘蛛侠》等等，演出像动画一样的作品不是已经像山一样多了吗？

押井：所以大家都很讨厌它们，肯定是这样。（笑）

那么押井先生对于日本动画影响着好莱坞电影这一点，是认为对双方都没有益处吗？

押井：至少对做动画的人来说是一点好处都没有。已经没有什么可被启发的了。卡梅隆的《异形2》？光是它就已经让人很受冲击了。铃木敏夫看了那部电影之后，开口说的第一句话是："已经没有日本动画能做的事了。"这给我留下了很深的印象，他的意思是说："电影已经做到这个程度，已经没有动画的必然性了。"我反而想："因为是卡梅隆，所以才能做到这个程度，这样的作品不可能出现五六十部。在这部分，还有日本动画存在的价值。"

那之后CG获得发展，正如押井老师说的"一切电影都会变成动画"那样，只要用CG就能让人分不清是实拍片还是动画。这样一来，动画式的演出也不一定就会完蛋？

押井：不，动画式的演出还不会完。但是问题在于："动画式的演出是什么？"《攻壳机动队》的演出是动画式的吗？

至少我是在努力排除动画式的演出的。

不如说正相反，我讨厌动画式的无趣的演出，希望尽量远离它。因为希望在影像方面也远离动画式的东西，所以一直考虑着该如何与轮廓线战斗。《攻壳》的全部镜头都加上了滤镜的效果，是差不多分别用了五种滤镜制作的作品，在《无罪》中我也和轮廓线的问题战斗过。

所以，至少对我来说，好莱坞式的动画演出什么的是过去的遗留物，用实拍、CG来做也好，用动画来做也好，都是一样的。要我说，是老气横秋的演出、无趣的演出、是为了炫技而充满了故弄玄虚的廉价演出。把它做得平衡、高品质、高完成度的，只有卡梅隆，所以《异形2》很好。除此之外的不全都是烂片吗？《蝙蝠侠》也好，《蜘蛛侠》也好，《变形金刚》也好，在此意义上，全都是原原本本地复制了我们之前做过的无趣的演出。不如说，在演出上反而退步了。

把动画演出做得比模仿更无趣，这不是针对沃卓斯基。尤其《极速赛车手》比《黑客帝国》还要无趣。活脱脱就是动画的分镜、故意做着傻气的构图，通常现在哪里还有人做侧脸的跟拍？那是龙之子40年前做过的演出啊。我说的"正相反"，说的就是这个。

好莱坞的少数派导演

押井：卡梅隆的马屁精，或者说朋友里有个人叫（吉尔莫·）德尔·托罗，我也见过他。那家伙也很喜欢日本的动画和漫画，来过两次 I.G 制作公司，在洛杉矶也见过一次。我挺喜欢他的电影的。

比起沃卓斯基，押井先生更认可他？

押井：是的，那家伙是个大胖子。见面的一瞬间我就抱住他巨大的肚子，摸来摸去地说："这里面是装着什么东西吧？"那家伙对这种事超开心的。总之，德尔·托罗是个开心果，是个喜欢被逗着玩的男人。大概在那边也经常被逗着玩吧，在卡梅隆身边应该是经常被逗的。

他是墨西哥人，在好莱坞，果然所谓的少数群体是存在的。墨西哥人啦，波多黎各人啦，还有中国人。卡梅隆是爱尔兰人，所以大家不知怎的就聚集起来了。

少数派导演渐渐增多了呢。

押井：我觉得德尔·托罗有意思，是因为他说自己对在好莱坞做的《刀锋战士2》《地狱男爵》的企划毫无兴趣。"只不过是花了很多钱、用很多器材拍出的电影，就像玩具箱子一样的世界。所以我只不过是在游戏，因为很有意思嘛。"他这么说。所以对他来说他真心喜欢的电影要在西班牙拍，那就是《潘神的迷宫》。"自己真心喜欢的电影是那一部。"他明明白白地这样说。他说："但是因为好莱坞不肯出资，所以预算很少，但还是拍了那部。"我最近看了《潘神的迷宫》，非常震惊，啊，他果然在拍这么棒的电影啊。

295

那一部的评价很好呢。

押井：那部电影是非常好的电影。"太出色了"，我当时想。是西班牙内战结束后的故事，细腻的女孩遇见了潘神（牧羊神）。描写得让人感觉大概那全都仅仅是她的幻想，最后被杀死了。

宣传中用了"仿佛吉卜力动画"这种说法呢。

押井：对对。完全是假的啊。要更加残酷。明白地说，毫无疑问是受到了《蜂巢幽灵》（*El espíritu de la colmena*，1973年）的启发。《蜂巢幽灵》是一个和弗兰肯斯坦相遇的故事，导演只不过是把他变成了潘神。在这种意义上，它是证明德尔·托罗是个纯粹的电影青年的电影呢。在他心中一定有着清晰的划分，好莱坞的工作和自己小规模的真爱的工作。

是个聪明的人啊。

押井：是个聪明的男人。所以在好莱坞的工作绝对不会失手。《刀锋战士2》作为娱乐之作也是很出色的，《地狱男爵》虽说不合我的口味，但也好好地拍得不会让人厌倦。《刀锋战士2》里的反派吸血鬼姐姐死去的时候，她的脸一下子消失了，那部分有种动画的感觉，但很漂亮。那家伙刚刚好地具备着这种审美意识——尽管他是个大胖子。

押井先生，对胖人有偏见吗？（笑）

押井：他把那么漂亮的夫人都娶回家了嘛。但是我觉得他那肚子绝对是个障碍物吧。不过最近他好像稍微瘦点了。

一开始我以为来的又是个让人头疼的阿宅。（笑）

但是，说了几句话渐渐明白"啊，这个人很聪明啊"。因为他开口第一句说"I'm 阿宅"嘛。但是看了《潘神的迷宫》这样的真爱的电影，发现里面完全没有动画式的故弄玄虚，拍的是极其正统的好画面。已经完全是欧洲电影了。已经完全区分开了。

《刀锋战士2》里时而有忍者出现，CG十分麻利。但是《地狱男爵》的第二部里稍微加入了哀愁的感觉，是变成异类之人的哀愁，这个主题很像那家伙呢。比如怪物不知为何有种色情的感觉，他非常擅长捕捉他们变得美丽的瞬间，已经擅长到让人佩服的程度了。

他常常跟我说的是："动画和实拍，你的电影我都很喜欢。要说是哪里好，就好在不管是动画还是实拍，精神性都是不变的。"

啊，原来如此。

押井：他说"演出的紧张感完全没有降低"。普通的动画导演拍实拍片，或者实拍片的导演拍动画，紧张感会有所变化，然而"你完全没变，这点很棒"。我想他说的是《阿瓦隆》，他是个会说出这种话的男人啊。非常聪明，很好地理解着自己的位置。好莱坞的制片人对自己有什么要求？只要能回应他们的要求，他就总是能用那些玩具来游戏，他明白这个。况且还能赚钱。但是，他也很明白地说："我真心喜欢的不如说是另一种类型的电影。"他想拍幻想啊。

追问自己的真正价值

以押井老师的成败论看，他是个成功的导演吗？

押井：从成败论而言，他好好地有着自己的成败论。虽说梦想着像卡梅隆一样连战连胜，但是做不到，是个与那种野心无缘的男人啊。我认为他因此能够持续拍下去。

能够比沃卓斯基更成功？

押井：是这样的，因为沃卓斯基是在与卡梅隆相反的意义上追求着阿宅之道。看了《极速赛车手》的话，会怀疑他们做到了那个程度，好莱坞的制片人还会不会找他们拍下一部片？他们是不考虑这种事的男人啊。我以为他们会更精明的。见面的时候他们也单刀直入地问"你不来做动画版《黑客帝国》的导演吗？"之类的话，当时我想："啊，这俩人是商人啊。"

表里如一地拍着，所以无法掌控好平衡吗？

押井：最初可能是能掌控平衡的。只是，我觉得那两兄弟原本就没有主题，所以渐渐没有可拍的东西了吧。所以"拍一拍喜欢的东西吧"，就变成了《极速赛车手》。这种时候大抵是会失败的。因为我也是一样所以我这么觉得，如果自己把想做的东西做到底，就会变得十分狂热，但会欠缺让电影走红的某种东西。《极速赛车手》什么的，如果是普通地拍拍肯定要有趣得多吧，实际上可以这样拍。他们却硬是用现在的数字技术，再现老套的构图。如果是小制作的电影大概还值得开心，但是这违反了好莱坞的原则啊。德尔·托罗相对更加忠实于好莱坞的原则，一定会出现男人和女人，有恋爱，有冒险，有战斗，最后主角一定会幸存下来。

如果在那方面克制一下，就能照自己喜欢的做了吧。

押井：对对，而且德尔·托罗的动作场面拍得很卖力。不是在平面上做，而是把自己的趣味纵横活用其中。他到底是很擅长制作画面啊。要说《地狱男爵》，其实是个很无聊的故事，但是他的构图很了不起。他的构图能力非常高，把那么无可救药的故事呈现到这种程度，到底是因为他有杰出的影像品味。好莱坞的制片人也不是傻子，不像那种说"只要出现裸体怎么拍都行"的人那么野蛮，到底是在追求洗练的作品。他们不希望导演做出土里土气的作品，《极速赛车手》之流就是土气至极。

尽管如此，如果能大卖的话也不会有人说什么了吧。

押井：因为没有大卖，所以没办法了。如果没看过原版的《极速赛车手》，就看不出来什么有趣的东西嘛。德尔·托罗对这方面就看得很清楚。虽然以漫画为原作，但是好好地做出了高于原作的作品。

以我知道的好莱坞导演而言，只有德尔·托罗是在这种意义上带着好好的成败论而工作的。所以在西班牙做的工作，果然是为了赢得声誉的工作。《潘神的迷宫》原本就是这样的工作。所谓妖精并不是人类的同伴，不是善意的存在，于是冒险全都是令人震惊的怪异之事。所以在这种意义上，《潘神的迷宫》是那家伙的怪异趣味的爆发，但总体看来则变成了欧洲电影风格的格调高雅的电影，保持了平衡，演员选得也很好。

刚才您说"沃卓斯基渐渐没有可拍的东西了吧"，德尔·托罗不是会渐渐没有可拍的东西的那类导演吧？

押井：基本上，他的演出能力很强，是"什么东西都能做"的类型。这是绝对条件啊，所以我也决定以此为目标，我说："我不对动画企划挑挑拣拣。"这是因为我有自信自己在制作动画长片方面已经达到了某一层次。虽然什么都做，但是和德尔·托罗一样，能够好好地把它们做成自己的电影给人看。

另一方面，实拍片就只做自己喜欢的东西。（笑）如果很麻烦的话我立马就撒手不干了。如果演员的事务所乱糟糟地啰唆一通的话我立马就不干了。

（笑）

押井：因为没必要做到那个地步嘛，有什么忍耐的必要呢？

拍漫改实拍片令人意外地挺难的，理解其中的气息、氛围的，就是德尔·托罗了吧。其他人不是过于狂热而搞砸了，就是不够热心而拍得空荡荡的，基本上是这两种情况。

这方面的平衡是很微妙的呢。

押井：不，要我说是很简单的事。只取决于是不是具备一个自己的主题。如果能够意识到自己的主题，仅靠自己的演出能力就能决胜负了。用余下的力量展现出自己的神韵，这是通常可以做到的，德尔·托罗就是这样。就算是充满数字技术的漫改电影，那家伙的作品也随处闪耀着德尔·托罗独特的演出。

但是他的真爱是《潘神的迷宫》。大胆地说，它的好与坏都是因为《蜂巢幽灵》，"接下来该做些什么？"这个问题让人介意，我认为真正的德尔·托罗电影还没有开始。

总之，他大概是在不会失败的战场上战斗的。如果在好莱坞拍《潘神的迷宫》就不得不被烙上失败的烙印，而他没有那么做，这是那家伙的成败论的巧妙之处，所以他肯定不会那么做。

我一直在说，不能在胜负攸关的框架中追问自己的真正价值，这是我用30年的时间学到的。《空中杀手》也和我的本性有一点区别。到底是在满足了展示战斗机、做空中战斗这些条件之上，实现了"照自己的想法描绘近于欧洲电影的动画"这个主题。虽说电影本身只取得了不大不小的成功，但也没有什么亏损，应该没有赤字。

在这个时代，难道不是一件了不起的事吗？

押井：日本电视台也是这么说的："无论如何《空中杀手》没有亏损，作为原创动画的剧场版，这真是久违了。"所以华纳也很满意，日本电视台也说满意。在这种意义上，相关人员基本上都能接受，所以我还能做下一部作品。

第十五回

戈达尔的价值

Jean
-Luc
Godard
(1930~)

2009 年 7 月刊载

让－吕克·戈达尔（Jean-Luc Godard，1930~ ）

有法国、瑞士双重国籍的电影导演、电影制片人、批评家。《电影报刊》（*La gazette du cinema*）、《电影手册》等电影杂志的撰稿人。当过一段时间批评家，导演出道之作《筋疲力尽》（1960年）获得让·维果奖、柏林国际电影节银熊奖。其后拍摄有《女人就是女人》（1961年）、《狂人皮埃罗》（1965年）、《阿尔法城》（1965年）、《芳名卡门》（1983年）、《神游天地》（1987年）等，其中多部获得电影奖。他作为新浪潮中的旗手广受关注，1967年宣言与商业电影诀别（1979年回归），活跃参与1968年戛纳国际电影节抵制活动等政治性活动。2014年，他的首部3D电影《再见语言》获得第67届戛纳国际电影节评审团奖。

押井老师，已经到了最终回，也请多多关照。接着上一回的，再讲一回实际见过面的导演，怎么样？

押井：嗯……但是见过面的导演还有谁来着？卡梅隆已经讲过了，香港的导演我不认识，在亚洲导演里没啥熟人。难不成，没有这样的人了？

啊？（笑）

押井：日本的也已经说过了，三池先生也讲过了。接下来，就剩下动画界低俗的故事了吧。（笑）

请别说这个。

押井：要说见过面，只是打个照面的话有大卫·林奇。

已经讲过了。

押井：是吗？不过只是打个照面的好像比较好。因为见了面聊了天，通常是会失望的。

具体是对谁失望了？

押井：不是，基本上是对所有人。"什么呀，只不过是个老头子而已嘛"这种感觉。虽然我想："别人肯定也是这么想我的吧。"

这样的话，要说谁是适合最终回的导演，果然还是戈达尔吧。到现在为止已经好几次提到他了，但还没听押井老师好好地聊聊他。

押井：戈达尔啊？嗯，也好。不过，现在30岁以下的年轻人，看过戈达尔的大概有多少？

我想应该几乎没有吧。

押井：野田君最近看过的一部戈达尔是什么？

最近啊……是我在学生时代看的《神游天地》，或者是《向玛丽致敬》。

押井：学生时代，是大概二十年之前的时候吗？

虽然您说："有人还看戈达尔吗？"但是戈达尔是现在应该看、必须看的导演，是这样吗？

押井：我想大概除了想当电影导演的人，别人看的意义不大。如果是指一般的观看的价值，也就是说想度过一段快乐时光的话，没有必要去看。

但是想当电影导演的人应该看？

押井：嗯，应该看吧。虽然我觉得他们没看过而且也不想看。我认识的年轻导演里，看戈达尔的人一个也没有啊。

我也没有很积极地看，所以也没法说别人什么。（笑）

押井：比如辻本（贵则）之类的估计一部也没看过吧。不过，做动作片的人里看戈达尔的家伙一般是不会有的。现在有种戈达尔被当作教科书来看的感觉，也就是被当作修养、当作经典来看的，这和把他当作同时代的导演来看，在接受上显然是不同的。

对押井先生来说，戈达尔是同时代的导演吗？

押井：或许可以说是勉勉强强的同时代导演吧，因为我看的时候是高中。那时的我是个幽默风趣的电影高中生，或者说电影青年的早期状态，非常着迷于戈达尔。"只有他"，我想。那就像吉本隆明、鲇川信夫被广泛阅读一样，对电影青年来说，戈达尔就是那个时代。或者说，他就是时代精神。

不过是否理解他的电影，这另当别论。我是从高中开始看戈达尔，但是否理解了他，这是值得怀疑的。但是至于那种类似于时代精神的东西，对那种气息当然还是能够感同身受的。因为当时是个"一切事物都在被革新"的时代。不仅仅是在政治运动上，在文化上也是这样。杂志也好，小说也好，是个一切事物在被追问其本质、必须进行革新的革命时代。戈达尔的电影洋溢着这种情绪。那和是否理解是两回事。如果问："看懂了吗？"要在严谨的意义上说是否理解了，那么当时大概是完全没有理解。只是因为那种情绪四处洋溢，让人觉得很帅气。

那么，押井导演理解戈达尔的契机是什么？

押井：是在我成为导演之后，严谨地说，是在做了第二部电影《福星小子2：绮丽梦中人》之后。它的前作《只有你》是我临危受命才做的，也不是我自己思考过的企划，我只不过是发挥着演出家的作用，所以站在电影导演的立场上是从第二部开始的。当然，这不是说在做的过程中理解了，而是通过彻底完成一部电影这个经验而好像理解了。至今如果要我严密地说自己是否理解，这还是另一码事。总而言之，我理解了他所做的事情的意义。

他所做的事情的意义，是什么呢？

押井：这个啊，这世上关于戈达尔的书已经出了山一样多了，你自己去认真读读吧。（笑）不过啊，我想有实际成为导演的行动力的电影青年基本上不会去读。大概是仅仅希望沉浸于作品的余韵中的人在读吧。至少，我周围的年轻导演基本上既不读，也不看他的电影。但是，无论他们知不知道戈达尔，他们都无法摆脱戈达尔的影响哟。戈达尔真正的革命性，其实质就在于此。确确实实地，戈达尔之前和戈达尔之后的电影不一样了。谁也无法摆脱这件事的影响，戈达尔真正的厉害之处就在于此。

跟戈达尔的这个作品好还是那个作品好没有关系。虽说我也有偏好，比如《中国姑娘》好，《筋疲力尽》好，很喜欢《周末》之类的。我个人最喜欢《周末》，《斗争在意大利》《东风》《我略知她一二》之类的就只是在把沉闷贯彻到底了，就算现在看大概也会觉得沉闷吧。但是《周末》啦，《阿尔法城》啦，《随心所欲》啦，这些大概现在看来也非常有趣。

戈达尔一部接一部地拍着新片，在有更多人看戈达尔电影的时代，在日本也诞生了松竹新浪潮。那是在正确理解戈达尔之上成立的吗？

押井：要说得帅气一点的话，那正是时代精神的共享，要是不带感情地说，那只不过是头脑一热就去做了吧。

但是就算那只不过是模仿，重要的是，"为什么会觉得那很帅"。因为现在的人看了戈达尔大概也不会觉得那很帅了吧，会变成说："拍的什么呀？"但是在当时那是很帅的，所以是时代精神啊。黑泽清最初也是从当戈达尔的模仿者、复制者出发的。如果戈达尔的电影只不过是古怪、未能免俗的东西，怎么可能出现那么多的模仿者？那正是戈达尔的某些东西是时代精神的证据。想给其意义赋予实体，当时就是这样的啊。

娱乐、艺术、纪实，全都是电影

关于戈达尔，有很多人把他看作把对电影的批评拍成电影的人，戈达尔不是在做影像实验，而是确实在拍"电影"吗？

押井：确实是电影。

电影和影像的区别是什么？

押井：我不是经常说嘛，影像不是电影哟。电影属于文化的类别，在形式上不同。所谓影像是指素材，严密地说，影像本身不是表达，什么也不是，所以我在到处都说："别叫我影像作家。"但是至今还有写我是"影像作家"的家伙，让我很烦恼，明明我都说"我是电影导演"了啊。

但是自称影像作家的人也有很多呢。

押井：所以他们什么都不懂嘛。（笑）世界上有很多从事奇妙职业的人，但是"影像作家是个啥？"，影像本身不表达任何东西。影像不是像画家绘画那样创造出来的。虽说这是理所当然的事。进入某种语境，得到某种构造，这时就得出了影像。影像本身没有任何价值，因为它没有任何主旨。

虽然有的看起来很漂亮、很有趣。

押井：那不是表达吧，只不过是和欣赏美丽的风景一样。和看着美丽女郎的脸，心想："啊，真漂亮啊。"没有任何区别嘛。那和表达是不一样的，因为具备某种语境的影像，

310

如果换成别的语境，主旨就立刻变了。无论怎么剪辑，加上怎样的旁白，主旨还是会变，所以说影像不过是素材。

比如说MTV之类的，这些影像是成立在快感原则之上的，但是电影仅凭快感原则是无法成立的。在什么地方停止、背叛、阻止影像的快感原则，这样才能变成电影啊。不停止快感原则的话就糟糕了，光是让观众看得开心是不能成为电影的，需要在什么地方拖一步、在什么地方停下来，要么就要在什么地方挤到前面去，拥有了抵抗感，才能成为电影。

这是押井老师的"电影不是仅由让人心情愉快的片段构成的，需要逆流而动的部分"理论呢。

押井：对，如果"心情愉快"持续到最后的话，那是"挺有趣的"，但是走出电影院的一瞬间就什么都不记得了。让观众心情愉快，这是一把双刃剑啊。相反，塔可夫斯基等人的电影，简直就是由"塔可"[1]构成的——如果要拿塔可夫斯基开涮的话。

这是老年搞笑段子吗？（笑）最近我一直在做电视节目的编辑，和电影不一样，电视是消耗品啊。不可以停留，必须全都流过去，会被说："这边有点拖了，删掉吧。"虽说这是理所当然的。

押井：是这么回事。这次拍的《突击女孩》也是这样，

1.原文为"タルい"。"塔可夫斯基"日文发音的前两个音节"タル"与日文"だるい"谐音，"だるい"有"疲劳、发懒"意。

做特效的佐藤（敦纪）君说："如果剪得更短一点会很酷。"但是要我说，虽然剪短一点确实让人看得愉快，也会让大家也一致认为"很酷"，但那就不是电影了。不足以成为能够生存到十年后的电影，那是我的价值基准。塔可夫斯基那种让人没办法的催眠、倦怠感、沉闷，正因为这些他的电影才成了传说。

但是电影也有很多种，基本上是娱乐性的作品票房高，大多数情况都是这样吧。

押井：本来，人们认为电影有商业片和艺术片之分，也就是分为认真的电影和愉快的电影——还有纪录片等，但是戈达尔证明了这种观念已经失效了。虽然现在人们还在用这种观念来看电影、聊电影，但是实际情况是这种观念已经消失了。

有那种想法的人非常多，以这种想法看电影的人当然是大多数。但是真相、真实的东西，只要被说出过一次，就不会消失。被讲述过一次的真相、被实行过一次的正义，是不会消失的。不能对此视而不见。虽然可能会有人说："现实不是这样的。"但是现实就是这样啊！！世上没有发觉这件事的傻瓜太多了。

还有一件事经常被人误解，他们认为戈达尔的作品没有电影的趣味性、愉悦感，味同嚼蜡——这是完全错误的。他的作品好好地具备着电影的光彩。比如，能像戈达尔一样把女演员拍得那么美的导演没几个。没有韵味，没有光彩，也没有味道，只不过是自我吹嘘的晦涩电影——我看这么想的才是没看过戈达尔电影的家伙在自我吹嘘吧。这种事情，只要看过戈达尔的电影就立马会明白，韵味和光彩当然是有的啊。

他不是那种电影匠人。

押井：完全不是，他不可能是匠人。他是与匠人完全相反的。正因如此戈达尔在《电影手册》里喋喋不休地宣传，或者说战略性地引用了一些匠人导演。比如霍华德·霍克斯。为什么他要重新评价那些匠人导演呢？大概就像刚才说过的那样，当时存在着所谓的欧洲价值观，认为电影中有娱乐片、低俗的商业电影、高级的艺术电影等。它至今还根深蒂固，但我想应该有能有效反击这种看法的方法。至少，如果说被称为新浪潮的导演们有什么共同的价值观，那就是这种东西。他们想宣告，世上有大众娱乐电影，有高级的艺术电影，有巨匠们，有纪录片……这种观点本身是无效的。说是无效宣言，意思是说"那种观点毫无意义"，电影就是电影。

要我说，经过时间的淘汰之后，只留下了戈达尔这名导演。戈达尔至今也在这种意义上坚持着。戈达尔之外的导演，有的变节了，有的消失了，有的像特吕弗一样，真的死去了。但是无论是谁，都不会跟戈达尔所做的事毫无关系，不仅如此，他们全都被包含在其范畴之内。

所以就像四方田犬彦说的那样，电影只分戈达尔之前和戈达尔之后。这对普普通通看电影的一般观众来说，没有任何特别的意思。但是，如果是想做电影的人，就无法摆脱他的影响。无论是否想去理解他的"自我吹嘘"，都已经被置于他的体系内了。早在打板开拍以前，早在写剧本的时候，就已经被放到他的体系内了。

当然，很难说戈达尔的电影在今天和过去具有一样的冲击力。因为现在只有戈达尔爱好者才看他的电影了。DVD净是盒装版，几乎没有上映。连我看到他的最新作品也是因为偶然去了戛纳。因为《无罪》而去了戛纳，在颁奖仪式的第二天可以休息。"挺难得的，那么去看个电影吧？"我说，和女儿一起去看了，看的就是戈达尔。那是我和女儿一起看的唯一一部电影。很出色啊，题目我倒不记得了。虽然听到了，但是没记住。（《我们的音乐》，2004 年）

看了那部电影，我很震惊，他至今还拍得很好。果然，戈达尔才不是只会自我吹嘘的男人呢。他有着作为电影编导的杰出才能，比如编辑技巧。我尤其觉得厉害的，是音响的编辑，很出色。

声音吗？

押井：嗯，声音的编辑，和影像的编辑在有偏差的同时又同步着。太美了，让人感动。我女儿看戈达尔应该是头一次吧，她说："想看更多，时间如果能多持续一会儿就好了。"尽管入围了戛纳电影节，但是开灯之后我发现能容纳差不多五十人的放映厅里已经空了大半，大家都离席了。我想："这些家伙搞什么啊。"所以他和他们对电影的追求有着决定性的不同。得了金棕榈奖的那个胖子的电影（《华氏911》）……

迈克尔·摩尔（Michael Moore）。

押井：比那种电影好几百倍……或者说，跟他做比较也很傻吧，因为他正是戈达尔最爱批判的类型之一。

电影的主题只有"电影"

此前押井老师说过吧，塔可夫斯基想掌控一切，所以变得扭曲了，结果失败了。

押井：戈达尔不追求自己的想象。当然幻想式的镜头有很多，但是拍得比较潦草。那部我在戛纳看的电影也是，有处拍了在东欧国家长时间讨论着战争的一组人，镜头一直只追着其中一个女演员。机场的场景中他本人也出镜了，但是让人完全看不懂，叠印字幕也没加。但是，总而言之，是美的。然后，突然美洲印第安人出现了——总是这么突然——还骑着马。但是，他没有想把那拍得看上去很帅的意思，而是像纪实一样拍。女演员也基本上让人感觉："真的有进行过演技指导吗？"总之就是没有和现实之间的差异。尽管如此，凭借某种编辑的节奏，却可以完美地掌控全局。所以他和塔可夫斯基什么的完全不一样啊。戈达尔只有"制作电影"这种意志，没有"制作镜头"的意志。关于制作电影，戈达尔什么手段都能用上。

那是在好好地构建出自己的理论之上拍的吗？

押井：戈达尔的有趣之处，或者说厉害之处，在于他没有创造自己的电影理论之类的东西。他不会说"所谓电影应该是这样"什么的。比如，如果这样拍就能做出这样的电影，这样的结构主义——说是结构主义可能还不太一样吧，不是由与其他电影的明确差异造就的电影。

如此说来，戈达尔这个人是用本能或者感觉，用这种天性式的东西在拍电影吗？

押井：不只是这些，要我说，他是在思考如何把眼前发生的事变成电影，有这样一种方向性。所以刚才说的"有剧情片、记录片也有无用的东西"，说的就是这个。当然他也有剧本，也指导演员。但就算不是演员也无所谓，在那个瞬间，他们仅仅是被拍摄物。但是，如果要问那是不是纪录片，那也并不是纪录片。

所以，对眼前的女演员也好，眼前发生的事情也好，历史事件也好，什么都好，他正是要把发生在眼前的一切事物都做成电影，在自己心中完成电影。那种做法在某种意义上是无为的。不是先有某个具有时代性的主题，然后抱着"如何把它变成电影作品""如何用它打动别人"这种目的来拍的。要说他是为了什么在做电影，他正是在为了电影而做电影。也就是"电影的主题只有'电影'"。虽说也有在电影当中讲述电影论的电影，但他还不仅如此。他所做的事情本身就是"电影"啊。所以要说戈达尔拍了什么，那就是戈达

316

尔。这一点在某种意义上已经众所周知，或者说已经实现了。不是他的自我吹嘘，而是实现了哟，因此我说"谁也不能摆脱他的影响"。

至少，拍电影的人谁也不能摆脱他的影响。无论怎么装作不知道，无论拍得多么逼真，无论拍得多么傻，电影就是电影啊。是凭借什么人的意志做出来的，因此不可能摆脱他的影响。

更进一步说，戈达尔最有名的"我就是电影"这句话，把什么都说透了。

虽然我读过吉尔·德勒兹（Gilles Deleuze），但是完全记不住。

押井：光看那个的话不可能明白的。除非完整地体验戈达尔，否则无法理解戈达尔讲的是什么。那么就算听说"我就是电影"这句话，也不懂那说的是什么。费里尼也说过"电影即我"，意思完全不一样。

您刚才说的戈达尔式电影的思考方式，跟制作动画电影的关系非常远吧？

押井：是最遥远的关系，因为动画不能根据即时反应来做。因为无为地、根据当时的反应来做，这对动画来说是绝对不可能的。但我并不是只有在拍实拍片的时候才想到戈达尔。连做动画的时候，也在什么地方思索着他，我觉得应该这样。

那也是电影，这也是电影，全都是电影

如果要以押井老师刚才说的"戈达尔式的东西是电影"来给电影下定义，那么世上也流通着很多算不上电影的电影吧？

押井：不，那也是电影。那也是电影，这也是电影。"那种东西才不是电影。"我没这么想过。无论是好莱坞电影、日本电影、香港电影，还是现在流行的偶像电影，电影总归是电影。

只是，那只不过是被戈达尔的体系相对化了的电影中的一部分而已。我完全无意说只有戈达尔是真的电影，其他的都是赝品，连戈达尔也没说过那种话。比如，在坐在威尼斯的酒店大堂喝咖啡的艺术电影导演看来，好莱坞电影也好，动画也好，他们可能会说："那种东西才不是电影。"但是我不会那么说，戈达尔也不会那么说。总之，作为一种现象，电影无论何时都是可以存在的。那和电影的本质没有一点关系。在这种意义上，《蜘蛛侠》也好，德国的艺术电影也好，法国的文艺片也好，都可以一样被相对化。那和"喜好"不是一回事，也有没有观众的电影。

戈达尔也说过："所谓电影，本来就不可能对谁来说都一样。"所谓电影必须有它应该上映的地方，反过来说，如果时间与地点错了，那个电影就什么都不是了。例如，日本的偶像电影如果在美国上映，是什么意义都没有的吧。同样，亚洲电影应该在亚洲被观看，出身于非洲的新兴国家、求学

于欧洲的导演的电影，能欣赏它的可能只有欧洲。就算是在自己的故乡上映，大概也没观众吧。

所谓电影，应该有观看它、讲述它的各自特定的场所。我总是说："电影没有跨越国境线。""说电影是具有普遍性的表达方式，是大错特错。"说的就是这么回事。因为电影是成立在众多误解之上的，正因如此，无论是怎样的电影，都是电影。它在某个时代、某个地方、对某个人能够作为电影成立，肯定会有那样的地方。反之，对所有人来说都能作为电影成立是不可能的。日本战前的电影无论多么有名，现在的年轻人即使看了也无法引起任何共鸣。这是理所当然的啊，无论是意大利新现实主义、新浪潮、美国新好莱坞电影，全都是一样。往好了说那是时代精神，简单地说，那就是当时的一股潮流。

重要的是，戈达尔这个人和艺术导演完全不一样哟。"自己拍的电影最厉害，其余的都是垃圾""商业主义是恶"等等，他从来没说过那种话，只不过是他的电影无法满足商业主义罢了。

从押井老师的理论看来，如果要一直做电影，那么必须要在一定程度上走红吗？

押井：所以我不是说了嘛，就算不走红也能持续拍电影的稀有导演，正是戈达尔。戈达尔的电影中赢利了的只有《筋疲力尽》，其他的全都是赤字。

但是他能继续拍。

押井：能继续拍，回到我的成败论的课题来说的话，他才是成败论的天才。因为他除了处女作以外一次也没大卖过嘛，这是我的理想啊，全都是照着自己喜欢的做，而且还拍了百余部，至今还在拍。

他的成败论的要点在哪里？为什么他能做到这种事？

押井：这个啊，我至今还在研究。

在实践中研究。（笑）

押井：嗯，我想做跟他类似的事情。而且，也有能在一定程度上做到的自负。

有种接近正确答案的预感。

押井：因为我没有一部电影是潦草做完的。

这样啊，基本上也是只做自己想做的东西吧。

押井：就连《突击女孩》，虽说我总说："一点出色的地方也没有。"但还是好好地设置了机关的。

想问您一个稍微有点跑题的问题，动画的话，剧场版动画中会写"导演"，但电视上基本上不会写"导演"，这种时候的写法是"演出"。动画中的导演和演出，有这么大的区别吗？

押井：要我说的话是完全不一样的，认为两者一样的人有很多，宫（崎骏）先生至今还硬要说"我是演出"。不过宫先生只不过是在赌气啦，实质上是另一回事。我主张："虽然也做动画，但我是电影导演。"已经过了三十年，所以尽管很多人称呼我为影像作家、动画作家之类的，但我说我是电影导演啊。（笑）我想大概戈达尔会支持这件事吧。

押井老师这种以电影导演为尊称的意识，大家都有吗？

押井：完全没有被普遍接受，不如说，反而在动画界横行着过剩的作家主义。不是动画演出家，也不是影像作家，甚至连"作家"也不是，而是导演——如今大概没人和能我共享这种意识。反过来说，正因如此，我至今都是由着自己的性子做，却还能继续拍电影。

那么，包括实拍导演，日本当下能称得上导演的有谁吗？

押井：要说称得上导演的话大家都称得上啊，作为一种职业。只是，正如戈达尔所说："电影导演不是一种固定职业。"极端点说，电影导演不是一种职业。用当时的话来说是"cinéaste"。因为那时候人们都很酷，所以说"cinéaste"或者电影人。不过要我说，叫电影导演就足够了。

所以，依我的想法，作为电影导演实现着自我的，在我知道的范围内三池（崇史）先生是最接近这一点的吧。无论拍什么，打上三池崇史这个名字的作品必然会变成他的电影，而且他还能持续拍下去。那个人才有着不败的构造啊。不仅仅是拍得快、拍得好之类的。

至今提到过的导演里，北野武也是这样吧？

押井：那个人稍微有点不一样。不如说是一度成了作家，然后对此有一些反省。最近，我能够感受到这一点哟。感觉他想要把变成了作家的自己拉回来。虽然我还没看，我听了他关于这段时间的《阿基里斯与龟》的发言，有种这样的感觉。虽说是非常曲折的说法，他说："在现在的日本，光是能让我拍电影就已经是令人感激的了。"他一直是个毁誉参半、褒贬不一的人，人们对他有各种各样的评论，但是至今还能够继续拍电影，所以在什么地方有着"自作自受"的意识吧。

就算变成了作家，但在周围的人都那么想的时候就抽身，这是像那个人的作风，或者说是到底是有平衡感的人。会心道"不妙"。他肯定感觉到了自己成了专门在海外电影节得奖的导演。毕竟阿武的电影，比起日本，在欧洲、俄罗斯的评价是最高的。

他是个受评论家欢迎的优秀电影导演，还有青山真治、黑泽清……

押井：他们的电影我没有全看过，但是看过几部之后，我觉得他们拍的东西有它有趣的地方。但是在什么地方到底是无可避免地变成了自我模仿。所以，变成这种感觉的一瞬间对导演来说是最危险的。自己站立之处被人看清的一瞬间，是最为危险的。

所以阿武必然想要背叛周围的期待，所以那个人时不时拍搞笑片一样乱来的电影。它们大概就是那种平衡感的产物吧，像是说："我也可以在什么地方一直做傻乎乎的事哟。"大概是不想失去自己拍电影的根基吧。但是其他导演，尤其是青山真治等人，让人感觉他们试图把自己想做的东西，和周围人说的东西统一起来。在这种意义上，他们不会背叛周围的期待，这样的话总会没落的，岩井俊二就是这样。（笑）

所以除了三池先生，还有谁来着？拍《家族游戏》的那个。

森田芳光（2011 年去世）。

押井：我觉得他也有类似的感觉。"三部里有一部行的就可以"的感觉，其他的让人完全感觉不到干劲儿。所谓自己脑中的电影，有时会和周围的期待不一致。重要的是，在这种不一致的时候要怎么做？是实现匠人的职能，或是像三池先生那样"这也好那也好我全都做，连电视节目也做"，每个人都有各自的做法。比如阿武会去做做搞笑电影。

无法背叛周围的期待的岩井俊二、青山真治，我到底觉得是有哪里不对。果然，变成作家是不行的啊。拍完《花与爱丽丝》之后他不是变得奇怪了嘛。也就是，他宣言"只拍摄自己的企划"，已经完了。

我是宣言"已经不拍摄自己的企划了"，所以变得非常轻松了。因为无论是用谁的什么企划来拍，我都能确信它仍然是我自己的电影。所以只要有人来谈，我什么都拍。

实际上，和戈达尔未能用自己的企划拍自己想拍的东西，实际上是一样的。他的话，制片人大概只有在满足这个条件的时候才会让他拍吧。至今还跑到戈达尔那边，说像波兰斯基那样"给我拍一部《雾都孤儿》"的制片人已经不存在了。无论是多么低成本，只有在戈达尔做的还是戈达尔的电影的时候，才能保证最低限度的商业价值。是改编小说做电影也好，什么企划都好，只要是戈达尔拍的，就是戈达尔的电影了。所以虽然可能会磕磕绊绊，但是能够发行出去，DVD 也能卖出去。无论是怎样的制片人，都不会说花出去的钱完全不用回本。

那么，押井老师也是要终生做导演了。像戈达尔那样"我就是电影"。

押井：对，那到底是成败论的关键之一。戈达尔到底是到死为止都能拍电影的，肯定会有让他拍电影的制片人，我也一样。

这是永胜宣言呢。

押井：因为就像我最开始说的那样，我已经形成了不会失败的构造。不失败，在某种意义上，按成败论来说就是在取胜。所以取胜倒不是我的课题。仅仅是能否一直拍下去的问题——正是这个结论。

押井老师、对谈者野田老师，辛苦了！

325

以后的为胜利而战！追击篇

2015 年 2 月刊载

常胜导演的新战略

离在杂志上连载已经过去了六七年，离单行本[1]出版也已经过去了五年。我想，这五年间是不是变化多多的五年呢。所以，作为文库本[2]的福利，我们希望围绕《以后的为胜利而战！追击篇》再聊一聊。

押井：已经五年了吗，真快啊。

首先，关于以《起风了》宣布金盆洗手不再拍剧场版长片的宫崎（骏）导演，想听听您新的看法。本书《常胜导演的悲剧》一篇中是以宫崎导演的成败论开始的，这次的"隐退宣言"也就是在失败之前漂亮地"急流勇退"，可以这么理解吗？

押井：完全不一样哟，原本那个人也没说"我不干了"嘛。

---

1. 单行本：指单册发行的精装版本的书。

2. 文库本：日本一种图书出版形式，以普及为目的的平装小开本。通常在单行本出版数年后发行文库版，内容与单行本一致。

不是说还要拍短片吗？说不拍长片了，拍短片。不过，这样一来那个人才真的有成功的可能性，本来那个人就是拍短片比拍长片要擅长得多。

之前在吉卜力美术馆公开的短片《梅与小猫巴士》也受到了极高的赞扬。

押井：那才是宫先生的真本事呢，大友（克洋）先生也是短片导演，但是他们两人的才能不一样。

是哪里不一样？

押井：大友先生的短片只有符号，所以才能做得出色。相反，宫先生只有细节，所以适合仅由细节组成的短片。

从作为导演的格局、做东西的方向性来说的话，要我说宫先生只拍短片是正确的。从此以后，是与迄今为止不一样的战斗了。总而言之，会是在自己的领域内战斗。迄今为止，他是被铃木敏夫加上了常胜凯旋的义务，但今后就是在自己的领土上为了自己而战斗了。

我觉得，迄今为止宫崎导演、高畑勋导演、铃木制片人是三位一体的，他们塑造了吉卜力工作室。

押井：导演宫崎骏的战斗和吉卜力工作室的战斗是两回事。或许世人觉得是一回事，但其实不是。吉卜力是铃木敏夫的战斗，导演宫崎骏的战斗并不等于吉卜力的。反之，变成"吉卜力＝宫崎骏"的那一刻起，就变成了绝对不可能取胜的战斗了，就像这本书中说过的那样。

宫先生的短片，大概没想过在美术馆以外的地方公开。

估计是这样吧。

押井：和东宝发行、在全国公开上映的世界不同。总之，从由票房结果决定的战斗，变成了导演自身的战斗。在我看来那完全 OK，不如说就应该这样做，我之前就这么说。只要做的是短片，就能和"票房"保持距离。这比较适合那个人。因为如果不是这样，无论何时都只能是铃木敏夫的战斗。

他本人有没有意识到是另一回事，在世人看来，他至今做的电影基本上是将"宫先生的战斗"等同于"铃木敏夫的战斗"的。因为那是一直在票房的领域战斗的。

但是如果说导演的工作的本质，那完全是另一回事吧，这是理所当然的。不如说在一部又一部的作品的背后，包含着"宫先生与铃木敏夫之间的战斗"。要在哪里战斗？他们之间存在这样的拔河。

典型的是《魔女宅急便》。那明显是宫先生向铃木敏夫妥协而做的。大概，他本人也意识到了吧。那个女主角，和宫先生一直以来喜爱的女孩子完全不一样。她还去厕所什么的，一点也不相称。因为宫先生的美少女，是不会小便也不会大便的啊。（笑）

所谓吉卜力，是"导演与制片人之间的战场"——我多少是这么看他们的。铃木敏夫的战斗是全国路演的世界，制作美术馆短片的话就是宫先生作为纯粹的导演的战斗。"导演与制片人之间的战斗"结束了啊。

那么，宫崎导演的战斗还将继续下去。

押井：只要还在做东西，就不是"急流勇退"。因为他自己说还要做嘛。那个人的战斗还远远没有结束。不如说结束还早着呢，因为那个人可是干劲儿满满啊。

那么，吉卜力的战斗变成怎样了呢？制作部门暂时解体，这也是个大新闻呢。

押井：说是在拍下一部长片的时候会重新召集工作人员，那已经不是"吉卜力的做法"了吧。做下一部作品的话，就已经不属于吉卜力这个品牌，而只能作为"铃木敏夫制片的电影"去战斗了。但是那个男人很精明，所以大概是不会离开吉卜力这个品牌，自创一个铃木敏夫制片公司去做电影的。

在这种意义上，铃木敏夫的战斗是结束了呢。制片人的战斗本来不属于我的成败论的范畴，是没有必要说的，但是要大胆地说的话，他难道不是胜利了吗？所谓制片人，只要没有破产、借一屁股债然后上吊自杀、犯罪，只要没做这些事，就不会"失败"。还存在着一直说要拍下一部要拍下一部，十年过去了也没拍，但是始终在筹钱的某制片人呢。

铃木先生是漂亮地"急流勇退"了吗？

押井：该怎么说呢，那取决于阿敏自己的幸福论啊。他现在是幸福还是不幸福呢——是这么回事儿。

虽然令人遗憾地错失了奥斯卡金像奖，高畑导演的《辉夜姬物语》上映了。押井先生看过了吗？

押井：没看。我对高畑先生的评价跟五年前没有变化，所以没有说的必要。请看前面的章节就好。关于吉卜力，就是这样了。

日本长片动画回到了过去

请聊聊《空中杀手》之后的您自己吧。

押井：极端点说，再没有动画的合同找我了，就是这么回事了。《空中杀手》之后我做过动画短片，但是做下一部动画剧情长片，从现状来看是没可能了。至少我没听说。长片动画的预算规模变化了啊。现在在日本做的动画中，能确保有《空中杀手》这种规模的预算的电影，在吉卜力变成这样之后，已经一部也没有了吧。

差不多像剧场版《EVA》那种规模？

押井：稍微有点不同。因为给《EVA》出资的是自家公司（Khara, Inc.），是导演庵野（秀明）的自主制作动画。

嗯，下一部应该就完结了，也不算现在处于企划阶段的作品。

押井：对，总之，日本的动画剧情长片，自吉卜力解散的那一刻起，就回到了过去的顶多两三亿日元的状态。用七八亿日元的规模来做基本上是不可能的了。至少在我工作的范围之内，成年人看的《攻壳》、《机动警察》，在现状下能做大制作的可能性接近于零吧。也包括《宇宙战舰大和号》和《高达》。因为除了《EVA》，就算做到那么大的规模，后期也收不回本。

我在《空中杀手》之后没有做动画长片的理由，原原本本地反映着日本动画世界的动向啊。

是说从 80 年代开始持续不断的动画业扩张，在这五年间停止了吗？

押井：停止了，我是这么总结的。总之是回到过去了。把在电视上播出获得人气的动画用两亿日元左右做成电影，勉勉强强回本。这种状况大概今后也不会改变。

但是在过去，能出现宫崎先生的《鲁邦三世：卡里奥斯特罗城》、押井先生的《福星小子：绮丽梦中人》这样的作品，改变了动画的世界。今后是否会再出现这样划时代的作品，再一次改变时代呢？

押井：那时候还不到 2 亿日元的程度，大概不到 1 亿日元，我想差不多 8 千万日元吧。

以这种规模做出的作品，能否改变时代？

押井：靠作品的力量扭转总体趋势，我想这不太可能。

之前的那种事，在现在这个票房的世界是不被任何人允许的啊。石川（光久）也很清楚地说了，2亿日元左右就是现在的动画的极限。因为高于这个数值，就达不到回本的目的了。

但是，《卡里奥斯特罗城》和《绮丽梦中人》，不是超越了钱的问题，变成了一个热门话题了吗？

押井：那是因为那个时代就是那样的。也就是所谓的第二次动画热潮。看动画的观众数量跟现在的不是一个量级。不对，比起看或者不看，关键是肯为动画花钱的人数。

因为当时的粉丝会踊跃购买超过一万日元的OVA呢，而且也不是个能在YouTube上免费看视频的时代。

押井：因为肯为动画花钱的人变少了，所以就只能做与此相应的动画了。突然很异常地，一部用2亿日元左右做的动画赚了三四十亿日元，这种事可能也会发生，但在那之后，那么下次就用2亿日元做着试试吧，这么想的制片人肯定一个都没有。（笑）只会被要求下次在同样是用2亿日元的条件下达到一样的目标。我说《空中杀手》这种规模的作品已经无法再做了，就是这么一回事。

说在这种状况下一个导演能改变些什么，在这个范畴内讲这个原本就没有意义。因为包括票房在内的业界构造已经改变了。当然这不仅是动画的现状。电视台主导的电影世界也已经结束了，就像过去的角川映画完了一样。电影的车轮就是这样时时变幻的，下一次开始转动的是怎样的车轮，现在还谁都不知道。

335

2000 年以后，电视节目的剧场版席卷而来，我有这样的印象。实际上，日本实拍片中的历史票房第一是《跳跃大搜查线 2：封锁彩虹桥》（2003 年）。这样的构造已经崩塌了吗？

押井：我认为已经崩塌了。因为，电视台做了像山一样多的电影，但是现在无论怎么宣传，都没有那么多的观众了。铃木敏夫说过，他们是在小瞧观众。他们一心以为，只要在自己的电视台，在很多地方投放广告、宣传电视台，就能把观众骗进电影院。那就是小瞧观众的证据。电视台制作的电影、电视剧衍生出来的电影，我想它们作为一种现象会持续存在，但本质上已经终结了。

近年来，稳定地制作原创剧场版动画的导演，有细田守先生。

押井：吉卜力解散之后的日本电视台会怎么办呢？细田守还没有拿到充足的预算。从过去开始，日本电视台就努力打造第二个吉卜力、下一个宫崎骏。我的《空中杀手》也有作为其范例之一的一面。

宫先生就算不当导演了，他们还是出于吉卜力电影一定能成功这种想法起用了一些年轻导演，但是到底达不到宫崎作品同等规模的票房。因为观众不是傻瓜，吉卜力电影和宫先生的电影不一样，这种事大家早就知道了啊。制作方也好，宣传方也好，说不定连观众也是睁一只眼闭一只眼，但因为宫先生的长片隐退宣言，大家已经无法再睁一只眼闭一只眼了。

越多越损失？

在这种状况下，押井先生打算今后如何战斗呢？

押井：完全没有头绪。（笑）因为《机动警察：首都决战》公开之后我就没有活儿干了。

是这样吗？不是还有《最后的德鲁伊：加尔姆战争》吗？

押井：已经完成的另当别论。已经拍完的作品，实际上还有别的。问题是准备中的作品会怎么样。企划是有好几个，现在是在运作中，还没死掉，但是决心要做的东西是一部也没有。有很大的可能性会再次变成穷导演。（笑）

再次变成《空中杀手》之后那样的"失去的3年"？！

押井：就算是那3年，我也完全没打算变成一个穷导演。总之只做编剧。那种状况会再来一次吗？还是说哪一部能走红然后又有工作找上门呢？会不会变成《机动警察》走红，我又能拍新片了呢？

因为日本的经济不景气，因为回本的体系已经确立下来了，所以我想思考有什么样的企划可做。我完全不认为如果针对回本体系做企划就能拍电影了，但是制片人会那么考虑。就算这行得通，大概也维持不了十年。

比如，海外的成功范例有皮克斯，当然还有吞并了皮克斯的迪士尼。2013年还诞生了《冰雪奇缘》这样的奇幻热门作品。日本不能建立这样的构造吗？

押井：不能，首先蛋糕的大小就完全不一样。因为"蛋糕大"能解决很多问题。分母大，就意味着选择多；分母小，就意味着选择少。这不仅仅是动画面临的问题，在日本拍电影这件事，已经变得前所未有的困难了。在日本老老实实拍电影原来是这么困难的一件事吗，大概现在所有的制片人都在这么想吧。

相应地，制作的部数就很多。

押井：只增多了低成本电影。顶多三四千万日元成本的电影可能是增多了，但我切身感到除此之外的电影在明显缩减。哪个电影都凝聚着多种多样的心思、设置机关，无论如何努力召唤观众去电影院，但是一个接一个地失败了。现在就是这样的时期啊。不仅仅是动画，电影总体都是这样。包括《最后的德鲁伊》的上映日期还没定这件事，我真的切身感到了，做电影已经变成这么麻烦的事情了啊。

因为以前就是开拍，翻录，完成，只要后面没有特殊情况，那么无论好坏都大功告成，然后拿它去决一胜负就好了。剩下的就是时运了。现在我也觉得那是正确的。像现在这样，预想各种各样的状况，想出一切能想出的办法——为什么会冒出这种想法呢。要我说，是因为不了解电影这个东西所以才会变成这样的。他们有如果汇集了各种人的智慧就能大热这种幻想，明明没有规划好目的和战略，只是把更多的人扯进来。

近来的迪士尼动画，比起画面和动作等等，剧本让人感觉很扎实。

押井：因为他们花在剧本上的钱和我们完全不一样。美国成功的剧本作家报酬是百万美元，但是从没在日本听说过花那么多开发剧本的。泰斗级别的人也就顶多 2000 万日元。让多个剧本作家都写很多、花总计过亿的金钱打磨剧本并且能够保证开发出有趣的剧本，在日本哪有这样的制片人呢？

美国是这么干的。一个剧本有多个人参与，让他们写很多，把优秀的地方集合起来总结成一个。有人专门搜寻哪里有剧本作家的空缺职位，还有专门写对话的人。在那么巨大的体系之上运转的电影和拍摄现场，在日本是哪里都没有的。如果想做出十个人看了有九个觉得有趣的作品，就不能舍不得那些工夫和时间。

在现在的日本，作为其替代的，就是改编卖得好的原作。因为这样不用花时间。但是，卖得好的原作落实成电影企划的时候会发生什么？谁也没有认真考虑过这件事。明明原作那么有趣，为什么电影却会变得这么无聊？

电影不是一直做加法就会变好看的。卖得好的原作加卖得好的演员就能卖得好，才没有那么简单的事呢，实际上是不可能的。因为没有这样的乘数效应，做判断是很难的。

要我看，电影里有能力做减法的，只有导演。而且是优秀的导演。如果不能在读到原作的一瞬间，就自动地想出了能做出怎样的电影，本来就当不了导演啊。但是现在决定原作、决定剧本、决定演员的，全都是制片人。导演只不过是被任命为负责拍摄现场的人。导演还要被威胁说，某个演员按日程只能在某天来拍摄，所以不按某个顺序来拍的话这部电影就完了。在这种状态下，导演还能干什么呢？导演哪里还有什么选择。所以就算被说你无论如何得做出点什么，什么样的导演都是束手无策的。

为了不变成这种情况，导演自己需要具备一定的制片能力。在现在的日本，如果不做这种本来不是导演本职的工作，就做不了自己的电影；而且首先作为一项工作也无法成立。

三池（崇史）先生倒是以不变的精力在做着。

是啊，从五年前到现在导演了 10 部。

押井：做了这么多还能让每一部都成为"三池崇史的电影"，是因为他在其中的行动大刀阔斧。《爱与诚》这个企划被交到他手上的时候，就出现了要怎么做的问题。如果就那么做的话，就只不过个奇妙小故事，而拍成歌舞片就是一项发明了啊。他至今还在认真到要命地拍电影，这个判断是准确无误的。但是，在现实中果敢地如此行事的导演，要我说不过数人而已。比如三池先生和阿武。

称之为"北野武电影"是正确的。实际上阿武的电影，在日本上映基本上赚不到什么钱。尽管如此阿武至今还是拍了接近 20 部电影。为什么他能做到这样呢，其中的秘密读了本书的读者应该已经知道了吧。

说起爵士（雷德利·斯科特），他到底是为了获得预算而一再做出妥协。在他做出的电影背后能看到这些。虽说有《天国王朝》这么棒的电影，但是显然剧本是被替换了。没能做成他本来想做的故事。但是那也罢了。正因如此他才能每年拍电影。这些事，爵士全都懂。毫无疑问《天国王朝》本应是贝里昂的老爸和耶路撒冷的假面之王之间的故事。应该是和奥兰多·布鲁姆那个小哥儿与公主的肥皂剧没关系的，但那样一来就筹不到预算了。

爵士不是完美主义者，偶尔会做莫名其妙的东西，也会做明显在偷懒的东西。但是有出色的成败论的导演无一例外都是这样的哟，阿武也是这样做的，我也是。（笑）无论预算是高还是低，都会这么做哟。哪一次才是战斗，不做做看的话是不会知道的。

导演的异常就是正常

再拍一部《机动警察》的剧场版，没有人提出这样的工作吗？

押井：如果有人这么跟我说的话我会做的，但是大概会半途而废吧。（笑）《机动警察》也好，《攻壳》也好，如果是我自己负责的企划，那么我会做。但是，首先是"我觉得，不这么做就没得谈"的问题。我会慢慢地做。（笑）所以中途决裂的可能性非常高。

而且，如果要做的话，我希望能在企划的阶段就商定界限。因为否则我就没饭吃了。（笑）零零散散地说这也不行那也不行，结果决裂了，我一分钱也拿不到，这样的工作我再也不做了。所以我说从一开始就商定界限，另一方面，要不要炒我鱿鱼都随你。如果是在这样一个框架内，我什么都肯做。只是，只能做到允许我做到的程度。

虽然是老生常谈了，导演只能在自己能负责的范围之内工作。自己毁掉自己的信誉，自己把自己勒死了，这哪行呢。

明知不行还拍了，这就谈不上成败论了。因为导演虽然会接受工作，但是从来没说过"只要吩咐，我全部照做"。那样一点也不公平，是卖身契。

但是，之前押井先生也说过，实拍片中像签了卖身契一样驱使导演的电影有很多。

押井：嗯。另一方面，说了我全部照做于是幸存下来的人，大抵会变成无聊大片的导演吧。最近有这样的倾向，所以很没意思。

所谓电影，绝对不会跟计划好的一样。对制片人言听计从、麻利地巡视拍摄现场，这跟电影导演的才能毫无关系，是另一种能力。如果不打算跟莫名其妙、有异常之处的导演相处的话，就别当什么制片人了。像铃木敏夫总是说的："导演古怪是理所当然的。对制片人言听计从的家伙，是不会负责任的吧。"正是如此。他跟那两位超级异常者相处的结论就是，电影是不能规规矩矩地拍的。

不明白这一点的制片人很多，所以这一点上铃木先生很优秀。

押井：虽说如此，我还是不想跟那个男人共事。

观点没有改变呢，这五年间的变化，今后又将如何改变？押井导演在这样的状况之中，今后会制作出怎样的作品，今后会为了胜利而采取怎样的战斗方式？我们拭目以待。

押井：辛苦了。

著作权合同登记号：图字 18-2019-248

图书在版编目（CIP）数据

为胜利而战 /（日）押井守著；彭琳译 . -- 长沙：湖南文艺出版社，2019.10
ISBN 978-7-5404-9402-5

Ⅰ.①为… Ⅱ.①押… ②彭… Ⅲ.①随笔—作品集—日本—现代 Ⅳ.① I313.65

中国版本图书馆 CIP 数据核字（2019）第 181608 号

上架建议：电影·随笔

WEI SHENGLI ER ZHAN
为胜利而战

作　　者：［日］押井守
译　　者：彭　琳
出 版 人：曾赛丰
责任编辑：薛　健　刘诗哲
策划机构：雅众文化
策 划 人：方雨辰
监　　制：于向勇　秦　青
策划编辑：陈希颖　赵　磊
特约编辑：陈希颖　蔡加荣　张　卉
营销编辑：张　琳　刘晓晨
装帧设计：山川制本 workshop
出　　版：湖南文艺出版社
　　　　　（长沙市雨花区东二环一段 508 号　邮编：410014）
网　　址：www.hnwy.net
印　　刷：北京市京东印刷厂
经　　销：新华书店
开　　本：787mm×1092mm　1/32
字　　数：228 千字
印　　张：11
版　　次：2019 年 10 月第 1 版
印　　次：2019 年 10 月第 1 次印刷
书　　号：ISBN 978-7-5404-9402-5
定　　价：59.80 元

若有质量问题，请致电质量监督电话：010-59096394
团购电话：010-59320018